Los Fantasmas

Un episodio en la vida del pintor viajero, Varamo

鬼魂們

當代波赫士：西塞・埃拉傑作選

西塞・埃拉 著　葉淑吟 譯

César Aira

西塞·埃拉的小說一直在飛翔。

閱讀他的作品就像跳上一架噴射機，

不斷隨著他精湛的敘事技巧，正飛、倒飛、盤旋、翻筋斗、

跌降急升，

每每從不可能的角度，展開小說的可能。

當腦中還在遲疑所謂的邏輯和合理，小說已經完美落地了。

——黃崇凱

導讀

西塞．埃拉：銀河流域眾「鬼」的花園之神

張淑英（臺大外文系教授兼國際長．西班牙皇家學院外籍院士）

一九八〇—一九九〇年代，全球文壇迎迓《百年孤寂》的諾貝爾文學獎旋風應風披靡之際，時為一九六〇年代的作家群（一九三〇年代以前出生）豐富收割之時，鎂光燈熠熠閃爍與佳評如潮，此時初綻文采的年輕作家忽覺焦點轉移，舞台頓時失聲黯淡，接踵而至的窒礙與影響是，拉丁美洲作家發現要跨越疆界，抵達歐美陸地發聲出版備感困難，第一世界的出版社恆常認為他們的內涵不夠拉美采風，不夠異國情調，不夠奇幻志怪足以登上第一世界文學殿堂，無法滿足歐美讀者對拉美作品的期待與想像。職是之故，以智利作家阿爾貝多．傅格（Alberto Fuguet, 1964-）為首的此輩作家掀起McOndo世代的宣言（Mc-頻道，可以詮釋為是個品牌，是個頻道，是個諷喻），這群作家言稱自己是「McDonald's、Mac」的世代，與現代科技速度並行的一代，有自己的新題材新寫作風格，期待脫離「馬康多」（Macondo，《百年孤寂》的家園核心）的緊箍咒，開拓新文學的康莊大道。

同樣地，一九九〇年代墨西哥作家帕迪亞（Ignacio Padilla, 1968-2016）、波爾皮（Jorge Volpi, 1968-）等人也揭示了「斷裂的一代」（Generación del Crack）的宣言，為了與拉美文學所謂的「後爆炸時期」（一九七五～）文學區隔，表示自己不僅是脫離一九六〇年代魔幻現實等奇幻文學的世代，更是遠離深受魔幻現實影響的後爆炸時期的世代，換言之，堪稱是魔幻現實以降的第三代新興文學作家。另一方面，長期流亡英國的古巴作家卡布列拉·殷凡特（Guillermo Cabrera Infante, 1929-2005）一九九七年領取西語文學最高榮譽的「賽萬提斯」文學獎時卻表示：「二十世紀拉丁美洲的作家，無人能自外於波赫士的影響」，謙稱自己受此文學榮譽，依然深受大師波赫士（Jorge Luis Borges, 1899-1986）的文采與思維澤被，藉機向前輩致敬。

綜觀這些宣言與組織，年輕作家集中在墨西哥和阿根廷，也是拉美文學奇幻創作蔚為風尚、創造力強的南北兩國。仔細審視，無論是McOndo或是「斷裂的一代」，泰半是一九六〇年代出生的作家，他們是閱讀馬奎斯的魔幻現實和波赫士的奇幻文學成長的世代，浸淫潛游在兩大洋的文學搖籃裡，足見他們對自己在文壇的出路與表現流露了布魯姆（Harold Bloom, 1930-）所謂的「影響的焦慮」（The Anxiety of Influence），猶恐前輩的盛名與文風讓他們走不出去，無能建構拉丁美洲新文學之路。進一步再看，馬奎斯的《百年孤寂》（一九六七）問世迄今半世紀以來，或是波赫士的《虛構集》（*Ficciones*, 1944）出版迄今七十三年，承襲兩人的書寫技巧或拉美奇幻文學創作者，依然備受讀者喜愛，依然是學界研究的重要文本，成為書市的長銷作品，足見關鍵在於好作品，不在於影響的焦慮，這當中，阿根廷作家西塞．埃拉（César Aira, 1949-）是一個相當特別的例子。

西塞．埃拉出生於一九四九年，一九七五年後爆炸時期開始有作品出版，一九九三年《我怎麼成為修女》（*¿Cómo me hice monja?*）成名作讓他躋身歐美文壇，成為評論中拉美文學（尤其阿根廷文學）接棒好手。《我怎麼成為修女》非關宗教、修女，描寫一位六歲早熟的男孩西塞，內心自認是女孩，在面臨父親殺人入獄、自己中毒又遭綁架的過程，「小女孩」的心靈如何面對現實的恐懼與想像的譫言囈語。依此時間軸與寫作歷程觀察，西塞．埃拉未被歸列於《蜘蛛女之吻》的普易（Manuel Puig, 1932-1990）、《精靈之屋》的阿言德（Isabel Allende, 1942-）或是《我夢見雪在燃燒》的斯卡米達（Antonio Skármeta, 1940-）[1] 所屬的後爆炸文學時期，而是一九九〇年代咸認深受「影響的焦慮」的一代，他如何在阿根廷本土文學和歐美文壇掙得一席之地，如何不斷耕耘自己的文學園地，是我們觀察拉美文學發展的重要里程碑。

西塞．埃拉迄今已經出版超過八十餘部作品，含短、中篇小說，散文與翻譯。他的創作歷程依循了瑪爾希米安（Silvina Marsimian）和格羅索（Marcela Grosso）合著的《當代阿根廷文學概論》的三要素：第一，創作與文學雜誌孿生關係，相互依存互動，因此創作量的豐富來自文學雜誌的快速引介與刊載；第二，政治衝突成為文學的擬仿或換喻，最顯著的是貝隆主義（el peronismo）和軍事獨裁，內在有挑起「齷齪戰爭」，藉機逮捕異議分子造成無數的「失蹤者」的悲劇，外在有英阿對抗的「福克蘭群島」戰爭，「左派文學」於焉誕生蓬勃；第三，以波赫士為核心的辯證，以他的書寫為典律為圭臬，以波赫士作為世界文學和本土文學的熔爐的匯聚點，一切從波赫士開始，放諸四海而皆準或皆歧的分水嶺，致使後起之秀成也波赫士，敗也波赫士。

西塞・埃拉不諱言深受波赫士的影響，十二、十三歲年紀，在波赫士尚未聲名大噪時便著迷浸淫他的短篇小說。在西塞・埃拉心目中：「對阿根廷文學而言，波赫士過於偉大崇高。波赫士像聖母峰，巍峨屹立，充滿智慧的結晶，冰冷而光芒萬丈，完全不受現實汙染」。此外，阿根廷作家阿爾特（Roberto Arlt, 1900-1942）的自然主義、嘲諷、歷史刻劃和不注重結構組織的書寫，也深深影響了西塞・埃拉的寫作技巧。西塞・埃拉本人，對前輩作家仰之彌高，謙稱自己教學創作的守護神是普易、朗波希尼（Osvaldo Lamborghini）和皮薩爾尼克（Alejandra Pizarnik）。這三位作家偏好精神分析和無意識書寫，不難視出西塞・埃拉「相濡以沫」的筆觸。阿根廷作家塔巴洛夫斯基（Damián Tabarovsky, 1967-）在他的著作《左派文學》中也特別提到，以西塞・埃拉為首，朗波希尼、佛威爾（Rodolfo Fogwill）、利貝特亞（Héctor Libertella）、薩野（Juan José Saer）和畢克利亞（Ricardo Piglia）等人是近十年來帶動阿根廷文學發光發熱的健筆。尤其，不少評論認為：如果波赫士是二十世紀阿根廷文學的巨擘，那麼，毫無疑問，西塞・埃拉就是二十一世紀阿根廷文學的明星。

如此論斷西塞・埃拉雖讓人覺得言之過早，但是已凸顯他的文學版圖和附著力，尤其值得關注的是，西塞・埃拉是當今阿根廷文壇裡唯一跨越疆界抵達美利堅的本土作家，但憑

1 斯卡米達更為國人熟知的作品是《聶魯達的信差》，改拍成電影《郵差》。

英語書市的力量，的確能擴大其影響力和聲望。究竟是什麼樣的筆觸、風格或故事，得以獲得英語出版界的青睞，讓西塞．埃拉一枝獨秀，作品一本一本在英語書市顯影；西塞．埃拉的創作如何結合前面提到的阿根廷文學三元素（文學雜誌、政治衝突、波赫士論），勇闖天關，進入「北方」？

《鬼魂們——當代波赫士：西塞．埃拉傑作選》收錄埃拉三篇中篇小說，分別是〈鬼魂們〉（*Los fantasmas*; 1990）、〈風景畫家的片段人生〉（*Un episodio en la vida del pintor viajero*; 2000）和〈瓦拉摩〉（*Varamo*; 1999），從這三篇可以綜觀亦可以概括西塞．埃拉的寫作風格，如同讀者、評論家以《虛構集》詮釋波赫士的寫作人生。從這傑作選我們可以看出西塞．埃拉所謂「不受現實汙染的波赫士」如何在他的作品中濡染。

〈鬼魂們〉敘述歲末最後一天，一群購買預售屋的屋主同時到公寓去看施工進度，這天是交屋日，卻因工程延宕而未能如期完工。一到七樓的屋主紛紛詢問建築師並巡視他們房子的設施，而公寓裡有一戶智利水泥匠家庭勞烏．維那斯已經入住頂樓幾個月了。未完工的公寓裡還有一群鬼魂，在裡面飄浮跳動，時而懸掛，時而飛簷走壁。〈鬼魂們〉的「人物」是這三組人群，集合在封閉、尚未蓋完的公寓空間裡。西塞．埃拉從這個軸心開始像大樹生根，像波赫士的〈歧路花園〉，四面八方延展想法和論述，彷彿脫了絮的毛線、斷了線的風箏，追逐不到原來的情節，散灑出去的敘事也沒有全部收回來，煞像滿週歲寶寶的「抓周」禮，而某條主軸線卻在某處打個結，讓讀者好奇探究的心忽地戛然而止，頓時恍然大悟。〈鬼魂們〉第一組人群——公寓屋主先行從小說中退場，之後故事便在兩組人群間穿梭流動，在除夕的歡宴和南半球歲末的酷熱中鋪陳。勞烏．維那斯家族成員組合（勞烏三兄妹與其配偶；勞烏與愛麗莎的兩兒兩女、同母異父的大姊帕蒂）是閱讀這篇小說的重點。愛麗莎和大女兒帕蒂是〈鬼魂們〉的要角，帕蒂與眾不同，性格思維特立獨行，能輕易看到鬼魂，也能跟鬼魂對話，好奇想接受鬼魂們歲末派對的邀請，然而要參加派對、要知道真相必須用性命換取……

西塞．埃拉的〈鬼魂們〉像銀河流域[2]的阿根廷蘊藏許多創作短篇小說的鬼才們一樣，擅長營造鬼魅氛圍，耙梳如真似幻的效果，例如安德森．殷貝特（Enrique Anderson Imbert），馬可．德涅比（Marco Denevi），[3]畢歐伊．卡薩雷斯（Adolfo Bioy Casares）、畢安科（José Bianco）、瓦胥（Rodolfo Walsh）、萊塞卡（Alberto Laiseca）……等等。西塞．埃拉的鬼魂們不驚悚也不可怕，像《怪物來敲門》（*A Monster Calls*），卻比真鬼更難辨真假；真人不怕鬼，卻讓讀者丈二金剛，不知誰是真人誰是真鬼。然而這人鬼之間只是西塞．埃拉編織〈鬼魂們〉的起針與收針，由於延伸敘述遠遠超越極短篇的篇幅，西塞．埃拉不斷拋出千絲萬縷哲學的思索，例如真實和虛構畫界的藝術；創作的辯證，例如寫作一如蓋房子，沒寫／蓋完也可以讀／住；日常生活的瑣碎與世界早已被寫好，從許多互文的敘述可以預測下

2 銀河流域（Río de la Plata）指貫穿南美阿根廷、烏拉圭的兩河流域——巴拉那河（Paraná）和烏拉圭河（Uruguay）匯聚的河灘。

3 參酌 http://homepage.ntu.edu.tw/~luisa/microcuento/index.htm 中西文對照的諸多短篇人鬼同處、陰陽界難辨的鬼故事。

一步的旅程，但是無法掌握是不是一樣的結局。真人（也可能是鬼）看全裸的鬼是否性猥褻，有些敘述隨性／興、滑稽、荒誕。這是西塞．埃拉的詰問，是帕蒂的質疑，是讀者閱讀的無底洞。雖然帕特里莎．渥厄（Patricia Waugh）的《後設小說——自我意識小說的理論與實踐》（*Metafiction: the Theory and Practice of Self-Conscious Fiction*, 1984）已是三十年前的論述，彼時她解析波赫士等人的書寫依然可以詮釋西塞．埃拉的文字革命和文本自由演繹的創作。誠然，我們可以閱出其差異，較之波赫士的奇幻哲學，西塞．埃拉略微傾向「荒誕派戲劇」的形式，似無意義／無意識的展開與嘲弄。

或許以表現主義、點描派藝術甚至達達主義來解釋西塞．埃拉的文風，可以有較具體的理解與感受。法蘭茲．馬克（Franz Marc）同時期（一九一三）的畫作〈動物的命運〉——多彩色塊交織，看似憑空想像，卻有動物的頭形隱藏其間；〈夢馬〉則看出形似馬的軀體，整塊畫布仍有其核心，其餘大量的色彩點綴就是畫家的藝術表現。同樣地，梵谷點描技巧的傑作《奧維爾教堂》和《橄欖樹》，奧維爾教堂是明顯的焦點，但是周遭的色彩、線段由畫家恣意點描繪線，形構一幅可辨識的畫作。《橄欖樹》乍看模糊糾結的雲團，不同的色彩讓觀者一陣暈眩，但仍能從主線條看出輪廓從而想像理解。杜象（Marcel Duchamp）的實驗藝術更是西塞．埃拉試圖在文字突破的嘗試。質言之，西塞．埃拉雖尚未能與大師並駕齊驅，但是其本身鑽研馬拉美（Stéphane Mallarmé）的詩性與視覺藝術，已使文壇／學術各界從表現主義、象徵主義或超現實繪畫解析其文字符號學。

相較〈鬼魂們〉虛構中的虛構，〈風景畫家的片段人生〉扎根於真實，著墨德國畫家約翰·莫里茲·魯根達斯（Johann Moritz Rugendas/ Mauricio Rugendas, 1802-1858）遊歷拉美數國——巴西、海地、墨西哥、智利、阿根廷、祕魯共二十六年（一八二二—一八四七），留下風景畫三千多幅，其畫如人生，人生如畫的精采豐沛經歷。魯根達斯第二趟旅程（一八三一—一八四七）共十六年，旅居智利八年、二度造訪阿根廷的見聞與創作，成果豐碩。然而，長而豐碩，短而精采，藝術／生命的價值就在瞬間的燦爛與永恆。魯根達斯一八三七年首度造訪銀河流域，猶如魯賓遜的漂流歷險或是格列佛遊記，亟思尋找心中的夢土與創作的靈感。虛構的魯賓遜或格列佛卻在真實的魯根達斯身上體現了。這一次的冒險經歷，抽象的意義，如同閃電剎那間閃亮；具象的真實，閃電雷擊劈上魯根達斯的座騎和他的容顏，一張破碎的臉，治療的過程，堅毅的意志，伴隨他追尋畫布的完整，要畫出南美見聞最驚豔神奇的畫作。

西塞·埃拉透過〈風景畫家的片段人生〉彩繪了魯根達斯的繪畫傳奇。這片段形塑了魯根達斯的完整人生。南美奇遇成就了魯根達斯的藝術顛峰，讓現代寰宇地理之父洪堡（Alexander Freiherr von Humboldt, 1769-1859）佩服讚嘆。

〈風景畫家的片段人生〉在西塞·埃拉長篇的哲學、藝術、歷史反覆思索與辯證的文字敘事中，嚴格界定只有三位／組要角：魯根達斯，他的同行夥伴、也是畫家羅伯特·克勞斯（Robert Krause），以及印第安原住民打劫作戰的實景。阿根廷彭巴草原的遼闊、原始與野蠻的象徵，薩勉托總統（Domingo Faustino Sarmiento, 1811-1888）在一八四五年第二度流亡智利時寫下他的界定《法昆多將領或阿根廷彭巴草原的文明與野蠻》（*Facundo o civilización y barbarie en las pampas argentinas*），他自許來自文明世界，抨擊彭巴草原的高丘人（gaucho），稱法昆多將領為野蠻的象徵。小說裡，文明世界的藝術家魯根達斯，受傷後「滿臉瘡痍」，稱自己「我是怪物」，以黑巾蒙面守候，果真出現他期待的畫面——原住民包抄襲擊的肉搏戰。「怪物畫家」用朦朧的眼、暈眩的腦、止痛的鴉片和嗎啡、搭配急速奔馳的畫筆，描繪野蠻的場景，高丘人走入修飾的畫布，風景畫家無法將瞬息萬變的戰役全部真實移植，需要一點虛構點綴，終而成就歐洲藝術的文明。

西塞．埃拉的靈魂隱身在羅伯特．克勞斯身上，是個敘述者，是小說人物，是批評家。他綜觀全景，用他者之眼記載現實，呈現魯根達斯的旅行歷險與對藝術的夢想，恰如他刻意鑲嵌魯根達斯的遊記與書信集《巴西繽紛遊歷》（*Voyage Pittoresque dans le Brésil*）作為「真實」的憑據，繼而說明此遊記是由藝評家維特．耶梅．呂柏（Victor Aimé Huber, 1800-1869）操刀主筆，為「虛構」布局。

同樣地，一如〈鬼魂們〉，〈風景畫家的片段人生〉從起到合以魯根達斯為軸線，但是字裡行間拋出對整體藝術的評論與反思，作家／畫家揪結在現實與虛構元素的擷取與粉飾，風景畫寫生需要面對真實景致，而鑲嵌入畫的地理、空間、人物是否如實刻劃，畫布留白未盡，〈風景畫家的片段人生〉彷彿一個藝術治療的過程，留給讀者一個開放的刪節號。

第三篇〈瓦拉摩〉的地點來到巴拿馬科隆特區，先是一段引言，敘述一位公家機關的秘書，名叫瓦拉摩，在下班的十二個小時後，他決定一項大膽的嘗試，寫下一首長詩題為〈母與子之歌〉（*El canto del niño virgen*），意為處女聖母無玷始胎生下的孩子，一種類似無中生有的奇蹟與創舉，一項空前絕後的文壇盛事。這段楔子牽引出瓦拉摩接下來千奇百怪的際遇。

瓦拉摩月底最後一天下班領薪時，發現領到兩百披索偽鈔，內心焦躁，恐被誤解為持有非法物品，又擔心沒錢的日子生活不濟，一路回家的路上，惶惶不安，一連串的際遇與不可思議的事情於焉展開。瓦拉摩看著鬧區中央政府大樓櫛次鱗比，想著手中的假錢；穿梭車水馬龍的街道，想買東西，想施捨，發現手中沒有真錢的窘境，有大面額假鈔的困擾，思索著為何倒楣事降臨自己身上。回到家中，假鈔的困擾依然存在，為了打發時間，他索性做起自己喜愛的動物小標本，和母親聊匿名信、取貨單、許多母與子產生紛爭的事；接著他兀自玩起紙牌，母親將他已摻雜防腐劑的魚標本下了鍋……

事實上，瓦拉摩拿到假鈔以後渾渾噩噩，晚間去咖啡館打發時間，去聽慣常會聽到的嘈雜的人群聲，遇到三個盜版書的編輯要幫他出版《如何製作變種的小動物標本》，盜版書商應允給他兩百披索；他遇到經營走私貨的龔戈拉斯姊妹花，這對姊妹花巧妙利用瓦拉摩會經過咖啡館的必然，以他作為「引信」，傳遞訊息給載運走私貨的船隻。然而解密的關鍵卻是卡門（卡莉絲）的一本筆記本。瓦拉摩拿著這本筆記本解碼，讓自己不再成為走私的引信，也讓自己依循筆記本的指示，寫下了最前衛的詩篇。

若要提綱挈領理解〈瓦拉摩〉的敘事，和〈鬼魂們〉、〈風景畫家的片段人生〉一樣，也是三個層次，三種異質元素：假鈔、走私、文學，都靠「虛構／虛假」布局，而瓦拉摩穿針引線，貫穿其間。〈瓦拉摩〉應是三篇中最能看出波赫士的技法的書寫，像是〈歧路花園〉裡余尊扣上扳機，殺了史蒂芬．艾伯特的漢學家，用來指涉艾伯特的城市名稱；也像科塔薩（Julio Cortázar）的〈公園續幕〉（*Continuidad de los parques*）閱讀小說的人，最後的境遇竟然與小說的主角一樣；或〈手中線〉（*Las líneas de la mano*），書信的密碼一路延展敘述，瑣碎細節引伸到最後才見真章（作者自戕）。西塞．埃拉透過〈瓦拉摩〉，再現了〈波赫士與我〉、〈《吉訶德》的作者皮埃爾．梅納爾〉的作者／讀者／評論者的角色。最終，西塞．埃拉想說什麼？他想呈現自己創作的自由意志，一個「我的自述」的觀點。一切隨機應變，創作中有無限可能，浩瀚的寫作過程中，就是混雜元素的組成：「只有一直接續下去，不規則的一行又一行；使用現有的材料，改寫密碼，直到無法解碼」。某種層次上，西塞．埃拉除了馬拉美，更進一步，似在演繹詮釋德勒茲的皺褶論述，以及歷史內在性的重複與差異。

儘管我們試圖將西塞．埃拉這三篇中篇小說簡潔扼要地引介，但是，就連最專精西塞．埃拉研究的賈西亞（Mariano García）都在專書《文本變異：西塞．埃拉作品的文類》（*Degeneraciones textuales. Los géneros de la obra de César Aira*）中指出：「當中更多的敘事是剪不斷，理還亂的哲學詰問，太多訊息而找不到訊息」，是符號學的所指和能指的表裡連結，是結構主義的拆解，甚至是西塞．埃拉推崇的普魯斯特的「意識流」書寫。讀西塞．埃拉，他沒有波赫士那麼深層繁複的奇幻和超現實，卻有不少的荒誕揶揄和質疑。過去任教美國密西根大學與哈佛大學多年的阿根廷作家安德森．殷貝特，在他備受倚重的《拉丁美洲文學史》的評論，提出奇幻文學的三類型：超自然的神奇，超自然的靈異，超自然的荒誕，西塞・埃拉應當融入不少後者元素在他的創作裡。「但是一件事一旦發生，另外一件事也會跟著發生，在第一跟第二件事之間，密密麻麻布滿一連串相當合理的前因和後果。不合理的是起頭跟結局，這種絕對的獨斷，阻斷並隔絕中間的一連串因果，用一種不可撼動的邏輯，牢牢套住裡面的巧合。另一方面，兩端的差異性（兩張偽鈔怎麼會跟一部大師級文學巨作扯上邊？），失控地衍伸出中間的過程。於是，不可動搖的意義，威脅著從裡而外無止境地延伸出去。」這段雖是〈瓦拉摩〉的敘述，詮釋〈鬼魂們〉和〈風景畫家的片段人生〉一樣貼切，也可說是西塞・埃拉書寫的非／邏輯。

耐人尋味的是，瑪爾希米安和格羅索兩人在合著的《當代阿根廷文學概論》特別提到西塞・埃拉的寫作特色，是一種「無情節文學」（反故事文學）（literatura atramática），這一個相當新的文學術語「literatura atramática」反映阿根廷時下作者的寫作傾向和讀者接受度：「重文學技藝勝於故事鋪陳……九〇年代以後的阿根廷文學路徑傾向問題的呈現與陳述，堪稱是面對過去的耗竭與未來的追尋的寫作方式」。知名評論家與學者路德梅（Josefina Ludmer, 1939-2016）對這段文字的解讀是：「強調藝術本身的自主與自治，因此無法用美學的觀點閱讀文學作品」。更新近的學術研究中，我們從Djibril Mbaye的博士論文讀到作者針對西塞・埃拉作品的評析，是一種「尋找評論的創作」。皮藍德羅的《六個尋找作者的劇中人》到了西塞・埃拉，變成「一個找尋評論的作家」。文類的混雜，百科全書式的覆蓋，作者／讀者／評論者三位一體的視角，逾越所有規範與秩序的書寫，意識型態即語言的即興投射……可從三篇中譯文本窺知。西塞・埃拉這廂，也有其創作的雄心：「如果說這個人不是個天才的話，他也拒絕接受其他所有的稱詞」，西塞・埃拉文學的評價有待時間的鐮刀來取捨。

Contents

鬼魂們

十二月三十一日早晨，帕哥爾戴夫婦去看他們買下的公寓，工地位在荷西波尼法西歐街二一六一號，陪同一塊前往的還有巴爾托洛．沙克里斯坦．歐爾梅多，他們雇用的園藝造景師打算在公寓前後兩個大陽台擺設植物。他們踩上建築物堆積瓦礫的階梯，爬到中間樓層：他們買的是三樓。這棟樓是一層一戶。除了帕哥爾戴夫妻外，還有其他六位屋主，今天是一年的最後一天，所有人都挑這天早上來看施工進度。水泥匠埋頭苦幹。到了十一點，現場人聲混雜。根據合約上載明的日期，今天應該是七層樓的交屋日；可是工程延誤，不過這也見怪不怪。建商的建築師菲利士．特尤爬上爬下五十趟，安撫屋主的不安，大多數人都帶人前來：若不是帶地毯師傅來丈量地面，就是帶木匠、陶瓷師傅或室內設計師。沙克里斯坦．歐爾梅多正說著陽台要種一排矮棕櫚樹，帕哥爾戴夫妻的孩子們在還沒舖地板、沒裝門窗的房間裡追逐。這時正在安裝空調設備，比預計在新年節慶過後裝好的電梯要早一步。目前預計裝電梯的缺口用來升吊建料。各家夫人踩著七吋高跟鞋爬上了覆蓋灰塵和堆滿瓦礫的階梯；扶手也還沒裝妥，因此需要分外小心。地下一樓是車庫，由一個坡道通向外面的人行道，坡道還沒舖上特殊防滑層。地下二樓充作儲藏室或倉庫。七樓之上是頂樓，有一座溫水游泳池和一間遊戲室，放眼望去，景色遼闊，交織著屋頂和街道。這兒還有一間給守衛的套房，跟其他部分一樣尚未完工，然而勞烏．維那斯一家子已經入住幾個月，他是來個自智利的水泥匠，儘管一臉可怕的醉相，倒還是能讓人非常信任。屋頂的熱氣不是常人所能忍受。上面相當危險，屋頂露台還沒裝上玻璃圍欄。上到這裡參觀的人都不讓小孩靠近屋頂邊。沒錯，樓層面積在裝上門窗和地板之後應該會窄小許多。大家都心知肚明；然而，也可能看上去比較寬廣。二樓的室內設計師多明哥．弗雷斯諾在恍若迷宮的寬廣空間走來走去，他提心吊膽，感覺自己像走在一處荒野的沙堆上。這棟特尤設計的建築物還算不錯。起碼是牢牢地矗立在水泥地基上吧；但將來也可能輕易倒塌，就像冰淇淋一樣在太陽底下融化。一樓還沒人來。四樓的卡恩夫婦年紀稍大，他們帶著兩個正值青春年華的女兒過來，陪在他們身邊的是一流的室內設計師艾莉達．葛拉馬霍，此刻正高聲說出估量窗簾的結果。所有細節都得注意。原地連同附近空間都要一併丈量。因此，這一大棟水泥牢籠長寬高每一毫米都不能放過。有位穿著紫羅蘭洋裝的女士在五樓通往六樓的樓梯間氣喘吁吁。另外還有一些不必工作的傢伙：他們飄上飄下，甚至穿透地磚。工程延誤並沒有引起屋主不快，因為他們若是抗議進度就要付清屋款；也因為他們希望有多一點時間處理家具和裝潢。實際丈量完後，原本以為的狹小空間實際上比較寬敞；為此，搬家的時間勢必得延後。此外，要在一年的最後一天交屋太過勉強。在六樓，伊杜比德．山索小姊妹朵蘿德雅和荷西菲娜腳踩涼鞋踢起石灰粉末，她們的父親正平心靜氣地跟菲利士．特尤談話。後者道歉後，便與紫羅蘭衣服女士打招呼，陪她上樓去。卡恩夫婦聽完介紹，從公共娛樂廳下來。帕哥爾戴夫婦走到陽台，下面是波尼法西歐街，樓層與大蕉樹同高。窗戶的安全格柵還沒裝上，因此對孩子們而言，裝好高聳欄杆的陽台暫時是比較安全的地點。這天早上瑣事一籮筐。全都與孩子有關。因為丈量後發現面積比較寬闊，以及要盡量降低危險，孩子的空間變成第一考量。真實的世界以毫米仗量，非常廣闊。在這裡，有孩子，丈量面積的方法就變成另一套。室內設計師搖身變成為孩童客製的工匠。此外，不論是對這些有錢的住戶還是這行油水豐厚的生意來說，目標都是提供孩子舒適的空間，否則住旅館不就好了。而可怕的水泥匠半裸著身子穿梭在他們之間。窮人和富人，人類與野獸之間的差別，不過是一條暫存的界線；有些人曾屬於其中一邊，過陣子可能換成其他人；三十一日，除了象徵節慶，也明示這樣的狀況，那就是窮人也有權追求幸福，甚至實現，這是另一個不容置疑的事實。金錢的多寡，端看怎麼使用以及是誰使用；此外，擁有財富是短暫的，一如這天早上大家共聚一堂是因緣際會。弗雷斯諾提議室內擺置大量植物，沙克里斯坦．歐爾梅多建議擺室外。他們都算是園藝造景師。目前整棟樓都是開放的，等到大樓落成，將會鎖起，變成一個私密且屏障重重的小天地。連菲利士．特尤也會消失無蹤，像是一團歲月踩散的灰塵。孩子會在這裡長大，至少有一段時間是如此沒錯。一樓姓洛培茲的住戶孩子還小，此刻他們一家子正在盡頭的內庭，那兒格局方正，已鋪上了紅色磁磚。二樓的住戶中午抵達，他們是即將入住七樓那位紫羅蘭女士的雙親：他們帶著孫子一起來。這裡不會再有其他孩子搬來；而每個孩子會有自己專屬的視野，一層樓一層樓上去景色都不同。葛拉馬霍花了三個小時做筆記，寫下每一個空間仗量好的數字。伊杜比德太太說她看到一個可怕的怪物，肥胖的身軀就像相撲選手。那是個來自南部聖地牙哥埃斯特羅省的工人，此刻正在電梯口用馬達拉起一個擺著水桶的吊掛平台。到了下午一點，大家都去休息，臨時會在比較涼爽的一樓召開。從最高樓層，可以看見位於波尼法西歐街角警局的庭院。有位老先生，也就是洛培茲一家雇用的木匠，仗量了幾面牆壁打算做書櫃和衣櫃。由於是預購屋，所有人都想依照自己的品味定做櫃子。建商推薦了一間木匠行，後來由他們拿下四個樓層的工程：他們的工作是聽從由室內設計師直接下達的命令。在樓下，一群大人正在討論，幾個孩子就看著街上的工人把一個金屬大料斗堆滿瓦礫；他們推著手推車沿著一個跨越人行道的斜面木板上去；但是剛從街角超市採買完畢的太太們不得不改走街道，可不開心了，她們推著推車，上面堆滿為了燒一頓豐盛晚餐的材料。多明哥・弗雷斯諾跟一個留鬍子的年輕建築師談話，他認識這名男子，他將會負責六樓的裝潢。此時他們發現要開工的日子馬上就要到了：儘管公寓怎麼看都尚未完工，也不確定何時落成，瓦礫一大堆，地板還沒舖設，卻可能在這一段時間的任何一天完工。已經離開的艾莉達・葛拉馬霍也這麼認為。至於屋主比較狀況外，不這麼想。但他們應該看到了水泥匠不見人影，像是半空的氣球無聲無息破掉沒有留下痕跡。水電工準時在一點下班離開。特尤跟工頭聊了一會兒，接著他們一起檢視每個樓層，花了整整十五分鐘。拉線很快可以完成，插座和其他細節一個下午時間就能夠完工。紫羅蘭女士的父母跟孩子上樓去看頂樓的泳池；池子已經黏上小小的藍色磁磚。有個衣著破爛的乾瘦女人正把衣服晒在一條細繩子上，就在應該是守衛住的套房的內庭。她叫愛麗莎・維古那，是守衛的老婆。參觀的人都抬起頭看向頂樓的水塔，水塔的外觀古怪，上面還架著一個巨大的雷達天線，接收影像給所有樓層。而就在天線邊緣，就連鳥兒都不敢停在上面的銳利金屬邊緣，坐著三名脫得一絲不掛的男子，在凝視正午的豔陽；當然，沒人看得見他們。在四樓，帕哥爾戴夫婦正一邊聽著沙克里斯坦・歐爾梅多的解釋，一邊翻閱一大本園藝檔案夾。小孩們也想要發表意見。大多數的孩子都喜歡從陽台眺望：不管他們從哪裡搬來，喜歡的是不同的高度；就算他們是從一層三樓的公寓搬到另一層三樓的公寓，感覺還是有所不同。從高處看到的是不一樣的景色。孩子不論在哪裡，總有鬼點子，有時毫無邏輯。他們又開始在還是水泥地的房間追逐。陽光灑落每個角落。他們奔跑的樣子彷彿在一片大草原上，只是在某個高度以上，而且有隔間。菲利士．特尤跟要離開的一家互道恭喜、報告完落成的良辰吉時之後，他說：「我相信您們會在新家住得很開心。」而他沒說錯。

只是屋主對於開心是另一番想像；他們開心工程延宕。簡而言之，他們本來就不信一切會如期完工，也就是說，很快落成。他們寧可慢慢來；他們從一年前支付頭期款，變成屋主開始，就這麼想。現在何必改變想法呢？只因為一年到了尾聲？沒錯，他們知道落成的那一天終會來臨，但應該是在最後一刻，不該提前。這是無法事先確定的，今天、明天或不論哪一天都不能。事情的發生，正如觀念的形成，在這個過程有個起點。這個起點就在該在的地點，不會在他處。如果過程是一年，就不會在年終結束。他們想得沒錯，不管如何，不論理由，多說無用。

這棟建築的產權，如同年與時刻組成的單位。每個屋主擁有的是他居住的樓層、車庫和儲藏室，他是房契的主人，就這樣而已：他們能賣的只能是這些東西。但同時他們共同擁有整棟樓。這是平行物業的要點。

料斗上面，有個水泥匠手拿著空桶，一動也不動，站在旁邊，他是個叫胡安．荷西．馬汀內茲的年輕小伙子。他心不在焉地注視街角，那邊有些騷動。他沒大驚小怪，街角也沒發生什麼大事，那只是視線會駐足一秒的瑣事。有好幾個人盯著他看，是因為他呆站著不動，視線停在街角，因為只有他站在高處，像個孩子玩著保持平衡的遊戲（他的年紀非常小）。引人注意的是他正在工作，卻杵在那裡。他雖然停住，這一瞬間卻繼續在掙錢，所以不算真正停下來。同樣地，出自大師之手的雕像也是靜止不動，價值卻不斷增加。聽來有點荒謬但是事實。盯著他的人都跟望著一段距離外的他一樣心不在焉，他們會知道下次做白日夢時，不能光憑理性，還得要加點詩意來解讀永恆和承諾之外的東西。

建築師菲利士．特尤說：「最糟糕的是他們說謊。」而臉上燦爛的笑容，反倒洩漏他的擔憂。這番話引起相當的注意。這種注意，是當聽到有人說謊時，非常普遍的反應。他口中的他們是指水泥匠和無產階級分子。「他們會說謊，說謊，再說謊。直到願意說實話時，才猛點頭承認。」菲利士．特尤是個中產階級背景的專業人士。他在工作生涯的某個時間點開始，幾乎只跟兩種相去懸殊的社會階層打交道：購買他們華美公寓的家財萬貫人士，以及蓋公寓的家徒四壁的水泥匠。他發現，這兩個階層的人相似點非常多，尤其是對於金錢毫不客氣的態度。他們在這一點上簡直一模一樣。非常窮困和非常富裕的人，都自然而然地想盡辦法從他們眼前的人身上榨取最大的好處。至於中產階層的猶疑，他最能認得，因為是他所屬的階層，他們會在能要求和獲得的最大好處之間保留一點空間，這是一種禮貌，其他兩種人根本不懂這種「緩衝」。他們不但不知道。甚至沒思考過。他跟這兩種人頻繁來往，他是個聰明又隨和的人——如果說不把這兩樣看作同樣的特質的話——學會了用還算過得去的方式跟他們往來。他在自己與他們之間，布下完美圈套，從中汲取最大利益。確保生活安穩之後，他只期盼平靜地過日子。當他一臉蠢相，跟他們解釋重要的真相，他詫異他們竟一頭霧水。就像是他最愛的小說《酒店》（*L'Assommoir*），當女英豪潔維絲償清跟高耶特母子之間的債務：從下個月開始，不必再付他們一毛錢。不久甚至開始向他們收費工作。這個對資產階級讀者是多麼沉重的打擊！這個善良、誠實和勤奮的女人怎麼可能還不完欠下的錢？喔？如果她得還的只是金錢債，不是道德債，怎麼會還不完？這麼不謙虛？不，不用謙虛，因為這個女人不但窮，還拖了個酒鬼丈夫。喔，真是天才啊！左拉！（可是當特尤在內心這麼吶喊時，是舉起雙手，望向天空，掛著我怎麼沒想到的表情，還不自覺地吐出這句話，他比起那些對美麗的跛腳燙衣婦行為忿忿不平的人，骨子裡更像個資產階級分子。）

買下這些樓層的夫婦，除了最年輕跟最老的，都是再婚或者決定廝守一生。因此，他們買的是打算住上好些年的舒適住所：這是特尤的風格，他擅長營造帶著童趣又有家庭的氛圍。這是個划算的交易。

一小圈人圍著他，專注聆聽他說話——再婚夫婦都已計畫好如何打造幸福快樂的生活，這時有兩名男子混進來，他們光著身體，皮膚黏附一層石灰，他們也聽著，可是每隔一會兒就哈哈大笑。與其說那是笑聲，倒不如說那是可怕的哀號，是誇張的嘲諷。不過大家聽不到他們的聲音，對話依然照著輕鬆有禮的步調進行。他們繼續又喊又叫，彷彿互相競賽。他們渾身髒汙，也因為體型比較矮小，體格精壯，腳掌小加上雙手粗糙，活像水泥匠。他們的腳趾分得非常開，像是野人。他們的舉動就跟粗野沒教養的孩子沒兩樣。一個拿著裝滿瓦礫的桶子的水泥匠，恰巧從那裡經過，往通向料斗的木板而去，他伸出空著的那隻手，並沒有停下腳步，而是捉住他們兩個其中一人的生殖器，拉著繼續走。那陽具拉長了兩公尺、三公尺、五公尺、十公尺，甚至拉到了人行道上。當他手一鬆開，便彈回了回去，發出啪一聲，怪異的和聲繼續在還沒抹石灰泥的石板、沒鋪大理石的階梯，和沒裝電梯的長型空間之間迴盪，彷彿日本琴上聲音最低沉的那條弦線。於是這兩個鬼笑得更加狂妄，笑聲比往常更響徹雲霄。這時建築師講到水電工說謊，油漆工說謊，管線工也說謊。

一輛滿載空心磚的卡車抵達，倒退開進一樓即將作為接待櫃檯的空間，那群看屋的屋主讓到一邊。建築師很驚訝節慶將至，他們還來看進度。他跟他們解釋這是最後一批蓋牆壁的空心磚，而且不懷好意地笑說，如果有人想在最後一刻更改屋子格局，現在就要提出來，不然以後永遠沒機會了。對他們來說，這是一個善意的提醒。他們不煩惱格局；對水泥匠來說恰恰相反，他們並不怎麼高興意外的驚喜，因為卸下磚頭後，可能還要再多工作個半天。他們急忙排成一排搬磚頭。那兩個鬼浮在一個圓形電子鐘上空，時鐘從一根混凝土梁柱垂掛下來，正下方是電梯的缺口。他們兩個倒吊著，臉頰緊貼，一個是垂直方向，另一個傾斜五十度，彷彿時鐘的兩根指針在十一點五十分的位置；不過上面的時間並不正確，實際時間已經過了下午一點。以這棟樓為傲的特尤提議上樓，帶屋主參觀娛樂室和游泳池，同時避免妨礙工作進行。不打算上去的人就地告別。上面的陽光毒辣，一群人上去之後，開始七嘴八舌談論怎麼使用游泳池，並聆聽橫亙在他們頭頂上空的鋼骨的介紹：日光浴場裝上玻璃以後，以馬達控制開合，還有一個與主鍋爐分開的獨立鍋爐，透過一根根管線運輸暖氣，當然，游泳池在冬天使用的機會要比夏天高，因為大家習慣去溫泉浴場。整片屋頂，包括整個周邊（往南也就是往街道的那一側不包括在內，因為那邊是更衣間、淋浴間，以及守衛住的套房），都裝上玻璃的話，數量龐大。那是一種好幾層玻璃組成的防彈玻璃，已經採買並包好放在地下室。裝上去的工程會排在最後。他們走過去樓頂邊緣眺望整片景色。雖然看不到盡頭（畢竟他們只是在七樓之上），但是視野已足夠寬廣，可以看到一百公尺以外交通繁忙的阿爾伯迪大道，以及街道上建築顯眼的門牆，還有一大片屋舍和樹木翁鬱的庭院，幾座塔樓錯落在遠處。這片壯麗的蒼穹，是夏季鈷藍色調。破曉以後，一整天直到夜幕低垂為止，泳池都是在燦爛的陽光照射下。他們當著好幾個孩子的面，開始聊起守衛和他的家人。他們聽說了他會喝酒的小道消息，但是並不擔心：他們從所在位置，可以看到警局就在附近，因此就算守衛散漫又貪杯，施工期間並沒有東西失竊。況且他們再過幾個禮拜就要離開。這些人知道他們一家子是智利人嗎？知道，他們覺得他們就是智利人。智利人不一樣，他們比較矮小、嚴肅，一板一眼。建築師說不只如此：他們比較有禮、勤奮，尤其是在工作方面。當然，勞烏．維那斯會跟也是來自智利的親戚飲酒作樂，其中一些是工地的工人。很快地，他們跟其他所有人就會永遠消失。他們已經在這裡住了一年。屋主聽了感覺有點怪。竟然有人早他們一步入住。他們甚至想像他們暫住在這兒有多逍遙。開始蓋樓的最初幾個月，環境非常苛刻，守衛一家子住在一樓用厚紙板搭蓋的地方，後來才搬到這上面來。沒錯，聽起來有點詩意，他們先是度過一個飽受寒冷折磨的冬天，再換到樓頂忍受太陽烤曬。當然，勞烏．維那斯並非不在乎。他們確實也撒了謊：比如，他們不是合法移工，沒有工作證；最後報應是薪水微薄，可是換匯之後對他們來說綽綽有餘。他們似乎已找到接下來的住所，但建商臨時再找守衛太匆促，便要求他們多留幾個禮拜。洛培茲太太說：「他們比我們還快樂呢。」幾位屋主心想，至少那些人努力過得快樂。

與此同時，一位身形矮胖的先生正在檢查最後一次筆記，巡視房間，重新仗量，確定數字正確，他是三樓的地毯師傅。看完數字，他甩了甩金屬捲尺，姿勢頗為專業，捲尺飛快地舞動，發出颯颯聲響，捲了起來。所有該量的都量好了。所有。從頭到尾。或許他也想替屋頂鋪地毯吧。下樓前，他到陽台瞄一眼自己的黃色三菱小貨車是不是還停在原本的位置。他的正下方正是一輛大貨車的車頭，車子旁正在卸磚塊。

水泥匠加快動作，原本兩排人現在少了一半。其中八個忙著幹活。兩人在貨車後車廂搬空心磚頭，一次搬三個，扔給在下面接的人，他們再傳給其他伙伴，然後這些人再傳下去把磚塊堆在牆邊。磚頭每一次過劃過空氣的聲音都一樣，發出響板似的一聲脆響，不管是在半空稍微分開，或是掉在接住的人的手中再次重逢。沒事幹的人可以在對面的人行道上，呆望眼前這一幕工作好幾個小時。此刻，唯一的觀眾是一個四、五歲的小孩，這個金髮小胖子從卡車的一側走過來。他看著同時進行的工作，過了幾分鐘，朝正在其中一排的勞烏·維那斯走過去，然後問他：「叔叔，小朋友都不在嗎？」維那斯因為午餐延後，心情惡劣，連看都沒看他一眼。他似乎不想回答他的問題，但還是用平靜單調的語氣回答，並抽著菸（同時他把接過來的三塊磚頭再傳過去）：「不在。」那孩子不死心：「他們在樓上嗎？」沉默再一次籠罩，只有磚頭來來去去，那孩子繼續說：「對嗎？」最後維那斯對他說：「荷西·瑪利亞，你他媽的為什麼不回家找媽媽呢？」水泥匠們笑了出來。遭受羞辱的荷西·瑪利亞站到一邊去，非常安靜地盯著看。雖然遭到羞辱，但他很高興聽到自己的名字。而且，他對搬磚頭真的很感興趣。他不急，因為他們家午餐吃得晚，況且他在等祖母，一個大嗓門的老婦人，整個社區都從她洪亮的叫聲知道她的孫子叫什麼，她會來找他（她住在街角）。但就在這一刻，他看見盡頭有一個光溜溜的東西，膚色跟石灰一樣蒼白，便慌慌張張地從原路離開。正在貨車車廂揮汗如雨搬著磚頭的胖子說：「真是個怪孩子。」這句話又引起其他人訕笑，一方面是因為他的口音，一方面是他的模仿。他們笑很僵硬，因為得專注手邊的工作直到做完為止。

街角的超市裡，有個叫阿貝·雷耶茲的年輕人完全不在狀況內，他正在採買水泥匠的午餐。他一如以往只挑方便能夠迅速解決的食物：肉、麵包和水果。像他這樣年紀非常輕的小伙子不願意使用購物車，也沒帶袋子，因此把所有東西全攬在懷裡。其實他還稱不上什麼年輕小伙子，充其量只是個小毛頭罷了。他又瘦又醜，笨手笨腳，留了一頭長髮。兩年前，他跟父母一起來到阿根廷，很快地就注意到當地的年輕人普遍留長髮，這種習慣在這個國家或許稱得上高尚，但是在他的同胞之間顯得古怪。他年紀輕又是個外國人，過於無知的結果，沒發現留長髮的都是來自低下階層，是其中一群註定無法跳脫宿命的阿根廷人。不過就算發現他也不在乎。他就是喜歡，這個原因就夠了。因此他已開始留頭髮，長度到後背的一半，也就是肩胛骨下面。這種髮型對他來說糟糕透頂。他的父母是謙卑又正派的人，他們據理反對他糟糕的主意；當初他們若是用嚇阻或禁止手段，這個小男生或從許一開始就會聽他們的話。不過並非如此，他們只是勸導他看起來娘娘腔，像作奸犯科分子；一旦干涉就收不回。他們收不回他們的理由，也就是所謂正當的理由。此外，他們是仁慈而開明的父母，便說：「等興頭過去就好了。」於是這個小男生就變成小女孩模樣。不過頭髮會妨礙他工作，他認真考慮要用橡皮筋綁到後面，但目前還不敢這麼做。在工地，並沒人跟他說過什麼，也沒人特別注意這件事。這真的沒什麼好大驚小怪；至少這一點他沒搞錯。場景換成智利，他可能會上電視節目訪談；或者被逮坐牢。

超市裡一點也不平靜。這時是尖峰時間，這一天也是人潮洶湧的一天。大採購的人潮摩肩擦踵，東西橫掃一空，彷彿這一晚連半夜也餓不得。他幸運地在盡頭的冷凍櫃找到兩大盒牛小排，拿在手裡冰得不得了。他也拿了一串香腸，疊成四塊的牛上蓋肉，還有十二塊助骨排。全部用透明膠膜包好，放在白色托盤上。他經過水果區，挑選兩袋看起來差不多熟了的桃子，和一串約十根的香蕉。這些東西都沒袋子裝，要帶走很麻煩。但是這還不是最糟糕的。去拿麵包之前，他看了一眼擺在一台上掀式冷凍櫃裡的冰淇淋。當然，這時不能拿冰淇淋，因為要吃的時候早就融化了；可是能再來點八份罐裝的蘇格蘭夾心派就太棒了。只要兩罐就夠了。於是他決定告訴叔叔等時間恰當再過來買。不過他不太有把握，到時可能已經被買走了吧；他只希望他們會考慮價格而不吃；這些冰淇淋其實貴得令人咋舌。接下來他要拿麵包。對。這是非常重要的食物，因為這不只是配菜，在鄉村料理，麵包是用來搭配肉類的一道菜。要這樣吃非得要刀子鋒利，這樣一來他們三不五時就得叫外頭吹著橫笛經過的磨刀匠過來幫忙（除了有一個經過社區的是吹陶笛：他應該是整個布宜諾斯艾利斯絕無僅有的一個），讓刀子隨時就緒。阿貝跟每天一樣，不怎麼開心地知道這裡賣的一袋麵包只有二百五十公克包裝。其中四袋，擺在盒裝肉品和水果上面，就要滑落。但是他沒其他選擇，除非想跑兩趟。他像是個抱著胖寶寶的爸爸，走向了飲料區的架子。很可惜，他們沒有冰箱，無法喝冰過的飲料。但是人會習慣，一如習慣生活中的許許多多事物。他只拿了兩瓶可口可樂塑膠瓶。他用兩隻手唯一有空的食指和拇指拎著瓶口。人愈來愈多，超市員工的動作（洗地板），阻礙了走廊上的來來往往。阿貝的身形在人群中顯得格格不入，他腳上踩著破個洞的運動鞋，穿著黏附石灰的褲子，破爛的襯衫，以及頂著一頭長髮。他從事這麼粗重的勞力工作，外表竟還這麼弱不禁風，真難以置信。第一眼看到他，可能會以為他是個女孩子，或者女僕吧。他一看到結帳隊伍不禁心頭一冷：排到超市的盡頭，大概三十公尺長，然後回轉，再從另外一條走廊反方向繞回來。儘管有三個收銀台，今天卻只開放一個，結帳的女店員無法應付這麼龐大的人群：連他這個傻小子也注意到這件事。事實上，超市運作這樣缺乏效率非常不可思議。它不是以賺錢為目的，因此待客不著眼利潤，而是其他模稜兩可的地方；可以說，它追求的大致上是偏宗教面。這間超市跟所有連鎖分店同屬某支福音教派，這一點就表現在拙於經營生意上。更清楚說來，是表現在所有的層面：連最細微處都可以窺見蹤跡。這無庸置疑就是宗教最寫實的一面。據說，他們會攀談社區裡碰巧來店裡的年輕工人，向他們傳教，送他們幾卷錄影帶，內容是他們教派的一位美國牧師最精采的表演。不過阿貝．雷耶茲從沒遇過，儘管他是唯一一個天天來這裡的年輕工人：或許他們看到他的智利人長相，知道他像岩石般堅定不移地信奉天主教，或者因為他的髮型，以及留長髮在道德上的爭議，他們認為他不是恰當的人選，恐怕也想過他家裡應該沒有可以播放錄影帶的設備（或者他聽不懂英語，不會了解佈道的內容）。他排在最後一個，如同平常駝著身子，以非常緩慢的速度往前。這時他瞥見孀孀帶著孩子出現。

時間接近正午，這時頂樓猶如火爐，是身為家庭主婦的愛麗莎．維那斯最討厭的時刻，她清楚想起街角的超市營業到正午，那兒是她採買所有東西的地點，少了它她會無所適從：這一天算半個節慶日，所以這並不奇怪，另外這間超市令人難以捉摸；也就是說，現在可能已經關門，或者會繼續開到午夜十二點前五分鐘。然而，如果關門她會不知道該怎麼辦，因為今晚跨年慶祝需要的東西，她連一半都還沒買齊；因此，為了避免不幸發生，她下定決心前去一趟，儘管非常突然。她急急忙忙，想一個人很快地去買點東西，但孩子們怎麼也不肯留下來跟帕蒂在一起，也就是在她外出的幾分鐘負責廚房大小事的人。此刻孩子們打著赤腳，她得替他們穿鞋，其中幾個連臉都沒洗，也不乖乖聽話，下樓之前，她花了十五分鐘將他們打扮得稍微能見人一點（比方說，頭髮梳整齊）。她一直沒能習慣那些覆蓋瓦礫、石頭、散落的灰塵以及缺少扶手的階梯。她把小女兒抱在懷裡，放開其他孩子，他們翻著筋斗，但是沒有人跌倒。她有四個孩子，兩個男孩和兩個女孩，最大的七歲，最小的差不多兩歲。她不但認為自己的孩子長得十分漂亮，還相當有信心，他們遺傳了父親母親的儀態。她是個三十五歲左右的婦人，相當瘦小（比算是矮小的丈夫還要矮一點），當然，因為經濟狀況，她穿得寒酸，也無從打扮。到了一樓，她跟丈夫聊了幾句，原本整個早上在工地繞來繞去的訪客已經不見蹤影。她出門去，孩子跟在她的後頭。她也讓最小的孩子自己走路，所以她得走得非常緩慢。這段路不過三十公尺遠；超市就在那邊，不需要過馬路。不管如何，畢竟還是一趟路。她的孩子一如往常繞著超市裝飾側面門牆的磚頭廊柱玩耍。

她走到門口，瞥見裡頭的人潮嚇一大跳。她可以想像這一幕（儘管沒預料是眼前這般情景），可是萬萬沒想到人滿為患，連一半的人數都沒想到。她只得記住自己來這裡的目的是要問是否中午過後不營業。因為沒看到任何告示，她便走進去問。發放回收瓶罐優待券的櫃檯，有十來個人排隊，令人難以置信的是，每個人都帶著空瓶正在抗議；櫃檯沒有半個服務人員。她的孩子跟以往一樣，鑽進了貨物架之間，淹沒在人群當中。她打算去找他們，順便問清楚她的問題。像愛麗莎．維那斯這樣的母親並不像粉蝨稀少：她不怕孩子在人群中走失。她能適時拾回理智，總在他們不見時捕捉到他們的蹤影。至於她最小的孩子賈桂琳，還牽著她的手。她走到第一條走道，穿梭在推車和群眾之間，找到了負責回收瓶罐的櫃檯員工，這個年輕小伙子正在刷洗地板，但是人潮來來去去，工作變得相當吃力。她開口問他，得知下午四點才關門，不禁鬆了一口氣。這樣一來，她可以午飯過後再過來。她繼續往前去找她的孩子，順便也瞄了一下食品，試著在內心擬好購物清單。她得抱起開始鬧脾氣的賈桂琳，但是小女孩很快地想下來，因為她看到了兄姊。他們三個站在一個穿紅色制服、濃妝豔抹的女店員前面，她正在分發咖啡給要求試喝的人。這幾個孩子似乎想跟她要，但是提不起勇氣；當然，即使要了，女店員也不會給，他們根本不知道那是什麼東西。他們從沒喝過咖啡。但是出於一股孩子的好奇心，一種想要拿到東西的渴望，他們壓抑不住。既然來到這裡，愛麗莎便從一個架子拿下一罐漂白水，她想她已經用完，或者快要用完了吧。她大量使用漂白水來洗所有的衣服。這是她的習慣。這也解釋了為什麼他們全家的衣服顏色都褪得厲害，只剩一種淡淡的顏色，好像相當老舊，但這種破舊又有一種美感。不管衣服是新的，還是買的時候是鮮豔的顏色：從第一次下水洗開始（泡一整夜的漂白水），會變成泛白、輕薄的外觀，帶點貴族風，這就是維那斯一家子衣服的特色。可是，當她把漂白水拿在手裡，她想著，把東西買回家得排一個小時的隊伍簡直荒謬；她很想直接走向收銀台，問排在第一位的客人是否願意讓她先結帳，因為她只買一樣東西。她將孩子聚在一起，跟他們說該走了。也許他們也感到無聊了，便乖乖地跟在她後面。最後她用不到那招，因為她撞見阿貝排在隊伍最後幾個，而且若是排在前面的太太懂得吵架，用那一招通常會引起麻煩，她的外甥雙手抱著一盒盒東西，手指還吊著兩罐可樂。真是個可憐的孩子，既醜陋又滑稽，還披頭散髮。他也看見了她，並堆出只有見到親戚時才有的禮貌性微笑，遠遠地跟她打招呼。她走過去，拜託他一起替漂白水結帳（她拿出零錢包，掏給他一枚硬幣），再拿上樓給她。阿貝心甘情願地點點頭。她瞅了一眼他拿的東西，發現買得不夠多，但她不打算要告訴他，只是任憑他垂著頭，忐忑不安，漂白水擺在他腳邊的地板上。他們離開了。到了門口，孩子們遇到騎著腳踏車的荷西．瑪利亞。於是他們大吵大鬧，要媽媽留他們在人行道上玩一會兒，尤其是老大胡安．聖巴斯提安。荷西．瑪利亞把腳踏車借給了他。而她一開始不答應，她對他們說：「吃飯時間到了。」這個拖著鼻涕的小孩成天在人行道上鬼混。她不想半小時後又下樓找他們。他們哭鬧不休，最後她在街角跟花販聊了十五分鐘，讓孩子們在那裡追逐。當她拉著他們上樓，還不見外甥拿漂白水上來。

阿貝．雷耶茲繼續耐著性子排隊，太重了，他兩手發麻。他看著一些也在等結帳的漂亮女孩來解悶。但是他非常謹慎。可以說他在世界上最喜歡的就是女孩子吧，不過他總是帶著青春期特有的靦腆，保持一定距離。此外，他想著自己動彈不得，被迫卡在超市的隊伍中。他想要移動，這是正常的本能，儘管占據他腦子的是一股逃跑的衝動。他覺得動彈不得只是暫時。當隊伍前進時，裝滿東西的推車，就會像火車一樣一步步慢吞吞地往前。許多車子堆著小山似的東西，買的是一整年的分量吧。排在他前後的人嘰哩呱啦地講個不停。只有他一個安安靜靜。他無法相信真的有中子彈這種東西存在。比方說，要怎麼消除在這兒的人群，卻不會損害密密地排在一塊兒的東西呢？像超市排隊的情景，東西根本就跟人類的身體融為一體。不過，他可以想像中子彈來化解無聊。無聲無息地爆炸之後，大量的輻射擴散開來。有害的輻射會侵入盒子、箱子或罐頭裡的食物嗎？非常有可能。他想，像中子彈致死的類比例子，就是有個人在家聽收音機，當開始播放一首歌時，他出門，往前走不久，從一間屋子的窗戶，一輛經過的汽車的音響，都傳來同一首歌，他走過一個街區之後，同樣的歌繼續響著，他爬上開著收音機的公車，同樣的歌依舊繚繞耳邊，他不是刻意卻幾乎聽完整首歌。每一個人都會聽到廣播（在某個時間），而許多人會在同樣的車站收聽。因為某種原因，他覺得類比是個精準的字眼，不可思議地精準；卻會造成不同的影響。當他沉浸在這些想法中，隊伍慢慢前進。他跟往常一樣，感覺前面的幾輛推車結帳都是最慢的；甚至收銀員還得去上廁所，讓大家多等十分鐘。但是每個人都會輪到結帳。最後終於輪到他。他把東西放到金屬櫃檯上，感覺鬆了一口氣。收銀員按錯收銀機的按鍵兩次，她替每個顧客結帳都一樣出錯。每一次出錯，她就得叫主管出面，後者從洶湧的人群中鑽出，拿出一支小鑰匙來解除錯誤。結帳金額是四十九塊錢。阿貝掏出五十塊鈔票付賬，收銀員問他有沒有零錢。男孩查看他的口袋，不過當然連一毛都沒有。他只帶著他們給的一張鈔票來。收銀員躊躇，露出難過的表情。「沒有嗎？」她問他。她對他做出似乎哀求他找一下的動作。阿貝發現這間超市的女收銀員（或許在所有超市也都一樣）都會遇到找錢的問題。她們通常有零錢，但還是一樣有問題。這一次事小：她只需要找他一塊錢。他等待著，同時手裡握著阿姨給他的那張對摺兩次的一塊錢鈔票。收銀員瞥了一眼那張鈔票。知道他身上只剩那張鈔票，沒有藏著其他四十八塊錢。阿貝攤開鈔票，亮給她看。最後，她拉起抽屜隔盒裡壓著一塊錢鈔票的金屬架（應該有兩百塊錢），擺出臭到不行的臉，抽出一張，然後截斷發票一起給他，連看都沒看他一眼。他邁開腳步，走向大門，卻忘記拿買好的東西，丟在收銀台。排在他後面的一位太太開始把她買的物品疊在他的上面，叫住了他：「東西不拿就離開了嗎？那為什麼要付錢？」他回過頭，羞得無地自容，然後盡所能扛好東西。結果裝麵包的塑膠袋滑了下去等等。他回到工地時，貨車已經離開，大家在生好火的烤肉網旁邊等他。他的叔叔跟另一個水泥匠負責烤肉，把肉丟到一片焦黑的四邊形鐵網上，水泥匠是阿根廷人，叫阿尼拔．富恩特斯或叫阿尼拔．索托吧（很怪，這兩個要怎麼叫都可以）。「那是？」維那斯指指那瓶漂白水問他。「這是嬸嬸要的。」他回答。「我馬上把東西送去給她。」既然他要上去，他們順便託他拿幾樣東西下來：「玻璃杯，還有這個跟那個。」他爬上樓梯。建築師已經離開，維那斯負責關上木頭柵欄，拉上鐵鍊，不過沒上鎖頭。現在他們總算能平靜地吃頓午飯。

他們沒買酒，很奇怪吧？這是因為在場搭伙的幾個人不怎麼喝。不過，有兩個理由讓這個替水泥匠打雜的小弟根本不用想：第一根據規定午餐不准喝酒，除了禮拜六外，而且不是每個禮拜六都可以；這時他們會放下工作慶祝某件事，比方說某個人的生日。第二，必須是勞烏．維那斯親自到附近的某間酒店購買，那裡使用特殊的裝瓶設備，容器能回收利用，價格經濟又實惠。而他今天連同明天需要的酒都已一併採買。這次是個特別節日：這天暫停工作，他們因此可以喝酒，要喝多少就喝多少。每個人都要回家準備晚上的慶祝，也就是大型家族聚會。此外，今天是歲末年終，他們非得慶祝不可。大體上來說，這是個值得紀念的一年，不管是工作還是不虞匱乏的生活；關於這一點他們的確沒什麼好抱怨。甚至他們可以說這是個歡樂的一年，儘管這句話要再等一陣子才能說出來，以及用更多觀點來評估。這一年還沒結束呢：正確說來，還有大概十個小時。因此，勞烏．維那斯把十四瓶紅酒拿去用他發明的一套方法冰起來，或者說那是他發現的。那就是毅然決然地走向一個鬼，把瓶子塞進他的胸腔；就這樣放在那裡，呈現一個超自然的平衡狀態。當他再去拿酒瓶，比如兩個小時過後，酒已經涼透了。有兩件事他沒注意。首先是酒離開瓶子，在冰鎮過程，酒汁像是淋巴液竄遍鬼的全身上下。再者是這樣類似蒸餾的過程能把水泥酒桶釀造的廉價劣酒，變成香醇的卡貝納蘇維翁熟成紅酒，就連名人顯貴也不見得天天喝得到。但是他會注意到嗎？一個要求不高的酒鬼，在夏天喝冰過的紅酒，只是因為天氣炎熱。況且，他一直以來都慣喝產自家鄉的香醇紅葡萄酒，對他來說這是世界上最自然也不過的選擇。有什麼比喝最好的酒或只喝最好的酒，更自然呢。

阿貝．雷耶茲爬到頂樓（每回他爬上去，從不注意爬階梯的動作：他心不在焉，突然間人就到了上面），撞見叔叔的家人正在吃午餐。這間套房在最短的時間內完工，比其他間都還要早一步，是為了要給維那斯和他的家人有個基本的棲身住所。但這充其量只是達到最低標。地板沒鋪磁磚，屋頂沒塗光滑的灰泥，牆壁沒上油漆，廁所沒裝設備，窗戶沒裝玻璃。

可是有水（其實是幾天前開始才有），以及一條不可靠的電線牽過來的電。就這樣而已。套房有兩間房間，不大也不小，加上廚房和廁所。借來的家具沒幾樣。孩子圍坐在一張手工打造的桌子前，餐盤上有牛肉和豌豆。當然，他們並不想吃。帕蒂面前有四個玻璃杯，一瓶蘇打水和一瓶紙盒裝柳橙汁。她繃著一張臉，死盯著同母異父的弟弟妹妹，他們則抽抽噎噎，瞄向杯子。她顯然要他們清楚知道沒吃飯就休想喝飲料。他們說他們渴死了。他們的媽媽正在廚房裡忙著做巧克力派，暫時不插手管這事。帕蒂年紀小，但是挺有耐心，事實上她只是個小女孩，卻有無比的耐心，應該說太有耐心了，跟大孩子相比，一點也不輸他們。她的弟妹不懷好意，精明的他們想試試所有可能的辦法，大聲地吼叫媽媽。不過愛麗莎沒有回答；因為她在廚房，而且心裡正想著其他事。突然間，帕蒂將杯子倒滿果汁和蘇打，然後一一遞給他們。他們狂飲下肚。她吃完她的那份牛肉和豌豆，也喝了一杯果汁。坐在她旁邊的小妞想站起來。她抱起她，餵她吃飯。其他孩子開始不守秩序。吃最多的胡安．聖巴斯提安，也就是弟妹最大的那個，飯菜也沒扒光。另一個小女孩布蘭卡．伊莎貝爾還沒吃一口飯，卻在哀求要再多喝一點。飯廳裡熱氣騰騰，不過光線非常柔和，因為窗戶蓋上了厚紙板。紙板非常厚實，雖然抵擋陽光的照射，卻仍稍稍透光。夏天的陽光真是不可思議地毒辣。

怎麼樣才能讓這裡涼快一點？如果有人這麼問，答案是不可能。這種酷熱，非常真實，非常確切。簡言之，是純粹的。遇到這種情景，得要拿出堅定無比的信念，才不會跟冰一樣融化。帕蒂喝掉一杯加柳橙汁的蘇打水（並不是渴了，而是要給她看顧的孩子真正的教訓），但馬上滿身大汗，惹來眼尖的布蘭卡．伊莎貝爾對她說：「妳泡在水裡嗎？」她心想既然效果不夠，應該再多喝一杯，便喝了。胡安．聖巴斯提安像是想挑釁似，猛然站起來，接著跑進廚房告狀，不過媽媽並沒有理他。大夥又開始討著要喝飲料。帕蒂給他們看蘇打水只剩一點，他們應該要覺得有自來水喝就要高興。她把杯子都收回來，平均分配剩下的蘇打水摻柳橙汁，但是只給吃完飯的人。他們努力地吃掉了，她甚至把艾內思托和布蘭卡．伊莎貝爾吃剩的牛肉切塊成丁分給大家幫忙吃。愛麗莎出來問大家吃完飯了沒。帕蒂說牛肉吃光了，但是豌豆還沒。胡安．聖巴斯提安是唯一一個吃得盤底朝天的，不過他可是費了好一番勁兒。媽媽問他還要不要吃。他哀號回答：他已經吃夠多，肚皮圓滾滾。帕蒂把飲料分發給他們。大家一口氣灌下肚。她把賈桂琳留在椅子上，去廚房拿葡萄。每天都是同樣戲碼上演，她告訴媽媽：「大家吃飯都心不甘情不願。」「因為太熱。」愛麗莎回答。「一群可憐的小傢伙。」她問媽媽想不想吃豌豆，結果她跟弟弟妹妹一樣說不吃。可是什麼都不吃嗎？連坐都沒坐下來。愛麗莎回答她不餓，不想吃。不過，不管如何她還是會吃光豌豆，因為她覺得丟掉太可惜。帕蒂拿著葡萄和一把乾淨的刀子回到飯桌，她對半切開一顆顆葡萄，幫他們拿掉裡面的籽。一人吃一顆，接著花了點時間處理賈桂琳的葡萄，因為也得替她剝皮。還好她有雙靈巧的手。

阿貝直接走進廚房，把嬸嬸託買的漂白水放在流理台上。廚房有個大的氣窗，所有的陽光都從那裡照射進來。愛麗莎拿了一條藍色毛巾遮住那裡，蓋上去的時候應該是濕的。或許是想稍微減緩熱氣，但裡頭正在烹煮，不管如何都無濟於事。她問他要不要留下來跟工人一起吃飯。「當然要留下來！」男孩回答，彷彿理所當然。「你告訴你媽媽了沒？」「沒，我沒告訴她，怎麼了？」「那麼，」她說。「她可能在等你。」他沒想到這件事。不過他回答她說不可能，因為他沒告訴媽媽今天上半日工。愛麗莎說他媽媽或許會這麼想像。但阿貝不耐煩地回答：「我不覺得，我不覺得會這樣。」他心想嬸嬸根本不了解他媽媽。她不知道他媽媽並不操心他，不像她會操心自己的兒女，甚至連他也一併操心。他跟所有的青少年一樣，相信任何人的家都比自己家好。他沒什麼理由要這麼認為，但就是這麼認為了。愛麗莎猜到他在想什麼，不過沒放在心上。她問他，他們今天晚上要跟誰一起跨年。阿貝回答跟他哥哥女朋友一家人一起，然後開始描述可能是他們未來親戚的那家子，剖析他們的品德和能力。他哥哥未來的丈人喜歡吹噓他有一間修車行，那模樣像個權貴人士，那種因為負擔得起，想做什麼就去做的人。他用粗俗誇張的詞語，鉅細靡遺地描述那家人的財產。不知不覺，因為某個話題離題，或者說大多數的話題都容易離題吧，他們聊到食物。他認為自己的口味非常特別，值得仔細研究一番，否則只是一堆喜好堆砌在一起而已。她讓他口沫橫飛地講著，但很快就分心了。不應該只因為他長得醜又蠢就過度同情他。她建議他吃午餐時不要配酒。她說禽獸般的男人酒後總粗魯不堪。阿貝回答：「我從不喝酒。」他跟平常一樣粗心（在他眼前的可是家族裡第一號酒鬼的太太呀！）帕蒂進來拿葡萄，阿貝跟她給了對方一個打招呼的吻。她覺得他滑稽可笑，不過對他相當有好感。大家總是在背後偷偷嘲笑他的髮型。她跟他的頭髮長度一樣，類型甚至也一樣，髮量有點蓬，髮絲是直的，髮色是黑的。女孩離開後，他繼續跟愛麗莎聊著，直到嬸嬸感到厭煩，對他說該下樓去了，他的同事可能已經坐下來開飯了。

葡萄吃完後，孩子們四處逃竄，烈日當空，他們光著腳丫子在空空的泳池裡玩耍。他們就是喜歡，彷彿泳池裝滿水，正在清涼的水中戲水。比較大的三個孩子總是想像著類似冒險故事的遊戲，劇情高潮起伏，年紀最小的妹妹會參加他們的遊戲，她老跟著他們，譬如說，演些受害者，比較不需要太多或根本不需要才能的角色。連續幾天劇情故事後，他們現在回到汽車比賽的故事。他們有幾輛塑膠玩具小車。他們憑著孩童的本能，發現他們家下面樓層的水泥匠已經停工，便大膽地沿著樓梯下去到六樓，接著到五樓。他們的小手拿著玩具小車，讓車子順著樓梯滑下去，停在最遠的房間。他們興奮極了，整棟樓都是他們的，或者至少最高的幾層在他們的勢力範圍，他們增加遊戲的複雜度，一層樓放一輛小車，下去到另外一層，再臨時編織路線，爬上來找車。工地是玩賽車遊戲最不恰當的地點（反而最適合玩捉迷藏），可是正因為不適合而別有一番滋味，充滿了新奇、不可能，讓他們把其他事都拋到九霄雲外。他們自覺掌握了真理或藝術的真髓。賈桂琳比輸，哭了出來。跟她最常黏在一起的艾內思托爬上爬下，看她人在哪裡，就到哪裡去救她。他們的遊戲只在阿貝下樓來時被打斷一次，他告誡他們：「小心，不要跌倒。」然後繼續下樓。等他再下去兩層樓，他們開始笑他是「拖把頭」。他們繼續上樓下樓玩車子。這幾層樓有點風，不過不是太涼爽。總之，或許等太陽西斜，熱氣散去。陽光應該也有變化，儘管變化細微，無法察覺。玩具小車顏色鮮豔，在這場遊戲當中彷彿扮演著測光錶。他們下到三樓，不敢再往下，因為他們聽到工人的聲音。

事實上，那些水泥匠已經下去好一陣子，正舒舒服服地在吃飯，因為這天不用再工作，他們已經洗過臉並且換了衣服；幾個比較吹毛求疵的傢伙甚至拿起水管沖澡，然後在院子裡頂著太陽曬乾身體。他們把工作服塞進包包裡，這些衣服從客觀角度看來，根本是一堆白色破布，尤其在脫掉後，不但有破損還有縫補過的痕跡，甚至乾脆不補。他們乾乾淨淨，頭髮整齊，圍著一張木條桌邊等待午餐。他們把桌子放在離烤肉架盡可能最遠的位置，目前輪阿尼拔・索托在查看烤肉的狀況。總共有十個人。除了維那斯跟阿貝外，還有兩個智利人：安立奎・卡斯楚跟菲利普・羅哈斯。後者大家都叫他口袋癖，因為他習慣雙手插在口袋，連坐著也不例外。這個習慣招引數不清的玩笑。比方說，現在他左手拿著杯子，右手插在口袋。坐他旁邊的是來自聖地牙哥德爾埃斯特羅省的胖子，他愛開玩笑，雖然不怎麼有天分但終究是玩笑專家，知道怎麼憑著一股傻勁逗笑其他人。他伸出手插進智利同伴的褲子口袋裡，說：「看看裡面到底有什麼寶貝。」他的動作惹得大家哄堂大笑，但是口袋癖嚇一跳，他搖晃杯子灑落了幾滴紅酒，心痛不已。工頭是個白髮藍眼的矮小男子（他是義大利人），也忍俊不禁，但是知道如何及時轉換話題。每個人都替自己倒了一杯紅酒，當開胃酒飲用。幸好下面涼爽，就好像開了空調一樣。他們相互敬酒。烤肉很快地一掃而空，不過他們忘記準備沙拉了。他們惡狠狠的目光飄向阿貝，這傢伙買東西總不是忘了這樣就是那樣。可是今天是一年的最後一天，所以大家不是太計較。況且主菜是牛肉。

除了智利人外，還有一個外國人，他叫華盛頓・梅拿，來自烏拉圭；他是個平凡的傢伙，沒什麼引人矚目的特點。另一個長頭髮的阿根廷人，是個年約二十歲的大男孩，他叫易西尼歐・戈梅茲（其實他叫易西迪歐，不過他不好意思糾正，索性將錯就錯），長相醜得可以，其中一個原因是他有張從前人所謂的「痲子臉」，事實上那是一種無法治好的青春痘，加上他留長髮，跟另一個也留長髮的伙伴幾乎一樣長，只是他是捲髮。接著還有個人，大家偷偷在他背後喊他騙子，不過他的真實姓名是卡洛斯．索利亞。胖子奮力賣笑，大家繼續嘻嘻哈哈，最後他的低聲嘲弄變成惡意的挖苦。其實胖子是他們之間最有趣的人物，主要是因為他身材肥胖，有一副圓滾滾的身軀。這讓他與眾不同。此外，他自以為聰明，還自比風流的唐璜。他叫羅倫佐．金卡塔；平日惜字如金，開口前會仔細斟酌字眼，儘管如此，他在大家眼裡依然稱不上是個聰明的小伙子。

索利亞再一次數落聖地牙哥德爾埃斯特羅省人。大家抱著看笑話的態度聽他說。他說他曾在聖地牙哥喝過熱啤酒。喔？怎麼會？當然是因為去過那裡；只是途經，並沒有人強迫他待在那個燠熱的荒野。有一天，他在一間酒吧嚐到這種詭異到不行的飲料（對他來說）。啤酒是從庭院用手推車運來的，那兒陽光毒辣；他說：「跟熱湯一樣燙。」有人問他：「為什麼用手推車？」「當然是因為有好幾箱。不然要怎麼送過來？」「有幾箱？」大家問他，懷疑他吹牛。首先，他說三十六箱，但隨即改口八箱，但是大家搞不懂他到底想說哪個數字。他解釋之前最高的紀錄是喝掉二十箱。在場幾位笑到掉淚。「現在不算是紀錄？」他們問。他的紀錄則是一個人喝光三十六箱熱啤酒。

「那我得去南部的聖地牙哥德爾埃斯特羅省開開眼界。」勞烏．維那斯說，他也笑了出來。他向來自聖地牙哥德爾埃斯特羅省的同事敬酒，並強調自己是「智利聖地牙哥人」，可是天差地別。

索利亞再強調一遍之前的紀錄是喝掉二十箱。酒瓶的紙箱擺在酒吧的院子，曝曬在陽光底下。他們知道喝完酒肚子是什麼模樣嗎？當然是圓滾滾的。是什麼感覺，最好不要想像，也別想這麼做。不過他們還是做了。

卡斯楚想起他在智利認識的一個知名騙子，跟勞烏聊起這件事。這個騙子逢人便說他剛從阿根廷橫跨山脈而來，他以英雄姿態冒著生命危險，或者說是以不可思議的方式，循著不合理的路線，或者直接越過山峰，穿過積雪的山區，隻身徒步前進。他每次遇到認識的人，就換個方式講同樣的故事。但有時沒多久就遇到同樣的人，因此他得編條相反的路線，他總不能一直說自己從阿根廷去智利，卻從來沒離開過那裡吧，雖然不是每一次但也算經常這麼說，在想像的世界——從智利到阿根廷，法則有點是彈性的，因此，他能誇大他的謊言。

他們認為「羅倫佐」是個落伍的名字。大家異口同聲說這種名字比較適合他老闆那一輩，但他們帶著遲疑，口是心非。他們對「華盛頓」是這麼說，對「易西尼歐」也這麼說，以此類推，除了比較常見的名字，比如「阿貝」、「勞烏」，以及「胡安」等等。一般人對自己的名字並不怎麼了解，或者一知半解，在這樣的前提下大作文章實在可笑，但就是這一點有趣。最糟（或說最棒）的是，人判斷一件事恰不恰當，往往會聽取他人的片面之詞，這種狀況在朋友或同事的小團體之間十分普遍，就好像鬼無聲無息地現身。於是他們倒酒敬這種他們熟悉的鬼。（真正的鬼已經消失好一會兒；每天只要烤肉的味道往上飄，他們就不見蹤影，彷彿跟這種味道犯沖。不過他們會在午覺時間回來，神采奕奕，至少在夏天都是如此；到了冬天，則要等到下午的黃昏時刻。）

這件事讓工頭想起一些傷心往事；在場一些跟在他身邊工作非常多年的人，跟他一起想起了過去。比如他們曾蓋過一棟大樓，跟現在的這棟差不多，或者比較大一點吧，很難相信的是，那時器具和工具都不多，尤其是工具。他說：「這聽起來就像是那些……永遠不會消聲匿跡的騙子故事。」但這一次，他們知道他沒說謊——卡洛斯．索利亞是其中一個。「哪一棟大樓？」有人問他。「金提諾布卡瓦街那一棟。」「喔！是那一棟呀！」「真可怕。」大家都記得。那是一段痛苦的回憶。缺……缺什麼？全部都缺，他們得想辦法找東西替代，甚至……替代全部，替代任何東西。他們使用的不是工地手推車，而是在一處荒地找到的廢棄嬰兒推車。他們使用的不是吊桶，而是花盆，得將底部的洞孔塞住。以及其他諸如此類的事，不得不使用不可靠的東西代替真討厭，因此在他們心中烙下無法抹滅的回憶。

不到一個小時——有趣的聊天讓時間似乎更短——食物橫掃一空，連最後幾口，包括香蕉和桃子以及麵包，都清潔溜溜。這沒什麼好驚訝：食物本來就是要拿來吃的。至於酒的話就另當別論。不是所有人都喝酒。但不論如何，只要有人喝，其他人就會跟著喝；他們飯後不是喝咖啡，而是啜飲一、兩杯紅酒。飯後確實會來一杯，可是總會有人多喝幾杯，有人少喝幾杯。三名智利工人（阿貝．雷耶茲喝可口可樂）灌最多，破了紀錄，他們喝到連其他人離去時，都無法口齒清晰地道別。事實上，他們又多喝了一點。他們坐著喝，眼神渙散，面露淺笑。當其他人都走光了，他們三個也開始有點不勝酒力。他們似乎希望一乾而盡，但是一小口一小口喝，彷彿能被興奮感包圍、感染。最後他們雖然不支倒地，卻還繼續倒酒，端到嘴邊，彷彿能再喝下去。至少他們還有知覺，臉上依舊掛著開懷的笑容。

下午四點，最後一個水泥匠離去不久後，愛麗莎下樓關心丈夫的情形。她兩次聚精會神，才找到跟以往一樣倒臥在地的他。她並沒有太訝異，但還是注意一下是否有其他狀況。而事實上還有另外兩個智利同胞。結果叫口袋癖的那位昏睡不久便清醒，心情愉快的他願意幫她把丈夫抬上樓去。於是他們就這麼做。一起上樓之後，勞烏・維那斯也差不多恢復了。叫口袋癖的傢伙上樓後幾乎恢復神智，他說他離開時會從外面將柵欄綁上鎖鏈，但不上鎖頭。接著他告別下樓。另一個智利同胞卡斯楚還在昏睡，口袋癖搖了搖他，他也清醒過來，只是心情很差，他們倆回家是同一條路，而且也都非常遠（得搭火車），雖然猶豫，也就默默地一起離開。他將柵欄綁上鐵鍊，完成承諾，如果沒有特意查看是否上鎖，這棟建築物看起來是關閉，封起來的。事實當然不是這樣，可是街道空無一人。現在是午睡時間，是最靜謐也是最炎熱的時刻。只剩一片寂然。

愛麗莎的丈夫躺上床，不省人事，面容祥和，皮膚覆蓋一層發出酒味的薄薄汗水，她要帕蒂幫個忙，而且有點惱火地強調這是一個大忙，她要她去找弟弟妹妹，他們應該還沒亂跑。小女孩盡力表現她的禮貌和敬重，嚇下「啊」一聲驚呼，不過還是忍不住逸出嘆息聲，她為此感到不好意思，儘管那輕輕的一聲，只像是吹過天空高處的微風。愛麗莎在這一點以及其他點有著智利人特有的敏感心思，她能察覺他人想法最細微處。這時，她多解釋幾句，緩和她的命令可能引起的不快——或者至少別讓帕蒂不開心，讓她拉開距離看清楚她的真心話，沒有特別強迫的意思。她說：「真不可思議，天氣這麼熱他們竟然還有力氣跑得不見蹤影。」他們滿腦子想著玩，怎麼玩也玩不夠。對他們而言，玩這件事就等同「生活」對大人的意義：活過白天的人，不會在晚上決定死去。帕蒂露出微笑。此外她媽媽還說他們起得早；年紀大一點的孩子若睡眠不足會昏昏沉沉想睡，小一點的孩子會焦躁不安；所以他們得睡一下，否則撐不到晚上。帕蒂回答她不敢保證能把胡安・聖巴斯提安或他的死黨布蘭卡・伊莎貝爾，拖上床睡覺。老大討厭午睡。愛麗莎思索一下。其實她扶丈夫上樓時曾撞見他們。她後悔當時沒叫他們跟她回家——她看到他們一臉害怕（他們總是以為爸爸病入膏肓，就快死了），應該要趁他們害怕的瞬間，將他們關在黑漆漆的房間裡；光線不足或許能讓他們好好地睡上一覺。要是他們溜走了就沒辦法。幸運的是在街上並不危險。因為某種原因並不危險。另一個問題是墜樓，不論是從哪一層樓，因為這棟樓究竟還是水泥骨架而已，雖然有隔牆，卻沒全都隔好。不過媽媽沒跟女兒講這些，母女也沒各自在腦海裡做過多想像。她們倒是提到不管是大人還是小孩都有墜樓危險，地心引力的作用是一樣的，並沒有差別；這就像是問自己哪一個比較重，是一公斤的鉛塊還是一公斤的羽毛。因為如此，她們對住戶來查看時——比如這天早上——小心翼翼不讓孩子靠近屋緣，隱隱感到一股強烈的反感。如果他們真是這麼想，何必要買下這裡的公寓呢？為什麼不搬到矗立在地面的平房？她們心想：「我們不一樣，我們是智利人。」

「總之，」愛麗莎說。「最簡單有效的辦法，就是拿走他們的小車子。沒有了小車子，他們就不會想辦法東躲西藏。」她懂他們，也相信這是有效的方法。她已經成功好幾次。帕蒂對她說，他們會把車子藏起來。媽媽垂下頭，保持冷靜（她們在大門口，講話的聲音不高也不低，沒有刻意壓低，因為勞烏不會被吵醒），手伸向裝滿玩具的紙箱，熟稔地翻找。她對孩子們的玩具如數家珍。「黃色的大車，紅色的小車，藍色的小卡車……」她估計在孩子手中的玩具車，確切的數量是四輛。於是愛麗莎告訴她是哪四輛。帕蒂心不在焉聽著。她不覺得能拿回那四輛車，把弟妹抓回來。只要留一個給他們，一個就好，那該死的胡安．聖巴斯提安是連一分鐘也不肯睡的。

帕蒂走到樓梯，下去六樓。想把握時間，最好的辦法是一層一層，一間一間搜索。他們聽見她的聲音會躲起來。她得用井然有序的辦法，但是她漫不經心，酷熱加上這個時段的關係，腦子有點昏昏沉沉。下到六樓彷彿是一條漫無止境的長路。她住在上面，已經非常習慣夏季可怕的白熱陽光，她時時刻刻瞇著眼睛，瞳孔縮得跟針孔一般大小，這一片的空蕩蕩，加上其他所有原因，讓找東西變成不可能的任務。她不了解，也無法了解在這棟建築物，房間數量不論如何似乎都過多。她有個加乘房間數量的壞習慣。在一般住家，不可能像皇宮裡有那樣多房間。如果人們因為需要而增加房間，可能會陷入無止無盡的想像，無法回到現實。一間用來裁縫，一間用來刺繡，一間用來吃飯，一間用來喝水，最後，每一件事都有專屬的房間。同一間的房間不停複製下去，或者說是所有的房間回應了想像，就像鏡子裡總是還有一面更遠的鏡子。她的母親解釋得非常清楚，但是不夠簡單明瞭。因為，渴望擁有，就是一種幻想，會深深影響人事物。不管如何，房間其實並不存在。

她步下五樓，疲累感襲來，她閉上眼睛，頗感意外，因為她打從小女孩起就不愛午睡。剛剛吃完飯後，她跟媽媽一塊看電視，那時碗盤已經洗好，位於頂樓的小屋收拾得一塵不染（在建築物尚未完工下盡力保持的狀態）。她原本想繼續看電視，但是她們收看的節目已經播完，開始播的節目需要花腦筋。

或許很奇怪吧，阿貝．雷耶茲在午餐時間上樓來，表妹帕蒂應該要跟他打招呼並送上一吻。其實吻臉頰打招呼稀鬆平常。奇怪的地方在於，他在同一棟建築物從一大早開始工作，兩人似乎非得打招呼不可。但事實上他們見不到彼此，偶爾才見上一面，因為她幾乎不下樓。負責買菜的是她媽媽，不怎麼需要幫忙。她一天下來一次，有時連一次都不到。她在家裡很忙，看電視外，要照顧跟她有半個血緣關係的手足。她跟所有智利人一樣非常居家，外出從來就不在行。她十五歲，從母姓維古那，因為媽媽未婚生下她。她個性非常安靜，非常嚴肅，有一雙漂亮的手。

來回走過一遍，一間間房間搜查，她確定（或者她這麼認為）他們也不在五樓。孩子們不在這裡，至於其他不受歡迎的人物，也就是一群鬼則聚集在此。他們總在這個時間出現。只是要來這裡才看得到他們。而且必須隔著一段距離。是他們帶著一種令人不解的高傲，自動保持距離。他們愛大叫，狂笑，聲音震耳欲聾，連天空都為之震動。誰知道為什麼。要不是因為兩個特殊狀況，帕蒂會跟平常一樣不太注意他們。第一是鬼通常數量不多，但這次並非如預期只有兩個、三個或者四個，而是真的一大群，從這裡或那兒冒了出來，到處遊走，不停嬉笑和吼叫，發出像是氣球爆掉的聲音。第二更引人注意，那就是他們盯著她瞧。平常他們根本不看任何東西，似乎不太注意或留意什麼。現在也一樣。除了看她之外。可以說他們莫名其妙地衝著她哈哈大笑。她不認為這有什麼不妥，因為這不像認真的，而像是一齣飄浮木偶秀，一齣不合邏輯、端不上檯面的表演。當然，這個小女孩倒不是沒看過脫得光溜溜的男人（但沒看過太多）；她沒有因此特別覺得害怕。只是她會想像，畢竟在這裡看到的跟平常不同，出乎意料。他們飄浮在半空讓人錯覺加深。她有時會聽他們講話，一瞬間陷入專注的思考。想嚇唬他們似乎很容易，只要溜到他們背後。但或許沒想像得那麼容易。

她從前陽台探身出去，望著空蕩蕩的街道。一輛汽車疾駛而過。她穿越整個樓層，尋找弟妹們的蹤跡，走到後陽台，也從那兒探身出去。陽光從這邊傾瀉而入，熱得叫人受不了。這時她似乎看見一具布滿白粉的赤裸身體飛快墜落，甚至比一般人類的身體下墜速度還快，那是鬼的身體。或許是眼睛產生幻覺吧，但當她再一次聽到哈哈大笑，她確定並非幻覺，她感覺自己置身在大合唱團中，聽著響徹雲霄的笑聲。當她走回樓梯，發現情形一樣：他們也在這裡，或者說出現在這裡，其中幾個搖搖晃晃，動作笨拙，像是飄揚的彩旗，其他的保持完美的平衡；但他們都努力維持平衡，只是各有各的姿勢。突然間，她背後一個快速的動作，讓她回過頭，那是一個相當真實的觸感。事實上是布蘭卡．伊莎貝爾，她正瞪著她看，臉上的訝異慢慢褪去。她是個非常漂亮的小女孩，是家裡另一個受關注的焦點，在爸媽口中聰明伶俐。她雖然嚇一跳，但應該猜到姊姊下樓來做什麼，她的臉上乍現一抹笑：她想姊姊嚇到，是被她撞見正在看什麼非禮勿視的東西。她得意得差點低聲哼歌。帕蒂不認為自己「在看」鬼的身體不雅的部位，根本沒有。他們發出嘻笑附和她的想法。「睡午覺了！」不知所措的她打起精神說。這不是什麼高明的招數，小女孩根本不聽話，一溜煙跑了。她搶先姊姊一步衝向樓梯，步下階梯，嘴裡嘀咕著什麼，其他人應該就在那裡。帕蒂心想要抓到他們的話，動作得快一點，但是她打不起勁兒。天氣太熱了，她覺得很累。因此，她無力地聽著他們一哄而散的聲音。不論如何，一股衝動還是讓她到樓梯處查看。胡安・聖巴斯提安在下面的樓梯平台盯著她瞧，他正準備下去到三樓。「回家吧。」她對他說。「不然媽媽會來找你。」「為什麼？」他問。這些孩子總是愛問為什麼。「因為你得睡午覺。」「我不知道什麼是睡覺。要怎麼睡？」「弟弟妹妹在哪裡？」「我怎麼知道！」帕蒂步下樓梯，男孩一溜煙不見人影。她來到下一層樓。不論如何，如果她決意要下每一層樓，一定能夠逮到他。不過他這個狡猾的小鬼不但知道怎麼躲藏還知道有兩處出口，所以要逮到人似乎得花上永恆的時間。這樣子行不通。她扯開嗓子再一次遠遠地威脅他。她感到惱怒，不懂自己幹麼下來。到此為止。真是幼稚又愚蠢！居然在午覺時間抓小孩！他們若不想睡覺就別睡。這跟她無關，她敢說孩子們也這麼想。總之，她既然下來了四樓，至少要帶回最小的妹妹。

　　她很幸運，因為小艾內思托就在這裡，睜著一雙美麗漆黑的大眼睛望著她，「哈囉。」他打招呼，似乎想瞞些什麼。牆壁上有抹濕痕，高度恰巧洩漏了線索。工地內禁止隨地便溺，但是他們照做不誤。她帶著責備的表情搖搖頭。「我掏出小雞雞就尿了。」小男生說。「我知道這樣很方便。」帕蒂說。「但是你爸會罵你。」「我爸也這樣尿。」「在這裡？」小男生瞧一眼四周，有些不知所措。他似乎想說兩件事：首先是「每一層樓對我來說都沒有差別。」再來是「每個人都會掏出小雞雞。」他的個性恬靜，頭腦單純，有話直說，符合預期。況且，他的辯解理直氣壯。在工地，或許正是整棟樓從上到下彷彿一種有缺陷的幻境，連夏季的天氣都變得不真實，跟他有一半血緣的姊姊並沒有不開心（他太小無法了解），而是深受吸引。她看到一群鬼魂甩動他們粗壯的陽具，朝上空噴出尿柱，從樓下的庭院往上——她最愛運動的地方，像是一陣雨水，在午覺時間的白熱陽光底下，勾勒出幾道金屬光澤的彩虹。在天台架設雷達天線大圓盤那天，他們就逗留在屋頂邊好幾個小時撒尿。

「上床睡覺，不然你媽要打人了。」她對他說。這個乖小孩已經昏昏欲睡，他走向樓梯。「賈桂琳在哪裡？」她問他。他既然在這裡，另一個一定也在：家裡兩個年紀最小的最常黏在一起。他聳聳肩膀。帕蒂大聲喊她的名字。「我要走了。」最後她說。她走在小男生後面。當她樓梯爬到一半，布蘭卡．伊莎貝爾出現在她背後，她揹著小妹妹想帶她到三樓。這時帕蒂回過身急忙下樓。光是這個動作就足以讓布蘭卡．伊莎貝爾把妹妹放在地上，三階一步奔下樓梯，一個人跑了。賈桂琳嚎啕大哭。當帕蒂抱起她，她立刻安靜下來。她抱住姊姊的脖子，把頭靠在她的肩膀上。她一點也不重。已經兩歲的她還是只有娃娃的大小頗令人難以相信。事實上，所有孩子都這樣。以年紀來看，他們可能不是相當高大就是矮小，但跟大人比永遠都是小不點。他們有人類的外觀只是比例不同。光是這樣，就難以辨識他們，或以為他們是夢裡無法解釋的變形。比方艾內思托剛說的「小雞雞」。或許因為如此，這些小朋友無時無刻都在玩耍，他們玩著真實東西的縮小模型：汽車、房子和人。他們的世界彷彿一間微型劇場，每扇門一次次打開又關上。前一晚，他們收看電視節目〈寶貝、親吻和溫柔〉，裡頭有一隻青蛙和一頭熊，這兩個木偶會唸出慶生或寫信給節目的孩子的名字。他們沒寫過信，但從沒錯過一集。嗯，木偶會出現在迷你舞台上，佈景不是布幕而是窗戶的兩扇小門，表演開始時打開，結束後關上。小門看似自動打開，帕蒂看電視時總是心不在焉，她想小門當然是自動打開的，不然就是從裡面推開，或者任何可能的方式。但是昨天一個照明的失誤，或者是電視節目常見的疏忽，她看到一雙戴著白手套的手打開了白色的小門，因為都是白的所以看不見，或者說大致上看不見。其他孩子都沒發現，但是她發現了。正在看電視的媽媽也注意到，雖然她們兩個什麼也沒說，腦子卻想著鬼。她們什麼都沒說是因為沒有必要開口，省得麻煩。現在帕蒂回想，卻覺得有某種意思，接近一種幻想，性方面的。

「你們在玩什麼遊戲？」她問艾內思托。「演爸爸媽媽的遊戲。」她帶著責備嘆了一聲。「真討厭！一定兩個大的帶頭，那兩個臭小鬼。只有他們會想出這種鬼點子。」

五樓是一樣面貌但是又有著不同，此刻一股靜謐包圍他們三個。聽說這種靜謐會隨著高度變得深沉，但帕蒂幾乎一直住在高處，不是那麼確定。總之，如果確實如此，如果真有高度差別，應該也能感覺到每一層的不同，或至少聽覺相當敏銳的人，能感到這種差別，比方說音樂家，可是職業不一定是絕對的理由。從四樓爬到五樓，她感覺靜謐轉為沉重；不過無法證明，她發現，真實世界是偶發事件構成。此外，眾所皆知聲音會往上飄（常聽人說，這應該是因為聲音比空氣輕，是空氣的一部分），所以上面應當要比下面聽得清楚：地面應該是一片悄然無聲。而事實是高度就等於距離，所以聲音往上飄時，當然會變小。但是人類一般都待在地面。當有個人從高處往下看，他可能會在距離地面一半的距離看到兩個門階，彷彿兩個浮沉子漂浮在那邊：一個是聲音通過後減弱消失，一個聽得見。而飄浮在半空中的那些鬼……他們是知道聲音的變化的。至於飄上來的噪音，住在這裡的幾個月，她聽過最毛骨悚然的是恐怖的貓叫聲。這個社區到處是野貓：神學院的花園，警察就這麼留在整個社區路邊的報廢車輛，一百公尺遠的廣場，修女院枝葉茂密的巨大公園（有一個街區那麼大），尤其是所有廢棄的空屋，每一間都有一群老太婆去那兒放牛奶和碎肉，一天兩次，於是那兒變成牠們的落腳處，牠們繁衍後代的場所。很難相信牠們是怎麼叫的。一開始她以為是哪戶人家小孩瘋狂的哭鬧聲。但是聽起來不只是這樣。那些哀號缺乏人味。還有節奏，因為那叫聲是在奔跑、逃竄發出的，跟空手道出手時的叫聲不同（帕蒂在智利經教父建議學過。因為好幾種原因，其中一個是她天生厭惡追求極致，所以沒參加檢定，放棄可能得到的藍帶資格。儘管如此，藍色仍是她最鍾愛的顏色）。貓群可怕的舉動，即使是淫蕩的，也會讓她想起那些鬼，他們代表淫穢的反面，代表純真。

比方說，他們現在的動作。此刻，他們從陽光中現身，憑空出現：他們是不透光的，全然不透光，但是身體石灰粉的白色和陽光交錯在一起。他們是去哪兒抹上那一層灰的？工地的確都是灰塵，可是特別引人矚目的是，他們的每一吋皮膚都塗上一層白。而且粉末量要非常多，因為他們體格精壯，一如典型的阿根廷人，甚至可以說有點圓潤。儘管大致上體態還不錯，其中幾個，也就是絕大部分，都有肚子。他們連嘴唇也有粉末，甚至腳掌！只有在特定時刻，從某個角度，才會看到他們的陽具頂端，也就是包皮的邊緣，龜頭的一小圈是濕亮的紅色。這是他們身上唯一有顏色的地方。連鳥兒在泥灰打滾一圈也沒能覆蓋得這麼均勻。帕蒂穿過他們飄過的空氣，絲毫不擔心自己跟他們的呼氣混合在一起。她踩過地面。她的經驗真是特別：她闖進天體營裡，可是並不知道，也不是有意的。

她又累又煩，也睏了，畢竟她還是個孩子，這個年紀她得多睡，所以她無法注意他們。她感覺浪費了時間，可是什麼事也不做的時間，又怎麼能說是浪費。午覺時間就有這個特性。那些神祕男子隔著一段距離，對她投來視線，她不確定自己是不是回以一眼。至少笑聲消失了。取而代之的是一股高傲，一種嚴肅。他們在這裡，就這樣。

媽媽在上面的樓梯口等著他們。她劈頭第一句就問：「其他人呢？」艾內思托開始解釋，帕蒂則肩膀一聳說：「我抓不到，他們逃走了。」這是她們母女不得不面對的宿命。媽媽帶著他們回到家裡。「熱死人了！」小男生回到了現實並說。她把他們帶到客廳，爸爸正在呼呼大睡。她沒幫他們洗腳；沒幾秒，他們便安靜下來。帕蒂瞥見餐桌上放著準備好的袋子，想起得上超市。當愛麗莎從房間出來，她的女兒便對她說，給她清單讓她幫忙去買。「不行。」媽媽回答她。「這一次我得自己去，因為我還沒決定要買什麼；不管如何，我一定要自己去。」他們家不太挑食物，只要營養好吃就好。「對了，」她又說。「我會去找弟弟妹妹，帶他們一起去買。」這個決定不錯。但她還說：「既然他們不睡，我會帶他們去吃冰淇淋。」帕蒂回以一個表情，彷彿說著：「這真是對壞行為的最完美處罰。」不管她再怎麼喜歡冰淇淋，大人都不會帶她去吃。「妳也睡個午覺吧。」媽媽跟她說。「我正要去睡。」她回答。愛麗莎穿上鞋子，拿起袋子。「我馬上回來。」「再見。」帕蒂說。

媽媽出門後，女兒拿開覆蓋沙發的布罩，這裡是她的床。她把椅子靠好餐桌。她脫掉洋裝，鑽進被單；天氣熱，蓋被單不舒服，但最好還是蓋上，因為這裡是大門口，任何人都可能闖進來。屋裡熱得像火爐。周遭只有絕對的靜謐，而隱約傳來的哈哈笑聲讓她更覺得痛苦不堪。很快地她閉上眼睛。進入了夢鄉。

她夢見她在頂樓睡覺的大樓，外觀差不多，她看到的不是已經落成而且有人居住的樓房，而是跟現在一樣，也就是說正在興建。這是個讓人安心的畫面，沒有令人不安的預景，沒有憑空的想像，只有忠實呈現的現狀。不論如何，夢境和現實還是有所差距，只是兩者的對比沒那麼強烈。差異在建築結構，已蓋跟要蓋的部分。而串起兩者之間的是第三個部分，正確來說是指材料面：不蓋的部分。

相對於藝術對完成作品的要求，需要耗費大量人力、材料、使用昂貴器材等等，不蓋的部分相當獨特。最典型的例子是電影；大家可以想像開拍一部電影，過程將遇到的挑戰如拍攝技術、成本、人員，讓電影一百次就有九十九次拍不成。思考一下，便知道科技進步並沒有大幅減少阻礙，也非電影吸引觀眾的主因，不可思議的是，每個人反而能在自己虛幻的夢境去實現。至於其他類藝術，不管大小，全都一樣。但是有一門藝術，不受限現實條件，真實與虛構揉雜在一起，能在瞬間去除假想，轉化為真實。這種藝術或許是存在的，那就是文學。

這麼說，所有的藝術都有文學基底，融合歷史和傳說。建築也不例外。對於先進文明，或者說坐著不動的文明來說，建築的落成需要幾個工會協力合作：水泥匠、木匠、油漆工，以及之後的水電工、管線工、玻璃師傅等等。在遊牧文化，住所是一個人獨力完成，幾乎都是婦女。在這些例子，所謂的社會是駐紮地屋子的分布，是象徵性的延伸。在文學則不同：對於有些作品，作者是一種象徵性縮影，代表整個社會，他下筆時揉合他曾接受薰陶的文化中所有真實或虛幻的特點；作者創作作品（男人或女人），是獨自進行，沒有任何協助，這個社會要具有意義，要靠作者本人和其他人定時發表作品、出現等等來維繫。

但是在帕蒂的夢裡，這棟類比建築物不只如此。在非洲有滑稽的矮人族，他們叫蒙博托精靈，是遊牧獵人，既沒有首領也沒有首領制度。每個人隨心所欲行事，所有人做所有人的事，和平相處。他們族群人數不多，大約是二十或三十個家庭。當他們決定駐紮時，會選擇一處林中空地，營地以「環狀」分布，也就是人類學家說的平等主義社會的典型分布。茅屋圍成一個圈，留下中央作為空地。人類學家有時也會作夢吧。否則若不是從飛機上，他們怎麼看得到那個「環狀」呢？此外，蒙博托精靈不會飛；如果他們會飛，出生時就會長著翅膀。而且所謂的「空地」仍有爭議，因為仍是占用空間當作中央。人類學家作夢時不由自主舉這個例子並說：「大家都聽得到站在中央的人發言。」蒙博托精靈的茅屋是不同材料組成搭蓋的小屋，從外面的任何一處都能開一個洞；他們唯一開的洞是大門，面朝他們最要好的鄰居。「如果女主人因為某個因素不喜歡鄰居呢？」沒問題，他們會把大門封起來再開一個，面向另一頭的鄰居。發現這件事的學者並沒注意這種作法的影響：真正擅於社交的蒙博托精靈會住在整間都是門的屋子，也就是說沒了屋內外之分；反之，整個緊閉的屋子是心懷敵意搭蓋的。

布希曼人是相反的例子。他們同樣是遊牧民族，營地也是「環狀」，不過在他們環狀分布的中央有個東西。他們是圍繞一棵樹搭蓋小屋，酋長則在樹下蓋他的茅屋，並在門口生火堆。蒙博托精靈缺少的不是中央，而是象徵。象徵從無到形成需要象徵性的累積：樹木、酋長、火堆……為什麼不是玫瑰、長頸鹿標本、沉船、一隻湊巧停在一個納粹德國間諜耳垂上的蒼蠅、暴雨，或是薩莫特拉斯的勝利女神的複製品？

這些小黑人很滑稽，不過即使是多為獵人和戰士的強悍祖魯族，這些事並沒有太大差別。曾經與矮人族打仗的人（比如拿破崙三世以及歐仁妮・德・蒙蒂若皇后〔Eugenia de Montijo〕）的兒子都肯定他們的打仗隊形是半月形，缺口朝向敵軍，先包抄再殲滅他們。後來祖魯族人把這種隊形應用在打獵。同樣地，這種隊形也表現茅屋在營地的分布上：留有缺口的半月形。這兩種，從打仗到打獵，代表從真實演變到象徵，但並沒有喪失功能，並不是由一種取代了另外一種，兩種是可能同時存在的，甚至一個祖魯人會用大勝帝國王子的同一套方式，去獵殺一隻肥美的斑馬。至於駐紮地，就建築角度來看，且不管蓋不蓋（因為要注意的不只是茅屋本身，還包括蓋的意義和目的），是從象徵性回到真實，因為生活是真實的，祖魯人除了打獵和打仗，也需要過日子。不過可以猜想他們這麼做是不是刻意，並非刻意，正如作夢也是。在他們村子的中央，在那塊空地，有一種血腥，也有一種純然的高雅。

蓋與不蓋，除了類比，要點是從時間逃向了空間。這個逃就是夢（因此帕蒂不由自主夢見樓房）。作夢除了在故事裡，也在屋子裡找得到蹤跡，儘管這棟樓還沒蓋好。在這件事，有一個要素，也許是坐著不動的生活的要素。而習慣，不管是坐著不動還是動個不停，都是時間養成的，在夢裡看不到。夢境是一個純粹的空間，具有永恆的特質。因為如此獨特，在結構上是一種藝術。不蓋這一點，跳脫時間框架，以想像力為材料，排除不可能，不端靠建築師個人的成敗，不因為沒有資金實現大膽的設計，而無法完工。不只蓋的部分連不蓋部分都絕對能實現。帕蒂就睡在這棟建築頂端，尚未完工的工地以及設計師想要著手的所有裝潢，正是結合兩種狀況的真實例子；大樓差一步就落成；只差磚塊、水泥和金屬，順利的話，不受限於時間。這就是小女孩希望夢見的。

那麼，如果把沒蓋部分，或任何摻雜沒蓋成分的當成屬於「心智」現象，如同作夢和腦力遊戲，沒蓋部分要依據心智，而已蓋部分是一般的呈現。

在有些社會，沒蓋部分占絕大部分，譬如澳洲原住民，他們就如法國人類學家李維・史陀（Levy-Strauss）形容的「外省獨身老婦」一般在臉上塗抹顏料。這些原住民什麼都沒蓋，他們只是想像跟對著身邊的風景做白日夢，甚至透過故事，建造一個完整有意義的「建物」。這個過程不若以為的那麼有異國風情。這是文明時代每一天都會遇到的「內心城市」：比如喬伊斯的都柏林。這引人思考……文學，算是沒蓋的結構嗎？在文明社會，都市在複製下，失去了象徵性的功能；在遊牧原始社會，駐紮地點屋子的坐落，強化的只是造屋所缺少的功能，也就是社會功能，而在現代大城市的都市生活，建造需要窮盡社會的各種潛能和技能，都市化會複製已實現的功能，到最後卻失去它（只剩下象徵性的功能）。或者應該說只剩一種「空的象徵性」，一種現在尚未被任何需要占據的象徵化能量。可以想一下尼亞斯島（Nias）兩個相依卻又敵對的神怪，羅瓦拉尼（Lowalani）代表正面的力量，羅圖雷達諾（Latura Dano）代表負面的力量。根據尼亞斯島神怪，世界分為九層，羅瓦拉尼跟他的配偶在最高一層，一個類似和解角色的無名女神（讓我們叫她帕蒂）。尼亞斯島的村莊在都市化過程，「代表」這棟建物，從平面看來，高處等於正面，低處等於負面之類。現在，這棟「平行物業」，也就是尼亞斯島神怪沒蓋的大樓（只指沒蓋的部分），代表象徵性本身。從這裡可以推論，每棟建築總會有它相對應沒蓋的部分。馬達加斯加島原住民製作美麗木頭樓房模型，也是同樣的準則，樓層滿是人和動物，當作玩具。這些「孩子之屋」的模型代表的就是沒蓋部分的另一種形式。

但是這些澳洲原住民，這些澳洲原住民該怎麼做？是怎麼構建自己的景色？首先，他們在初始需要一個建造者，而他們自己的角色很單純，只是詮釋者：這個建造者只是在「作夢時期」的虛構角色，也就是說一個初始時期，在那裡，名字是無法證明的質量。這時是睡著狀態。在夢裡，會看到什麼都有它的原因。譬如，蛇爬過平原，在地面留下蜿蜒的痕跡等等等。這些令人好奇的原住民，也就是「自以為是的人」或「獨身老婦」，在事情發生時是閉著眼睛的，所以他們是用自己的方式看到過程。但是他們看到的是一種夢，醒著的話是白日夢，因為真正的故事（指蛇而非丘陵地）是在他們睡著時發生。

作夢如同語言，能給予或確定意義。但是澳洲原住民為什麼需要這種類似語言的工具？難道他們沒有一種所謂的語言？也許他們的確想擁有一種跟埃及象形文字一樣的文字？但他們的文字就是踩過土地留下的足跡。

這種澳洲原住民的幾何字體簡單又實用：點與線，就這樣而已。他們穿越荒野，走過森林，點和線代表了停留點與路線，一年結束時，一條可能往任何方向延伸的線貫穿了許多個點，構成一幅巨大的圖，記載他們的生活。只是這裡有個非常特別的地方：從一個點，從一個點裡面確切的一個點，可能像一根縫針穿到另外一頭，而那一頭是夢境，於是，這條線的本質改變了：一條原本覓食的路線，變成一條虛構的路線，路線圖有了第三度空間。可是這幅由點構成的旅途，每隔一段時間才出現，因為沒有優先的停留點（如學者猜測的水井：這只是一個構成路線的標準停留點，有可能出現在任何地方，或者路線上的每一個停留點都是），覓食路線都可能化成虛構路線，諸如此類。這些可能跟夢有些關係，跨越到另外一頭的停留點，已經不算是作夢，而是作夢的結果。人類進入作夢，不是驚險萬分的旅程，而是每天的動作。

澳洲原住民為了將停留點象徵化，他們有所謂的「聖柱」（這當然只是個稱呼，神聖其實沒什麼實質的意義），他們帶在身邊，每到一個停留點就釘好，日落之後，柱子微微往前傾恍若比薩斜塔，指引他們第二天應該前進的方向。這根柱子上裝飾著虛構路線的雕紋，這樣一來，把停留點（柱子指示的插柱地點）的兩個不同性質的理由和路線結合在一起（柱子指引的方向和上面的雕紋，也就是雙重的意義，因為路線有兩個階段，一段是覓食和另一段是虛構，但實際停留點在旅途上卻是同一個點）。

而帕蒂的夢有好幾種不同架構，延伸到更高更遠的層次，一種比一種還要新鮮、不可思議。在眾多憂愁和快樂的原住民當中，有一些的景色建構簡化到極致。比方玻里尼西亞島民，他們的旅途不是土地就是冒出海面的珊瑚礁岩，代表該隨風航行，或漂浮……這個很簡單，就是兩條比較實際而非想像的路線，從島上往下延伸到海底，就像船錨，至於從島上往上到夜空的某顆星子，指引了避免溺水的路線。

但即使這個玻里尼西亞島民的架構，相較於其他的還是比較複雜，尤其是虛構的部分，從人性到想法——而這在夢裡是一條雙重的路線。

因為他們是一般邏輯的建構方式（也就是說，在沒蓋部分之前），沒蓋部分之外的是蓋好的建物。對於真實的面貌，建造只是一種裝飾。建築的裝飾一直以來都是一種擴充，包括任何東西在內的擴充，在這個擴充當中，唯一能控制的是擴充的過程。在農耕村落，累積財富和操控社會地位不平等，讓這種建造有一種「人造世界」的特質，而在這種特質當中，任何階層包括賤民在內，都有仗著地位的特權分子。因此，建築化為「真實」，實在不可思議；如果世界到這一刻之前的發展，包括景色、土地，都是出自人類之手的微型藝術創作，此刻，他的夢境來到相反的階段，也就是擴充階段，在這一個階段出現裝飾，而裝飾代表一切。

「真實」的建築能不能蓋好，也就是說裝飾部分，要看能否替進行工程的工人或奴隸儲存糧食，因為這些工作的人沒時間再去狩獵或採集糧食。而存糧起於不平等。有個機制叫誇富宴（Potlatch），是用來分配過剩存糧，調節財富（若是沒有調節就不會有財富），在這個宴會上，會分發各式各樣的糧食和飲料以及其他物品，一眨眼花費鉅資，讓物資回到期望的水平。這個宴會透過短暫或轉瞬的方式，以充足的物資為亮點，盡可能吸引大量人潮；人的來數很重要，這種表演秀的效果很快過去，因此需要受到盡可能大量的人感激。有一種經濟與表演秀密不可分，誇富宴便是其中一種。

當然，誇富宴只是真正宴會的前身，這兩樣源自同樣血緣，漸漸地，目的從吸引大量人潮，變成選定特殊人士，一群重要的人，社交面產生微妙變化。這個過程最後的合理結局，是變成特定的宴會，而夢是這種宴會最完美的例子。

在帕蒂夢裡，荷西波尼法西歐街出現一棟建物。建物矗立不動，但同時又被一股來自裡面的搖動攫住。一陣風，那種在夢裡才有的獨特的風，因為太過獨特，可以說夢其實就是風，突然間颳起，吹散了骰子大小立方體蓋成的建築。這時彷彿變成一個卡通世界。接著同樣的建築再一次矗立在另外一頭，是原子結構不同的另一次組合。然後再崩解，一陣風帶走它的粒子，其中一顆掉落在帕蒂睜開的眼睛裡，從建築上面，可以看到一棟棟像是顯微鏡底下的小屋子，還有所有的房間，所有的家具，所有的燭台、地毯、玻璃，以及在星空下迎著風轉動的黃金風車玩具。

下樓兩個小時過後，愛麗莎·維古那雙手提滿購物袋，踩著階梯上樓。酷熱沒有一絲退去的跡象。這個時間是一天最熱的時刻，甚至有人可能認為氣候太過嚴酷。最後幾層樓，她是一個人爬上去，因為胡安·聖巴斯提安跟布蘭卡·伊莎貝爾去拿他們之前留下的玩具車，然後留在那兒玩了起來，沒玩太久，他們雖然想玩，但還是怕媽媽要他們睡覺。雖然午睡時間已過，沒有可能的危險，他們還是不想屈服，因此以防萬一起見，他們逃跑了。他們去了一間有冷氣的冰淇淋店，在那兒逗留了好一陣子。他們趁這個時間休息，稍微恢復體力，但是當他們踏出店鋪，外頭相反的溫度，似乎讓炎熱更難以忍受。愛麗莎看見大女兒正在睡覺，沒有吵醒她。她進去廚房，把袋子裡的補給品拿出來，但不是塞進冰箱，畢竟她並沒有冰箱，接著她開始洗衣服。她也沒有洗衣機，她的確想要有一台，不過這不是她太過在意的一點。事實上，她還滿享受洗衣服的樂趣，花了不少錢買肥皂、特殊洗衣粉以及漂白水。不可思議的是她是懷抱歡欣的心情做這個她喜愛的勞務，雙手也沒太過粗糙。她何必在意那兩個小鬼不想午睡！她今天也沒午睡：她一點睡意也沒有。而因為好幾種巧合的因素，堆了不少衣服沒洗。她將兩個臉盆和兩個塑膠桶裝滿水，混合不同清潔劑，最後沖下一大注的漂白水。她開始搓洗幾個孩子的T恤。她無精打采：因為天氣熱，從早上忙到現在，歲末年終，丈夫等等。這不是忍一下就過去的事。她已經沮喪了一陣子，因為她希望全家搬家，或者說這是她的計畫，可是他們還是沒搬。她的丈夫受到建商開出特別津貼保證所引誘，決定留到工程結束。她以為今天她應該要住在另外一間屋子了。另外的屋子不一定比這裡好，但那終究是個計畫，她不高興事情不如預期，遇到這樣的狀況有誰高興得起來，尤其是這個計畫並沒有受到重視或當真。她真想用那筆多出來的津貼買東西，可是即便如此，她還是無法感到安慰：金錢、購物，都是可以解釋的東西，她想在年末搬家的計畫則不然，是深植在腦袋瓜裡的執念。況且，當初決定的人是勞烏；今天他會醉兩次，還有一次。他通常兩餐都喝，午餐和晚餐。他的太太心想，他的肝到底多強壯啊！跟鐵棍一樣堅硬吧。酒鬼通常會有一種超人的耐力，或者說就是不同於一般人；她喜歡自己被這種超出人類所能的力量保護的感覺。還有呢？她喜歡丈夫的許多點，沒什麼想抱怨，即使在私底下嘮叨的時候。比方說，她不曾想像自己會嫁給一個喝酒懂得節制的人。

當她把帕蒂的衣服泡到水裡，思緒不禁飄到女兒身上。她這個媽媽最擔心的就是她。她這輩子從沒看過像她這樣沒有方向的女孩。沒有人知道她最後會變成怎樣，連她這個當媽的也說不準。當然，可能是年紀關係，儘管如此，她依然是讓人無法放心的一個。她總是虎頭蛇尾，不清楚自己要什麼，也沒有真正的喜好。可能連戀愛也是這樣吧！愛麗莎一邊機械式地洗衣服，一邊逐一計畫。她跟許多智利同胞一樣，總是習慣在四下無人時對著一個假想的聊天對象，細細地解釋一番，或者其實不只是假想，而是存在腦海裡。她的對象是一個好幾年不見的女性朋友，或者說自從她來到布宜諾斯艾利斯之後就沒再見過面。不過這不重要：她就是跟她訴苦大女兒的事。她在心底叨唸，妳看看，她連空手道都不想繼續，雖然這是我老公一時異想天開的主意，但終究是個可以做的事吧。她真像雖然磨得漂亮卻不耐用珍珠母貝釦。好吧，不能怪她，因為我們搬來這裡。但是課業呢？也一樣，因為她不想補課。她還說想當電子工程技師。太可笑了！感覺想當的人是我一樣！她跟不在身旁的女性朋友解釋，問題點在這裡，從這裡出現衍伸其他所有的問題，帕蒂不管做什麼都不認真。有哪個年輕女孩跟她一樣馬虎？幾乎沒有。該認真的時候不認真，因為她覺得認真是別人的事。這個愛作夢的小鬼根本生活在不同的世界。她不是不夠聰明；但是她因為馬虎讓自己看起來很蠢。她很有腦子，非常有腦子。不要扯太遠，就拿她擅長裁縫這件事。如果有需要，她靠裁縫就能餬口飯吃。她的前程光明，豈止是光明，根本是燦爛，因為裁縫是份可以分心的工作。重要的是工作結果，不是腦袋的想法，要想什麼可以非常自由。帕蒂在這一行永遠不會厭倦。六年前布蘭卡．伊莎貝爾出生時，不是按照她的希望替妹妹取名字？這是個有名的時尚設計師的名字。雖然是阿根廷人，但媽媽是智利人，外婆是勞烏．維那斯祖父的同伴。愛麗莎真正想取的名字瑪露莎．賈桂琳，最後把這個名字給了小女兒。

一種感覺打斷她的喃喃自語，她老是神經兮兮，覺得有人經過她背後。她的背後是廚房，那邊根本沒有人，而且也容納不下再多一個人，但是她可以從敞開的門，看到隔開公寓跟樓梯的部分露台有十幾縷鬼魂正盯著她看。她生氣地想，這些蠟白的小丑在那邊做什麼？

她可不喜歡有人打斷她跟閨密聊天——不管是在她內心深處或是在其他任何地方（愛麗莎忘記了幾個月前她的密友在康塞普森一列火車脫軌的可怕意外中喪生）。此外，這不是他們該出現的時間。難道現在他們二十四小時都在？還是說因為今天是一年的最後一天，發生了什麼特別的事嗎？照他們盯著她看的樣子，雙眼瞪得跟盤子一樣大，配上愚蠢的表情，或許是最後這一個猜測吧。他們似乎想說些什麼，跟她提些什麼交易。這真不合理，因為他們通常是讓人看，而不是盯著人看。而且她待在廚房的暗處，從外頭應該看不到。不過還是得小心一點，因為即使是很微弱的光線，還是可能反射或聚光在她厚重的鏡片上（十二屈光度），就算除了眼鏡以外她都隱身在暗處，從外面還是看得到兩個發亮的圓圈，彷彿貓頭鷹那雙在黑夜裡浮在半空的眼睛。這是她的經驗談。不管如何，她正在看他們，而模樣應該跟他們看著人的樣子很像。但她究竟是真的看到他們，還是在做白日夢？喔，這又是另外一回事了。一個女人在廚房裡洗衣服，卻看到一群暴露陽具的裸體男人，在現實中是不太可能發生的事。當然，像她這樣的已婚婦女，這幅畫面有種特殊意義：所有男人骨子裡都差不了多少，這不是一種保證，而是一種肯定。男人什麼都藏不住。他們的本領差不多，價值也差不多。好吧，或許價值很高，可是這個價值被一群幾乎難以想像的數量稀釋，可以說是：「所有人」。她只擔心會對她的孩子產生不好的影響，比方說對她做事馬虎的大女兒。這樣一個滿腦子幻想的女孩，對於不可能的場景也會相信，儘管是錯的，卻信以為到處看到的都是真的。幸好他們很快就會搬離這個工地。如果她的丈夫能認真看待她的話。與此同時，那些蠢蛋還在看她。還是說是她繼續看著他們呢？她移開視線，繼續洗衣服，專注在手邊的工作，因為一分心可能會倒錯漂白水。這個意外經常發生。

快要洗完的時候，帕蒂出現在她身邊，嚇了她一跳。「老天爺，女兒，我沒聽見妳走進來。」她想掩飾她的慌亂，於是這麼對她這麼說。「妳看看我，只是睡一下而已。」帕蒂說並讓媽媽看她的手、肩膀和脖子，都是汗水。她們互相抱怨了一會兒天氣熱。「聽著。」帕蒂說。「如果妳不覺得打擾，我想要沖個澡。」「不會，一點也不會。」媽媽說。「妳看，我剛好洗完了。等我沖一下這個……這樣……看看這水柱多清涼……待會兒我也要沖個澡……這個好了。」她關上水龍頭。「現在妳可以去沖澡了，希望弟弟妹妹不要醒來。」她們小心翼翼，因為曾經遇過這邊水龍頭開水，那邊的流不出來的狀況，所以兩個水龍頭一起打開，半滴水都流不出來。這是他們在生活中遇到的細枝末節之一。一定是水管有問題，或者是整個大樓工程的問題，之後住戶會嘗到不幸的苦果。勞烏．維那斯偏向不要通報建築師問題。對方知道又能做什麼？煩惱嗎？智利佬認為這個問題沒有補救辦法，所以沒必要說出來。他們自己倒是找到解決辦法，先關掉一個水龍頭再打開另外一個，就能輕鬆讓水流出來。如果每一層樓都住滿了，可能會比較困難，但是到時他們已經不在這裡，看不到問題了。帕蒂到了浴室打開蓮蓬頭。愛麗莎聽見愉悅的水聲。她提著裝滿擰乾衣服的水桶出來，走到大型遊戲室和游泳池前面的露台，曬衣繩掛在這裡。這時雖然是太陽開始西下時間，陽光依舊毒辣。她心想，衣服一會兒就會乾了。可惜的是一點風也沒有。那些鬼魂還在遊盪。現在他們分散開來，可是數量變多了。一些跟平常一樣坐在雷達天線尖銳的邊緣，她很訝異看到他們坐在那裡，但他們當然不會感覺那邊緣是尖銳的；這只是看到他們坐在那兒的想像，不過愛麗莎注意到他們不但坐滿外緣，連內緣也是，所以得低著頭。或許是他們在這個時間出現有點不太尋常，她第一次憑一種主婦的自覺，認為事情嚴重：他們就跟人一樣，無法避免不這樣看他們；可是也可能把他們當真人看待，雖然知道他們不過是幽魂。當她晾衣服時，她腦子裡想著，既然男人有這麼多，重要是要挑選合適的一個。「但是要怎麼挑？」她跟她想像的女性朋友討論。「問題不在於有沒有男人。」她帶著也是想像的微笑對她說。「而是需要的時刻總是沒有半個。」她晾好衣服，連看也沒看他們一眼，就趕緊逃離開始讓她頭昏和頭痛的陽光，從飯廳門口鑽進去，這扇門是半掩的，沒關上是希望空氣流通。她走到臥室查看：勞烏．維那斯睡得很熟，兩個小朋友也一樣。她也讓他們的門半開，然後打開電視，把音量調小聲一點。帕蒂從浴室出來，她頂著溼淋淋的頭髮，神清氣爽，臉上掛著微笑。「好一點了嗎？」媽媽問她。「當然，妳看就知道。我真想一直泡在水裡。」「孩子，等泳池注滿水的時候吧……哈哈……妳可以一整天泡在裡面。」「開始了嗎？」帕蒂問。「我不知道。才剛開電視。看一下，嗯，我想應該快開始了。」

她們六點會準時收看一齣電視劇，雖然她們不是傻瓜，也知道劇情低俗，但就是喜歡這種劇情。她們不是那麼在乎，只希望不要錯過，不可思議的是她們倒也真的沒錯過一集。愛麗莎認為，女人活著就是要四周圍繞著故事，而且全都要有趣，甚至數量要多到難以置信，不只是圍繞，還要到淹沒和滿出來的程度。她們母女在這幾年看過一大堆電視劇，她們敢說都大同小異，但是並不後悔花時間收看。劇情通常圍著懷孕跟金錢打轉；這兩個基本元素的關連，就是某個女人變成富婆，家財萬貫，最後瞧不起那個在她窮困時讓她懷孕的男人。她們喜歡在無關緊要與攸關重要之間那不協調的平衡。像愛麗莎這樣演出真實人生的女人，她可以把金錢視作次要，完全放棄，選擇其他東西。雖然她看的只是電視劇，卻能從中得到快樂，從還算快樂變得非常快樂（對她的女兒來說，雖然也看得盡興，感受卻截然不同）。她們幾乎在每天下午的這個時段，獨守在電視機前面，收看艾絲梅拉達的故事，這個年輕女孩從一個角色設定錯置的哥斯大黎加馬黛茶商的祕密女奴，搖身變成一個在阿拉伯半島擁有一片廣闊油田的女老闆。她們還會聊劇情。愛麗莎試著想讓女兒了解劇中的某些東西，但是她的女兒不想了解，或者只用自己的觀點了解。她們可能不知道，電視其實變成一間小學堂，雖然學不到什麼東西。比方說懷孕問題，要比乍看之下有許多需要思考的面向。愛麗莎就是在帕蒂這個年紀懷孕，懷的就是她，她說那是全世界最棒的男人種下的果。後來這個男人從她的生命消失，變成她童年回憶的一部分。男人就是有這個缺點：定不下來。「可是，媽，」帕蒂反駁。「我想跟艾絲梅拉達一樣，最後找到一個能定下來的男人。」「最後，最後……」愛麗莎刻意加重語氣，「最後……是可能的。但不是在這之前。因為……總之懷孕代表什麼？」她指著電視螢幕對女兒說：「難道這個女演員在演戲時是真的懷孕？肯定沒有。要非常小心真相與謊言，真實與虛構之間的錯亂。」「但是妳自己不是也懷孕？」帕蒂問她。「還是說妳自己是個錯誤？是個想像？」媽媽笑了出來。「沒錯，的確是，總之，對當時是青少女的我來說這是非常嚴重的問題，可是每件事同時也有另外一面，真相往往是沉默和猜測交織而成的。比方說，當時的我從來沒告訴我的爸爸媽媽『全世界最棒的男人』究竟是誰。他們猜錯對象。」她若有所思地說。與此同時，她們看著電視劇下一集播出前的廣告。其實，她也猜錯對象了，因為幾年過後，勞烏．維那斯出現在她的生命當中，一切再也不一樣。

「就是這個。」帕蒂說，似乎她找到了一個比較有說服力的點。「這不就是定下來嗎？」她媽媽聽到這一句，微笑回應。她身邊的人都耳聞他們夫妻的偉大愛情，一段真正的愛情。所以她算低調。要是這樣讓她的女兒詫異，那麼，她也只能感到抱歉，但愛莫能助。有一些事需要時間才能慢慢明白。而且，她是第一個放大枕邊人缺點的女人，好比說他是個酒鬼。不過這一點跟他沒有其他壞習慣一樣，都無法證明。愛麗莎會替他找好理由辯解，比如勞烏酒癮一來就一杯接著一杯喝個不停。據說，這就像喝海水一樣，所以壞處在哪裡？或許酒癮這麼深很不幸，但是在不喝酒的人看來，這個說法真是傲慢。還有：勞烏．維那斯是地球上少數幾個快樂的男人之一，或者至少在智利吧，如果愛麗莎．維古那的苦勸有用的話，他們甚至不用離開那個國家。快樂會吸引的永遠是更多的快樂以及圓滿。

「可是我們是窮人，看看我們的生活。」帕蒂回答她，並指著還沒完工的熱燙燙公寓。「孩子，這並不重要。」「那麼，妳覺得什麼重要？」「我們不是身體健康？吃得好？孩子長得漂亮又會玩耍？親戚友善？朋友愛我們？」「喔，妳真是樂觀。」帕蒂說，頂著面對不可能的事的表情。她的媽媽笑了出來。「看到沒？孩子，看到沒？我很幸運。」「媽，別開玩笑了。」「小Y頭！這可不是玩笑！這一切要看是不是遇到真正的男子漢，雖然他可能擁有全世界的缺點。真正的男子漢。真正的男子漢。」她機械式地喃喃念著同樣的句子，與此同時母女倆安靜下來，因為電視劇開始了。劇中的女英豪美得不可方物，她正在簽一份契約，成為凡爾賽宮合法的主人，法國社會黨政府向她募集發展高科技的資金。「這太誇張了。」帕蒂喃喃說。「跟我們的人生一樣誇張。」她的媽媽聽見她的話便說，但視線還是緊盯著螢幕不放。她們兩個都知道，當門打開，女主角的情人再一次出現，也就是她以為在一次飛機緊急迫降亞速爾群島喪命的日本大富豪……她們都會哭，雖然從電視劇一些該有的老套情節，已經推測到這會發生。

大概七點左右，電視劇播到一個特別吊胃口的地方結束──有哪一集不是這樣──就是有關艾絲梅拉達的懷孕問題（儘管她不只是一具美麗昂貴的生育機器），她們關掉電視，這時聽到底下傳來混亂的吵雜聲。「有人來了。」愛麗莎說。這只是一個推測，因為現在還有點早，晚上的賓客還沒開始抵達。但是有句諺語說：「賓客不請自來。」「要是這樣，」她說。「一家子大半都在睡，要怎麼招待客人。」短短幾秒，她們就聽出小孩的聲音，根本沒時間從椅子站起來：胡安・聖巴斯提安衝進來大叫：「看看伊涅絲姑姑帶什麼給我！一人一個，這是我的。」等等等。他的媽媽急忙比手畫腳要他降低音量。這個小鬼嘴巴似乎裝了一個擴音器。「沒看到你弟弟妹妹在睡覺嗎？」「好啦，好啦，知道了。」他承認自己太急：但是她們得了解他滿腦子只有禮物。他把四個完全一模一樣的塑膠小車放在桌上，而且都是同一種顏色，紅色的。布蘭卡・伊莎貝爾像陣龍捲風，跟在他後面進來，然後直接撲向前。「這是我的！」他們不由自主地再一次大叫。當然，老大已經自行打開包裝。他們各自抓住自己的，儘管玩具車都一樣，但是趁兩個年紀比較小的弟妹睡覺時先挑選，就是有種優越感：驚喜的落差很大！可憐的弟妹，等他們看到時，就只能接受屬於他們的玩具車，而這些跟兩個大的已經挑走的沒什麼差別！他們喜歡這種勝利感。愛麗莎走到敞開的大門邊，等待小姑。或許是受到她們看過的電視劇影響故意遲到，或者是因為孩子們像直升機一眨眼就衝上來，她姍姍來遲。愛麗莎好奇極了，因為小姑說好要跟她的男朋友一起來，整個家族的人都還沒看過他。如果她的男朋友真的要來，她怎麼會沒聽到他們說話的聲音，真是奇怪。還是他們光低頭看著地板就很開心了？或許她先上來幫忙，而她的男友晚一點才會出現。

最後，伊涅絲．維那斯出現了，如同猜測，美麗的她是慢慢地爬上樓梯，一口氣也沒喘。「怎麼只有妳一個人來？」愛麗莎一看到她便脫口而出。「親愛的，羅貝托待會兒才到，我先過來幫忙，以免太麻煩妳什麼的。」她們交換招呼吻，嘴巴繼續吱吱喳喳。她們就是相當典型的智利女人。當她們聚在一起，可以清楚看到所謂的典型是多麼滑稽。尤其是聚在一起的她們長得一點兒都不像。伊涅絲．維那斯相當嬌小，但是膚色接近橄欖色，有一頭烏溜溜的秀髮，和凹陷的雙頰（愛麗莎．維古那反而比較圓潤，長相有些稚氣），她長得非常漂亮，因為家族和民族特性相當程度低調使然，只敢稍稍引人注目。她腳踩一雙美麗的白色涼鞋，身穿一件印度風裙子和一件藍色棉衫。還戴著長耳環。「妳打扮得可真漂亮。」「妳更漂亮。」「不，妳比較漂亮。」「是妳啦，不要說了，妳沒看我咳嗽嗎？」「咳嗽？」「對呀，這幾天遲早會得肺炎。」「妳這個小妞快讓我笑死了！」「哈囉，帕蒂。」帕蒂也是典型的智利女人性格。三個女的聚在一起，這個特徵更顯露無遺。「妳洗頭髮嗎？」「妳看我穿得真難看。」「喔，我穿得更難看。」「閉嘴，孩子們！」兩個大孩子想把弟妹的玩具車也拿走。「不行。」愛麗莎說。「把車子放在這裡。」「對，可憐的孩子，放著。」伊涅絲．維那斯說。「讓我來重新包好。」「別想了，這個壞孩子把包裝紙撕破了。」「是自己破的！」小男孩尖叫。「他們在睡覺嗎？」伊涅絲壓低聲音說，一如所有的智利女人天生懂得把聲音壓到很低。「妳哥哥也在睡。」愛麗莎說。她們三個審慎地做出發笑的動作。她們是真的覺得好笑。下午七點睡午覺！「好吧，你們可以走了。」媽媽對他們說。「妳看我多笨？四個一樣的玩具車。我根本不知道要買什麼給他們。」「親愛的，妳不用這麼麻煩的。」「妳竟然說這是麻煩？」「每個人都會這麼認為！親愛的伊涅絲，妳已經盡力了。」「我差點忘記，帕蒂，我也帶了一個東西給妳。」「給我？」「嘿，愛麗莎，羅貝托會帶幾瓶酒來。」「老天！妳以為我是個小女孩嗎？」「拿去，這是個小東西。」帕蒂小心翼翼地拆開，裡面是一只彩色串珠手環。她的開心和感激無以形容。她非常喜歡，馬上戴上手環。「真是可愛的手環！」接下來她們開始話家常。「天氣熱得要命，對吧？」伊涅絲．維那斯說。「一直都很熱，對吧？」愛麗莎的小姑自問又自答。「當然囉，這裡應該有風。」「想太多。」「喔？」「是沒錯，但只是偶爾。」她這樣解釋。「我不懂。」伊涅絲說。「那你們怎麼會搬到這座鳥籠來住？」她們三個笑了起來。

除了她們的笑聲外，孩子們也睡醒了。傳來一點哭聲和幾聲抱怨。「他們起來了。」愛麗莎．維古那說。她到房間去，抱著兩個孩子出來，一手抱一個，兩個都光溜溜的，哭個不停，全身都是汗。姑姑笑著，禮貌地各親他們一下。她有個安撫孩子的辦法，這麼小的孩子也懂得「禮物」是什麼意思。他們拆開放在桌上的玩具車的包裝。「我們先給他們洗個澡。」愛麗莎說。「讓我來幫妳。」「不，不用……很快……洗一下就好。妳看著。」她鑽進浴室，其實也只是給他們泡一下水，好讓他們清醒。「帕蒂。」她從浴室叫女兒。「去叫其他兩個來吃下午茶。」於是帕蒂離開。「嘿，哈維會來嗎？」「馬上到。」她回答她。「全家都會來。」兩個頭髮溼淋淋的小孩已經被抱到桌上，艾內思托開始拆盒子。伊涅絲姑姑在哄他們。她覺得小女孩好甜美好嬌小。「嘿，她笑咪咪的！真是個可愛的孩子！」愛麗莎在廚房裡準備東西。「要我幫妳什麼嗎？」她的小姑問她。「讓我來就好。妳幫他們兩個穿鞋子。」「鞋子在哪裡？」「等一下。」她說並走向臥室。「我拿來給妳。」當她把孩子的鞋子遞過去，小姑問：「妳家的男人還在睡嗎？」「喔，睡翻了，要叫醒他不容易。」這時兩個大的孩子進來了。「你們已經弄壞玩具車了吧！」媽媽說。「沒有！才沒有！」「看到沒？」他們拿出來給她看，依舊完整無缺。帕蒂默默地進到屋子裡，盯著手腕上的手環。伊涅絲．維那斯替兩個小的穿好鞋，要他們找張椅子坐下來，要的話可以帶著他們的紅色玩具車（可是胡安．聖巴斯提安說撞車最好玩），媽媽給他們各倒一大杯牛奶。但就在這一刻，伊涅絲看著杯子問他們是不是買了冰箱。「沒有。他們會借我們一個。這種牛奶很特別，不需要冰箱就能保存。」「喔，對，我知道那種牛奶。」伊涅絲說。

當下午茶順利進行之後，伊涅絲．維那斯開始說話：「上一次我來的時候，不過是十天前，一眼望去，每一層樓都一目了然，可是這次爬上來……」「喔，妳看到了。」愛麗莎打斷她的小姑。「大多數的隔板都立起來了，不過還沒完成。」「嘿，可以去看看嗎？」「嗄？可是親愛的，那是別人的公寓。」「一下子而已！屋主不會來吧？」「妳要他們怎麼來？今天？在這個時間？」「而且啊，」帕蒂插嘴。「他們今天早上已經來過了。」「真的嗎？為什麼來？」「我不知道……」愛麗莎說。「我想是開會吧。妳應該不會想知道來了多少人。他們走來走去，我們全躲在屋子裡。」

這時，她們要孩子們喝完牛奶，打算去下面幾層樓。不過根本不必多說，因為四個小蘿蔔頭早已把剩下的咕嚕嚕喝光，要跟著她們一起去。她們興高采烈，一邊聊著一邊下樓，猜想會看到哪些格局。上面幾層樓比較接近完工。帕蒂有點詫異地聆聽大人聊著她沒料想到的推測。她知道那些房間會當作臥室、飯廳、浴室、廚房，但是從沒仔細再想。兩個大人甚至想像起該怎麼改裝：「這裡我不會當客廳，而是當臥室。」她們還聊了其他事笑了起來。「我希望裝一大片窗簾。」其中一個說，而另一個回答：「可是沒有鄰居能偷窺他們，妳看多創新。」她們從六樓下到五樓，再從五樓到四樓，一路嘰哩呱啦講個不停。她們有特別喜歡的一層樓，也有不怎麼喜歡的，也有不如特別喜歡的，但是比不怎麼喜歡的好一點的。「看看這些有錢人的生活。」伊涅絲．維那斯說。「而且，他們會去上面玩水吧？」愛麗莎抬起頭看向屋頂，一時間沒會意過來她的意思，接著她想起那座泳池。「妳看，」她說。「露台上竟然有游泳池！我本來不相信，直到親眼看到，或者說看到他們蓋泳池的時候。」「真難以相信。」伊涅絲說。「很難以相信，是吧？」幾乎沒插嘴她們對話的帕蒂也開口了。「有些事很難相信。」伊涅絲說。「可是當親眼看到，就得相信證據。」「沒錯。」帕蒂回答。

她們繼續逛其他樓層，循序漸進，從一頭走到另一頭，話題到了這裡之後，她們接著聊起兩個顯然讓她們興致勃勃的話題：療法和婚姻。伊涅絲．維那斯支持順勢療法，她只要逮到機會就熱情推薦；她聊到她認識的一位老順勢療法治療師是個靈媒，他無所不能，治病迅速，而且做事仔細謹慎。愛麗莎不支持這類對抗療法（這種療法並不需要支持者，純粹只是一門生意），因為不相信，所以她偏向一般的傳統療法。「就是有人偏偏不相信。」她說，她就是這些人之一，這些不肯相信的人。「但總可以試試看吧！」伊涅絲對她說。「如果只是試試看的問題，我早就相信了，就算只是讓妳開心也好。」愛麗莎回答她。「好吧，親愛的。別試了，就直接相信吧。」她的小姑回答。「可是這需要試試看。這不只是要不要試的問題。」「親愛的愛麗莎，我不懂，我是這麼好意，好吧，告訴我，妳要不要試試看？」可以說，她們的對話相當難以想像，因為她們沒有生病，應該也不會想要生病。「嘿，伊涅絲，不論是順勢療法，或是任何神奇的療法，只對相信的人才有效。」「愛麗莎，妳錯得離譜！有非常多不相信的人病都治好了。」「喔？真的嗎？那他們之後還是不相信嗎？」「當然還是不相信，不然呢？我認為，不管之前還是之後一定要相信。」「可是之前跟之後不一樣！」「這不重要。對我來說，重要的是一個不相信的人病治好了，雖然之後還是不相信。」「這說不通！妳聽清楚我跟妳說的是什麼嗎？」

當還繼續這個話題時，她們講到了婚姻。她們或許有歧見，但是比較細微。因為所有的女人，不管是從前還是現在，或者說幾乎所有的女人（所有她認識的女人）都嫁人了。這是一般的順勢而為、發瘋似的一種信念，從這裡蔓延到那邊，沒有方向。帕蒂沒加入她們的談話，而是專心聽她們聊，不時喃喃自語，或者發出輕笑。伊涅絲．維那斯發覺這個小妞全神貫注，於是若有所思地望著她。

當她們參觀夠了，不再吹毛求疵，批評這棟許多人共有的大樓豪宅，便返回樓頂，不過還是一路嘰哩呱啦講個不停。仔細想想，這可能是因為一種不可思議的執念：要找話題聊，一個聊過一個，不能停止。這些話題彷彿沒有終點，因為終點可以有無限多個；就是這麼簡單。其實這就像思考人生有各種層面。她們回到頂樓，儘管這時午後將盡，熱氣卻絲毫沒有減少，於是愛麗莎想起還沒買的東西：冰塊，因為她打算到最後一刻再買。她交代帕蒂幫她去買。女兒去拿了袋子，然後媽媽還叫她從零錢包拿錢。帕蒂邊走邊想：我們的錢到底是從哪裡來的？我們一直花錢，但是口袋依舊總是有錢？她媽媽在家族裡以擅於理財出名。她的確很有本領，然而她聲名遠播是來自一次錯誤：他們的親戚看到一家大小一身褪色的衣服，以為愛麗莎極度省吃儉用。事實上，很難解釋一件衣服為什麼褪色到那種程度，甚至接近白色，也就是說，他們猜想衣服太舊了（其實是一個禮拜前購買的），但怎麼布料還完整如初？只要無比的細心就能找出原因。當帕蒂拿著袋子和錢出來（她們正坐在泳池邊，讚嘆這個偉大荒謬的設施），伊涅絲·維那斯主動說要陪她一塊兒去。「不用，不需要。」她說。「就在附近，在轉角那裡而已。」「那麼，我們拿兩個袋子一起去吧，這樣一來可以有比較冰涼的飲料喝。」伊涅絲·維那斯笑著回答。「不用麻煩，不用麻煩。」母女倆對她說，但是她心意已決。「因為我太早來打擾妳們，總要幫點什麼忙。」

她們下樓，一起到了街上，這時才開始稍微熱鬧一點。姑姑問她在社區是否有朋友。「一個都沒有。」帕蒂回答。「因為我幾乎不下樓。比如，現在我已經整整兩天沒下樓了。」伊涅絲嚇了一跳。她無法想像這樣的事。「妹妹，這樣妳要怎麼交男朋友？」帕蒂嘻嘻笑，姑姑也跟著笑了。

「嘿，妹妹，別笑，我是跟妳說真的。難道妳沒聽到我跟妳媽媽聊什麼？」「聽到了，可是我還不知道要嫁給誰。」伊涅絲默默地走了幾步，思忖該說什麼。「絕對不可以說不知道。」「為什麼？」「因為就是不可以。」帕蒂乾笑幾聲代替回答。「告訴我。」伊涅絲對她說。「妳不是處女吧？」「不是，我已經不是了。」「喔，聽著，妳難道不怕懷孕？」這一次換帕蒂思索該怎麼回答。最後她說：「多少會吧。」「這個回答太奇怪了！」伊涅絲說，並哈哈大笑。「總之，帕蒂，妳是個怪女孩。怪極了！」帕蒂聽她笑，也跟著笑了。她們踏進賣冰塊的店家，買完走出店外後，開始聊愛情。「這是世界上最重要的東西，是世界上最獨一無二的東西。」伊涅絲說。「對，對，沒錯。」帕蒂說。「為什麼妳要說不知道嫁給誰？」「因為這是實話！儘管如此……」她們默默地走了一段路。街道上的樹木靜止不動，恍若石膏雕像。「熱死了！」小女生說。「其實這是熱浪。」另一個回答，但她又說：「妳應該知道，這代表接下來會有一場滯留很久的暴風雨，然後就轉冷了。」「喔？真不敢相信。」「就是這樣。布宜諾斯艾利斯的天氣就是這樣。一件事結束後才換另外一件事。」「我想，」帕蒂說，語氣透露些許嘲諷。「每個地方都是這樣吧。」「可是這裡比較明顯。」伊涅絲說。「而且一定會發生。」「發生什麼？」「暴雨。」「喔，」帕蒂凝視藍得不像話的天空說。「不是，不是現在，不過妳會看到。」接著她突然話鋒一轉：「有些男人真的長得好看。」「沒錯，我也喜歡幾個好看的男人。我特別喜歡其中幾個。」「嗯，我也是，我們都喜歡特別好看的。但是，妹妹，他們有可能是流氓。」「對，沒錯，電視經常出現這種情節。」「那是假的。」「可是妳剛剛不是說……？」「聽著，我說的是『可能』是流氓。」她繼續說。「或任何東西。」「喔，那麼我接受這種講法。」「不過在愛情方面，真正重要的是他們是不是真的男子漢。」「又是赫赫有名的男子漢！」帕蒂感嘆。「我媽媽也老是提這個。」「我保證她很清楚為什麼老是把這句話掛在嘴邊。」「為什麼？」伊涅絲聳聳肩。她們繞過街角，視線掃過他們那棟建築，外觀看起來一點也不起眼。

就在這一刻，她們身邊經過一個典型的阿根廷美女：舉重選手一樣的寬闊肩膀，豐滿的胸部，狹窄的臀部（因為臀部肉多，所以要從正面看，而不是從側面），接近非洲人的深色皮膚，帶點東方味道的印地安人五官，肥厚的嘴唇，染紅的黑髮，極短的牛仔裙底下露出一雙健美光滑的長腿，一雙涼鞋踩著懶洋洋的步伐，手裡拿著一個鑰匙圈。她們兩個身材嬌小，走在她旁邊就像兩隻小螞蟻伴著一頭大象。阿根廷女人連看都沒看她們一眼；她瞇著那雙如同日本女人黑色眼眸的大眼睛，表情流露輕蔑。「她們就是這樣。」伊涅絲．維那斯說，這時她們已經遠離了一段距離。「她們給人的印象就是，如果覺得這個男人不是真正的男子漢，可能會摘下他的頭，對吧？」帕蒂沒吭聲，但是一幅斷頭的「男子漢」畫面，伴隨她走了幾步。伊涅絲繼續說：「我們可沒有那股運動員的魄力，而且她們的衣服，不論是哪種款式，都不適合我們。」這時帕蒂回答了，她的語氣平淡：「因為我們不一樣。我們是智利女人。」

踏進大樓前，伊涅絲指著一段距離外，停在對面人行道上一輛覆蓋泥巴的紅白色老舊卡車，脫口而出：「那不是哈維的車嗎？」的確是沒錯。「真是一部破銅爛鐵！」她們倆想著想著，已經到家。「很容易猜，對吧？」

不論如何，她們一踏進門口，馬上忘掉所有的疑惑：從高樓層隱隱約約傳來小孩的吵鬧聲。哈維跟他的老婆卡門可沒生那麼多小蘿蔔頭（生了兩個，現在正要迎接第三個），但是孩子湊在一起一定吵翻天。「真希望現在就有電梯。」伊涅絲說。她們各拿一袋冰塊。帕蒂瞥一眼吊在一樓主梁的電子時鐘：已經七點二十五分了。兩縷鬼魂浮在半空，分別掛著時鐘的長短針：因為這一刻的時間，他們往下吊，頭朝下，模樣像極了一棵聖誕樹。「快一點，不然冰塊都要融化了。」伊涅絲說。「反正怎樣都會融化！所以不用那麼急吧！」

她們爬上樓梯時，帕蒂想著她們跟那位阿根廷女孩擦身而過時聊的話，於是問姑姑：「妳不覺得她們比較粗俗嗎？」伊涅絲．維那斯感覺話到了嘴邊，可是她不想把話說死：「嗯，妹妹，她們就像妳說的是不一樣的。她們給我們的感覺比較像原始人、野蠻人，跟部落居民沒兩樣。比如說，她們有自己的特徵，我們倒是缺乏這一樣：阿根廷女人是結婚還是單身，通常在第一眼就能辨識出來，彷彿一結婚就像拿了骨頭穿鼻，或剃光頭，類似這樣的事。我們相反……我們看起來都像結婚，不然就是都像單身，如果妳想這樣說也可以！一般來說，我們看起來沒有差別。」帕蒂一邊爬樓梯，一邊點點頭。

露台的畫面已經截然不同。原本只有女人聊是非，此刻變成大家同聚一堂，上演著一幕幕關心、談心、交換消息、男人粗魯無禮的場景，並洋溢一片歡欣之情。他們從飯廳把幾張椅子搬到露台上一處籠罩隔壁大樓陰影的地點。空氣好像開始轉為涼爽，但這是露台位在高處加上露天處原來就有的自然現象。「冰塊來囉！」勞烏．維那斯歡呼。哈維．維那斯站起來跟她們打招呼。他比自己的哥哥要瘦，雖然算矮個子，但比他高、乾癟，屬於比較優雅的男人類型，他更常笑臉迎人也比較友善，但缺少一點神祕的氣質；或許仔細觀察，最後會認為他也比較平凡吧。他抱住妹妹，然後刻意跟帕蒂打聲招呼，整個家族的人對這個小女生都特別禮貌一些。勞烏・維那斯站起來跟妹妹打招呼，並且道聲歉，他在她到的時候還在睡。哈維的妻子卡門・拉蘭跟她的小姑以及小女孩問安，接著，兩個算是最有教養的小孩出現了，他們是帕布羅和安立奎。「羅貝托呢？」卡門問伊涅絲・維那斯。「嘿，他馬上就到。」接著大家聊起這個還沒到的人。卡門跟哈維和男女主人不一樣，他們認識他。最後他們對他讚譽有加，當事者的未婚妻則小心翼翼地回應。羅貝托有智利和阿根廷人血統，他在一間生產捲菸紙的小工廠當派送員。幾個禮拜前，他正式跟伊涅絲・維那斯訂婚，並考慮在隔年年底結婚，也就是再過幾個小時就要展開的新的一年。伊涅絲的兩個哥哥（她最小，年紀也相差一大截；勞烏跟哈維是孿生兄弟）非常關心他們的進度。他們家族迎接新的男性成員似乎要比女性成員要來得重視多了，而且他們兄弟都已各自娶妻，勞烏・維那斯成家時還多了一個預期中的女兒帕蒂，一個父不詳的拖油瓶。現實往往出乎預料，但重要的是比實際看起來還要好。他們的話題圍繞他打轉，帶著一種反正事情不久之後就會得到證實（這讓時間顯得重要）的淡淡無謂感。話匣子打開後，這個距離街道地面三十公尺高的空間人聲鼎沸。男人改變了這裡的氛圍，智利的氣味逐漸淡去，少了女人私下談天說地時那股尖酸刻薄的智利氣味，多了點國際性，少了點刻意營造的飄泊異鄉味道，儘管就某方面來說，智利氣味還是算濃了一點。因為如此，女人認為男人的角色不可取代。

愛麗莎提著袋子到廚房，卡門跟上去，照例問一句需不需要幫忙。在這種狀況答案通常都是婉拒。勞烏．維那斯要她們拿玻璃杯過去，第一回乾杯要用。「但親愛的，」卡門說。「妳老公的眼睛好紅，好像菲達生火腿。」愛麗莎聽了笑得渾身亂顫。她的妯娌腦子總是裝著奇妙的想法。於是她特地解釋她丈夫跟同事在午餐時先慶祝了一回。「所以，他有完美的藉口。」「當然有藉口！」「順便問一下：妳要煮什麼？」「沒什麼，親愛的，雞肉跟沙拉等等，看看我買了什麼。」「很好，很好。」卡門說，但是沒看。「天氣這麼熱，誰有胃口！」「嘿，妳的孩子愛吃什麼？」「什麼都愛，就是吃得不多；不用特別替他們張羅。」「這是因為妳把他們養得很好。」愛麗莎說。「我們家的都不吃飯。」「親愛的，要等他們長大一點。」「對，親愛的，除了等，也沒有其他辦法。」她們笑出聲。這時帕蒂像抹影子飄進來。媽媽要她把所有孩子的杯子都拿出去，每個人分一小塊圓冰。小女生拿了六個橘色塑膠杯，放在一個厚紙板托盤上。卡門跟愛麗莎開始聊她懷孕的事。講講經驗總是有趣，每個女人在講她的經驗同時，那種神采飛揚，遠遠超出了聊其他些瑣事的模樣。男人則在外頭聊海洋，聊從前和現在的聖嬰現象和帶來的災難性影響。孩子們則爭相拿杯子，不過發現裡頭只有一塊冰，沒有飲料，大失所望。不過他們可不想錯過玩耍的機會：他們開始搖杯子，製造聲響，最後免不了冰塊掉出來滾到地上。伊涅絲．維那斯叫大家聽話，然後帶所有人到水龍頭旁，把沾滿灰塵的冰塊洗乾淨。他們連沒弄髒的冰塊都想順便一起洗。「我去拿可口可樂。」帕蒂說。「嘿，帕蒂，幫我們拿幾個杯子，別忘了。」勞烏跟她說。她露出微笑說：「媽媽會拿來。」「真是個好女孩啊。」哈維說。或許還說了天快黑，所以沒那麼熱了。或許不是這樣，但是至少陽光不再那麼毒辣，拉長的鬼影在高處飄蕩，太陽在西邊祖國的方向西沉。

大人們拿著美麗的玻璃杯，替自己裝了兩、三個冰塊，接著倒了一堆汽水和紅酒，迫不及待就灌下肚。「不是要乾杯嗎？」伊涅絲．維那斯問。「第一口是止渴。」她的哥哥勞烏說。「而且，」愛麗莎說。「羅貝托還沒來。」「嗯。」勞烏說，他已經感到滿足。「我們臨時先乾杯一下，可以嗎？」等待會流汗。大家都附和他的提議，因為飲料滑下喉嚨，就能感覺通體舒暢。天氣似乎比他們想像的還熱。不然就是他們的身體不知不覺脫水了，現在他們得要重新適應。有那麼一瞬間，所有的人，包括小孩在內，一動也不動，汗流浹背。即使他們已經落腳布宜諾斯艾利斯幾年，這裡迥異的氣候，仍讓他們感到詫異。愛麗莎回到廚房，想開始處理雞肉。孩子們彷彿從恍惚甦醒，開始吵鬧奔跑。這時一大張不知道從哪裡來的白紙，飄落在幾個男人的頭上。哈維舉起手揮開，接著拿起來檢視一番。他短短幾個精確的步驟，把紙摺成一艘船；他的摺紙功力很了得。他把船遞給孩子們，他們從沒有過這樣大的紙船，所以急著想要放在水上飄。「我們要去哪裡弄水。」卡門說。「把船放到泳池裡吧。」哈維突然冒出一句。「等到裡面注水，就會浮起來啦。」於是孩子們開開心心，照他的話做了，通常玩樂會延續下去，他們藉口船倒到一邊，想要把它扶正放好，等待注水，所以較大的表兄弟姊妹，從金屬階梯爬下泳池底部，雖然是不可以這麼做的。這時隔壁棟的鄰居家裡傳來搖滾樂。

愛麗莎從廚房探頭出去，勞烏逮到機會，想要開始第一回舉杯慶祝，他叫妻子過來，他們決定替小小的歡慶會拉開序幕，每個人拿起他們再次倒滿的酒杯，連孩子們也跟著一起。所有的目光都落在屋子主人身上，這時他舉起酒杯，心不在焉地看著酒。「老兄，我們在等你。」哈維跟他說。勞烏．維那斯挑眉，彷彿正要開口講些什麼，但是他等了幾秒。他是在思考什麼嗎？或許吧。當他乾杯時，大家還為他的動作嚇了一跳。他僅僅說：「祝新的一年。」於是所有人跟著附和。如果會是個快樂的一年，這個乾杯也就值得了。如果不是也沒關係，因為這五個字含意深厚：可以是任何一年，每一個人都應當去喜愛並尊重這個神聖的禮物。帕蒂心想，但如果是快樂的一年，這樣一來乾杯就有一種其他人無法享有的神祕力量，唯他們獨享：愛麗莎、勞烏，和帕蒂（不包括其他小朋友，雖然他們是幸福的重要元素）。其他人不知道他們不包括在內。接著，大夥馬上提議孩子們一起乾杯，要帕蒂當第一個，因為至少她是第二代，於是她不加思索地說：「祝我的媽媽和爸爸。」她可能以為大家聽到最後這個詞，會搞混那個生下她的世界上最棒的男人跟勞烏．維那斯。她認為這句話說得相當恰當，大人都露出微笑。其他孩子學她，每一個的祝詞都是：「祝我的媽媽和爸爸。」他們指的是勞烏（或者哈維），連年紀最小的賈桂林也像隻鸚鵡學兄姊和表兄姊，含糊不清地說出祝詞。大人們一直聽到最後一個講完，表情非常認真但面露微笑。接著一聲擊掌，大家又開始談天說地，比剛才多了一絲歡樂和熱鬧的氣氛。

可是帕蒂有些心煩意亂，她心想自己太不謹慎。但事情並非如此，正好相反；她若是能讀出家裡大人的心思，就會知道她的話讓他們受寵若驚。她其實很清楚，她心煩意亂、手足無措，其實不完全是因為自己說了什麼，或是這幾分鐘慢慢浮現的不安。一片空白占據了她的心頭。她把杯子放在地面，往泳池的一邊走去，那裡面還放著此刻被遺忘的大紙船，仔細地擺置在乾燥的水泥地面上。她繞了泳池整整一圈，然後停在後方的池邊。從這裡，可以看到日落，此刻的太陽開始變成一團燃燒的橘紅。夕陽即將西下，一年就快結束。勞烏．維那斯告訴大家這會是個「快樂的一年」。他們沐浴在夕陽餘暉中喝酒，提議乾杯的勞烏有特別理由：不只是因為他一整年與酒為伍，或是會從這一刻繼續暢飲到午夜十二點，而是酒精下肚後，時間彷彿拉長，卻沒有因此不準時往前邁進。此外，或許這樣說很不可思議吧，但「新的一年」其實只是一瞬間，也就是午夜十二點，在所有鐘聲響起的那一刻。至於快樂呢，正是這一刻，而不是一整年。

帕蒂垂下眼，凝視夕陽過後，她感覺眼花，似乎看見幾抹人形黑影飛過去，經過她的腳下，跳下六樓。是誰？她的不安自然而然地轉成好奇，而她不想壓抑，她沿著泳池再繞一圈，這次是從另外一頭開始，腳步比較急促，走向樓梯。要到那邊，她需要經過大家面前，不過他們正聊得興高采烈，沒有人注意她。她步下樓梯。六樓空無一人；可是她感覺不太一樣。在短短幾分鐘，或者說不到半個小時，從她跟伊涅絲姑姑上樓之後，光線已經有所變化。前頭愈來愈暗；但是從盡頭沿著走廊，傾瀉了一地鮮黃的陽光。樓上傳來的聊天聲和笑聲是如此貼近，反而加深了這裡的靜謐無聲。不可思議的是，陽光照射以外的地方籠罩一種隱約陌生的恐懼。

這一刻，她鼓起勇氣，踩著輕盈的步伐，走向盡頭。這是很熟悉的場景。比方某部電影，劇中女人走向一個神祕的房間，連觀眾中最大膽的人都不敢踏進，她卻絲毫不畏懼。沒錯，是目前的場景，或是其他場景也好（雖然說圍欄的門根本沒上鏈子或加鎖），帕蒂不可能面臨什麼超乎正常的危險。她走到後頭的樓梯平臺，臥室門口就在這邊；刺眼的黃色陽光勾勒出門口的輪廓。一點聲響也沒有。她走進中間的臥室。她有點眼花，在裡面走了兩步，而兩個鬼經過她的身邊說：「我們很急，急得不得了。」然後穿透牆壁。帕蒂往後退去，離開，急忙進入隔壁房間，不想跟丟他們；這時他們又穿透了牆壁，他們的雙腿像是陷在地板裡面。「為什麼？」她問他們。她回到樓梯平台。其中一抹鬼魂回過頭看她：「什麼為什麼？」她解釋：「為什麼很急？」「派對呀。」鬼魂回答她。他們往下走，此刻，他們陷在地板和浴室牆壁的腳踢板之間。「什麼派對？」她問他們。後面的鬼魂在頭沒入地板之前回答她：「午夜十二點的跨年大派對……」

帕蒂急急忙忙走向樓梯，因為她在他們身上發現一個從未見過的新東西。她陷於震驚，只想趕快跟上去，沒停下來思索他們說的話。這個新東西是他們對她說話，還回答她的問題。

她一到五樓，一向不了解為什麼要那麼急，也討厭急忙的她（她還發現了所有消失的鬼又出現了）奔向預估他們應該從屋頂冒出來的位置，不過已經不見他們的蹤影。她的視線大略掃過裡面一圈，停在可能掩去他們身影的位置。她躊躇不前，站在原地半晌，這時她瞄見門檻飄出一群鬼，約五、六個，飄浮在介於屋頂和樓面中間的高度。儘管只是短短的瞬間，她卻覺得眼前這幅畫面要比之前的更詭異，彷彿他們都是真人。她沿著走廊往前幾步，這間公寓的臥室一間挨著一間，一共有好幾間。放眼望去，可以看到第二以及第三間。「您們也要去參加派對嗎？」最後她問他們。其中一個鬼轉過頭對她說：「當然囉，帕蒂。」一秒過後，他們穿透牆壁。這幾個鬼魂尋著S曲線前進，不過只有從上往下才看得到隊形，因為他們保持一定的高度。到了最後一間臥室，隊伍幾乎變成鋸齒曲線，往盡頭非常明亮的大廳前進。帕蒂加快腳步趕過去。這是她第一次將他們看清楚，圓弧曲線前進隊伍經過她的面前，速度愈來愈快。「怎麼說『當然囉』？」她問他們，繼續剛才的對話。另一個鬼，不是剛才跟她說話的那一個，沒看著她（帕蒂感覺他的視線落在盡頭的光源處），對她說：「沒有人想錯過午夜十二點的跨年大派對。」這時，他們沒入左邊牆壁，她聽見他們熟悉的大笑聲，但基於某種原因，在此時此刻顯得格格不入。她想問是誰主辦派對，卻提不起勇氣。她只是用視線跟著他們繞一大圈，直到跟盡頭大廳類似的前廳，到了那裡他們像飛機隊伍般散了開來。

她留在樓梯附近，幾抹鬼魂往下離開，她想要再下去一層樓。每下一層樓，天光就愈黯淡。公寓裡面隔牆少，她可以一眼望到盡頭，那兒有幾抹鬼魂飄浮在樓層外；其實也不能說他們在「飄浮」，她覺得他們是站著，只是站在肉眼看不到的東西上面。她一臉天真，彷彿夢遊般，走向他們。他們則看著她。

黃昏也有些結構的味道，像是一座建築，但並不是大氣現象碰巧的作品，而是經過仔細思考的產物，或者說它其實就是思想本身。這樣大的思想空間可以瞬間轉化，陰影、光線和色彩撒落在屋頂或地磚上交織成一片。這其實也不能算是真正的建築，這棟樓房才是真實存在。黃昏是轉瞬即逝的，是冷漠的，是難以捉摸的；目前沒有人能入住這樣用光芒打造的公寓，倒是可以想像自己是那美麗穹蒼之間的一抹剪影。在這想像的巨大建築底下，無力地矗立著真正的建築，體積比較小，錯落各處，而且存在時間也很短暫，但是以自己的方式，閃爍著永恆的光輝。不可思議的一點是，這一切只是一天當中的一個小時，或者說是夜晚吧，但歸類在白天比較好，就是這樣。

她靠了過去，專注盯著鬼魂看，幾乎太接近樓緣；等她注意到，她往後退一步。她就著昏暗的光線觀察他們，不過從她的視野範圍，他們的位置還是太高，難以打量清楚。她可以確定他們還是老樣子；改變的是光線：這個夏天她從沒在這麼晚還看到他們。這種超現實的畫面是如此讓人驚奇，卻又如此令人安心，都是因為他們總像愚蠢的浮沉子出現在光線太亮的午覺時間，然後消失在薄暮朦朧的光線中。他們以非常慢的速度，在她面前升起；不過帕蒂根據先前的經驗，懷疑這其實充滿各種難以估計的宇宙速度。在她看來如此緩慢，像是時鐘指針前進的速度，可能從適當的距離來看，不只是超高速：可能就是光流或者一閃即逝的幻影。

這一次這麼晚現身，他們的身體變得立體、真實；真是漂亮的身體曲線：有力，魁梧。他們皮膚覆蓋的灰塵，彷彿一層發光的華麗裝飾，因為不用暴露在大量的陽光下，鍍金的膚色襯托出肌肉的線條和皮膚的完美。她以為她在凡夫俗子身上看過像這樣鼓起的胸肌，這樣的肩膀，這樣漂亮的雙臂，這樣勻稱的腹部，這樣光滑的長腿。還有那性器，微微疊著但是有點舉起，它的重量和體積（沒錯，她是從下面往上看），跟她曾經看過的都不一樣，可以說，比較真實，比較立體。

他們一邊盯著她看，一邊往上飄去，他們不但往上而且往前，朝著五樓公寓的後面而去，他們的視線從上往下，還給她一抹高深莫測的微笑。

「是誰主辦派對？」

「我們。」

他們不再像失心瘋一般哈哈笑。他們說話語氣熱烈，意思也都清楚明瞭，他們講的是一種沒有腔調的西班牙語，不屬於智利或阿根廷，比較像是電視上的那種。他們跟她說話，感覺像是電視上的人物在對她說話。她更覺訝異的是說得有條有理。這份訝異加深了她到這下面的感覺：不安、慌亂，從原本只是模糊隱約，轉變成一種清晰的焦躁，一種無法辨識的痛苦，但是因為其他原因，她無法明白如此赤裸的真相，那就是她做不到對自己的保證。這群鬼並沒有撩撥她的慾望；他們當然不可能這樣；但多少還是有一點吧。有些慾望並沒有那麼清楚確實，沒有那麼急迫，也不是那麼偏性方面。她對自己說，不要屈服於好奇心，要抗拒。但是徒勞無功。這樣的狀況還是會一再發生，一輩子重演。

他們消失在她的頭頂上。她最後看到的是他們的腳跟，因為頭太過往後仰，當恢復正常姿勢，她頭昏眼花，就在半空旁搖搖晃晃，不小心又靠太近，驚險萬分。她轉過身，走向樓梯，打算上樓。這層公寓比較陰暗的位置，就在前面，她看見眼前出現一個鬼，以斜線但也是往上的方向移動（這似乎是個流行的移動方式）。在她走過去之前，鬼魂已經抵達屋頂，緩緩地穿透，從頭開始沒入。他的動作是如此緩慢，在她看來彷彿停格在半途（速度在移動時產生質變，轉換到其他空間）。帕蒂抵達時，那平坦的水泥屋頂，只露出他半個身體，像是一團不起眼黑漆漆的東西。她爬上樓梯，往護牆邊而去，她有預感，那兒會再一次聚集一大群鬼。果真沒錯，有一大群鬼魂正在等她，或者說在牆邊等著她，不過是聚在懸空的那一頭，沐浴在最後一絲餘暉當中，背後是一天將逝的暗色天空。他們就飄浮在這一片暗下的半空中等待她，其中一個喊了她的名字。「嗄？」帕蒂問，在距離三公尺的位置停下腳步。

「妳不想參加我們今晚的派對？」

「如果你們邀請我的話……」

「我們就是在邀請妳啊。」

一陣沉默籠罩。帕蒂試著想了解他們說的話。最後她問：

「為什麼要邀請我？」

這真是個尖銳的問題。他們沒回答。仔細想想，他們不可能這麼做。他們讓她自己猜測。接下來籠罩一陣比任何時候都還要漫長的靜默。

「所以？」

「我正在思考。」

「喔。」

這群鬼的表情似乎微微流露輕鄙。就在這一刻，他們沒有其他動作，只是往後退去，隔著相當一段距離，看起來又像是幻影一般。然而他們還是後退，而這幅畫面，看在這位天真的冒險家眼裡，再怪異也不過。有一道螺旋狀的光芒，彷彿不經意出現，包圍他們，讓他們隱身在黃色光暈中。這樣的消失彷彿在暗示什麼。帕蒂看著鬼，心糾成一團。她感覺像是第一次見到他們似的。「站住！」她發自內心大叫。「永遠都不准離開！」她想要永遠看著他們這個樣子，雖然說所謂的永遠不過是短暫的瞬間，而且重要的是只有一瞬間。她無法從其他方式來理解所謂的永遠。「來吧，永遠，來吧，變成我人生中的一瞬間吧。」她對自己說。

「當然，妳得要先死掉。」他們其中一個說。

「那不是重點！」她立刻熱情地回答。她的熱情想表達的，不是她嘴巴吐出的話，是另外一種她自己也不清楚的東西。但也可以算是她說過的話。

他們動也不動地盯著她看。是這樣嗎？還是說他們正用一種不可思議的速度前進，穿過一個又一個世界，而簡單來說，她是在一個無法察覺這種移動的位置上呢？她心想，這也不重要。總之，他們一個靈活的動作，鑽到下面一層樓，而她凝視著那一片懸空，下面是一座廣闊的城市，街道上已經燈光熠熠。

她對眼前的畫面不感興趣，因此轉過身，往樓梯方向走去。然而當她走到樓梯平台，她發現不知道該上樓或是下樓繼續追逐他們的蹤影。他們彷彿完成任務後，消失了。不論如何，繼續上樓或下樓根本是白費工夫。她會累得半死，兩條腿痠痛：這些樓梯沒扶手，只是赤裸的水泥地，讓人繃緊神經，深怕摔一跤。此外，每過一分鐘，上下樓梯就更加危險。全然的漆黑已經開始籠罩，暈染還透著幾撮光線的昏暗，盤據了整棟建築。

帕蒂感覺一股冷顫竄遍全身上下。她的雙腳發抖，但不是因為樓梯，也不是愈來愈濃重的漆黑。她不知所措，她踩下兩個階梯，然後坐下來。過了半晌，她終於能開始認真思考她決定要思考的東西。她就像媽媽形容的老是「心不在焉」，不曾認真思考。這一次，她因為必須認真思考，反而更加心不在焉，而徹底讓她心不在焉的原因正是：一個跨年派對。

她心想，派對有一種正經、重要的意味。代表生活的一個暫歇點，放下生活中所有的嚴肅事項，從事比較輕鬆的事：所以說這不算重要嗎？我們習慣在時間的框架內看待時間，若是跳脫框架之外呢？同樣的，生活也是這樣，生活是平常的，在生活的框架內看待生活，似乎是正常、唯一能接受的。然而，還有其他可能性，其中一個是派對，也就是生活框架外的生活。

此時此刻，帕蒂內心糾結，她能婉拒派對的邀約嗎？這個來自生活的框架外邀約，可以接受，當然也可以婉拒。這是每天都會發生的日常事件之一。但是一輩子能有多少像這樣的邀約？人生像是垂直的層狀結構，或有一扇扇可以「進來」或「離開」的門，此外也是「水平」的，根據人生長短，可能短暫。能受邀跟鬼魂參加一個神奇的派對，機會顯然可遇不可求。但還是有其他機會的。帕蒂並不擔心這一點。她在意的反而是以永恆來看，能有多少次這樣的邀約。這又是另外一回事了。這種條件，不能以多少機會，或用可笑的數字來估算。從永恆來看，這個派對是個千載難逢的好機會，不能以生活的框架「內」或「外」來看。

所有這些問題，浮上她的腦海，一個包覆一個：為什麼不乾脆一點就接受呢？她的生活會從這裡重生，比以前多采多姿。生活本來就會遇到麻煩，每件事都有不同階段，這樣適時放鬆，反而能讓浮雲一般的真實人生更加踏實。對她這樣心不在焉的人來說，人生應該要像石塊，像大理石一般穩固。她甚至在腦子裡，排除對這個邀約的阻礙。心不在焉就是：四就是四。但是隨著描述變得太長，嚴肅性逐漸薄弱，從一開始以無益的方式說：「二乘於二等於四」，然後：「二乘於二等於三加一」，甚至扯到「哥倫布發現新大陸」。會心不在焉，是套套邏輯的作用，而且是全面性的（因為心不在焉不是因為這個，就是因為那個，心不在焉沒有分別，而是全面的）。這是一種事先掌握的狀況，因為一切只是一再重複、贅述，是反覆的。一個人心不在焉就是處在一直重複的狀態，而且只做這件事。難道還有其他事？對帕蒂來說沒有。

同時，當她說「她正在思考」，並不是說謊。好好思考，等於是一個障礙，然而她不得不這麼做；她自認為是一個有想法的物體，當然，是指其他人的想法，甚至來自遠處的人的想法。鬼魂讓她非得思考，或者說得忙著思考。

這不是因為她需要思考什麼：她的決定一如往常，是反射性的，是能預見的。她會參加。他們應該知道，所以他們只點到重點，然後閉上嘴巴，省去一般會在派對舉辦前有的一番稱頌。她會去。她覺得不需要一一列出勢必參加的理由。

一陣腳步聲打斷她的思緒；她不知道聲音是來自樓上還是樓下。她抬起頭，但什麼也沒看見；夜幕已經低垂。她的家人在談天說地的聲音從露台清楚傳來，近在咫尺。此外，還有腳步聲，和近乎呢喃的低語。最後，她感覺有個人或是有個東西從下面的樓梯冒出來。她站了起來，但是錯估時間，根本來不及轉身上樓，影子已經出現在樓梯口，朝她爬上來，還似乎沒看到她。等到那影子爬到缺少地磚的樓梯的一半，而從危險四伏的缺口透進來的光線，足以讓她能隱約分辨那是個男人，年約三十，是她這輩子看過最迷人的男人：白色T恤、白色摩卡辛鞋、仔細印上燙線的奶油色褲子、金表、項鍊、紅寶石戒指，而短袖半露出肌肉線條賁起的手臂，還有那趕流行的短髮：一條馬尾懸在後腦杓，兩側鬢角剃高，南美風的「馬桶蓋」造型，流線型的墨鏡，嘴角叼著一根菸。他對她送上一抹慵懶的微笑：

「妳應該是帕蒂。」

她不知該怎麼回應，甚至連嘴巴都沒張開。她想不出來這個知道她是誰的紳士是何方人物。

「我是羅貝托。」

「羅貝托？」她問，旋即覺得這個問題不太有禮，感到不好意思，還差點脫口而出：「哪個羅貝托？」

但他沒生氣。他嘴角上揚，往前走來，牽起她的手，準備繼續爬樓梯。「我是伊涅絲．維那斯的男朋友。」他解釋。「喔，羅貝托。」帕蒂低呼，羞紅了臉，要不是天色暗下，可能會被對方看到她的臉跟番茄一樣紅——可是這個戴墨鏡的傢伙應該看得清楚黑暗裡的東西吧。「我遲到了嗎？」「還沒，先生，我們還沒坐下來吃飯。我想是吧。」他再一次笑了出來，要她別這麼有禮。「對我不需要使用敬稱。」他對她說。

這時是九點。從幾條線索，可以知道晚餐快好了，其中是烤雞香噴噴的味道，以及賓客之間的氣氛。這一夜，除非癡等不可能發生的奇蹟，否則不出意料，將會是布宜諾斯艾利斯一個悶熱的夜晚，一如剛逝去的白天，只除了沒有陽光。孩子們待在亮處圍成一圈邊玩遊戲邊大呼小叫，偶爾跑到暗處，或者玩起你追我跑的遊戲，玩得十分開心；因此，他們比之前還要吵鬧，卻也替整個聚會添加更多歡樂和親暱的氣氛，似乎大家是關在一間沒有牆壁的房間裡。黑夜中，紅或藍色的汽車看來都一樣。唯一需要的照明，只有飯廳門上一顆光禿禿的燈泡。蒼蠅和飛蛾在燈光附近飛舞。勞烏・維那斯聊著住在這麼高的樓層，好處是不是每一種有翅膀的生物都敢來拜訪他們。這裡沒有昆蟲大軍。他們東南西北聊個不停。話題包羅萬象。有男人在場，跟只有女人自己話家常不同：他們大同小異，話題通常出其不意冒出來，又比女人更自我，不只是對某個話題的見解，也可能是方式：他們的獨斷獨行，錯誤的意見反而讓瑣事更索然無味。女人大致上知道跟他們之間的差異，也願意接受，特別是因為大家鮮少有機會一起談天說地：像這樣子的一個家庭慶祝會，或者因為某個特別節日的聚會，只是後者比較無法那麼隨意變換話題。這並不意味女人不會在整體聊天外，繼續私下聊自己的，透過微妙的暗示、嘴角的笑意來傳遞意見。

羅貝托的出現引起騷動。大伙兒一致認為他跟他們想像中的模樣不同。不是的，並不是比較好或比較差：只是不同。但這是他本人出現後給人的感覺。連卡門和哈維在認識他之前也想像他是另一種長相。他像阿根廷人，會這樣講是因為他有一些相似特質。伊涅絲看見他到時，訝異地看著他：「你什麼也沒帶嗎？酒呢？冰淇淋呢？」他更驚訝地反問她：「不是妳帶嗎？」他們倆搞混了。枉費他們還討論了要帶什麼來晚餐聚會！他們仔仔細細地討論了一番，卻搞混了由誰來做這件事。最後大家笑成一團。愛麗莎・維古那笑得最大聲。他是個親切的傢伙，非常有教養。勞烏・維那斯邀他跟自己和哈維坐下來一起聊天。他拿下墨鏡，露出一雙小小的綠色眼眸，給人是個守規矩孩子的印象。「看起來不像智利人！」卡門驚呼，這時她的老公卻持不同意見。「智利人有千百萬種！」愛麗莎說。「我也是這麼覺得。」羅貝托回答。

他的到來，讓大家沒發現帕蒂剛才不在。不過不是每個人都沒發現，大家迎接羅貝托的一陣騷動過後，伊涅絲踏進入廚房，再次跟大嫂道歉搞混一事，然後問帕蒂：「小丫頭，妳上哪兒去了？」「在附近逛逛。」她回答，沒多說細節。媽媽瞄了女兒一眼：「誰知道她上哪兒去了，一定是又在做白日夢。」接著她又對伊涅絲說：「妳的男朋友長得真好看。」

「噯！真的嗎？」

他們得搬出桌子，於是由男人負責，或者說是兩兄弟搬的，他們不讓羅貝托幫忙。問題是桌子搬不出廚房門口。他們不知道是不是酒精作用，腦子糊塗了，再加上天黑的緣故，或者說要搬出來真的很難，反正事情就是很棘手，顯然是不可能的任務。哈維說：「既然進得來，一定出得去。」勞烏問：「進得來？」起先他用開玩笑的語氣，下一秒他的內心疑惑起來，一股接近恐懼的冷顫竄過，他在內心問自己，這張桌子是不是在蓋牆壁之前搬進飯廳的？他記得蓋牆壁的事，但他發誓，他們一家人當時是住在一樓。他想著這件事，而還來不及從驚愕中回神之前，他輕輕地壓斜桌面，兩隻腳已跨出門口的桌子終於整個出去了，所有人發出歡呼。他們把桌子擺在覺得比較合適的位置，離門口不會太近也不會太遠，也就是靠近光源的地方。適度的昏暗，能製造用餐的愉快氣氛，天氣炎熱，更添一種神祕。包括帕蒂在內，大人一共七個，正好坐滿桌子。至於小孩子們，他們有自己吃飯的方式，他們用支架和木板搭起一張小矮桌，類似一種長形茶几，跟中午水泥匠在樓下烤肉臨時搭建的桌子如出一轍。問題是座位。家裡頭只有四張椅子跟四張板凳，小朋友只得站著。只能再借用水泥匠的辦法，下樓去找他們每天吃飯拿來坐的箱子。基於禮貌，男人們誰也不讓誰，於是三個人一起去找，另外這也是因為需要好幾個人合作才行。他們拿著手電筒，由勞烏·維那斯帶頭，愉快地上路。

與此同時，帕蒂忙著擺桌。首先她鋪上一張美麗的白色桌巾，接下來幾乎是反射動作：擺上盤子、叉子、刀子。至於男人們留在地上的杯子，她像是有超能力一般，知道哪個杯子是誰的，完全沒搞錯。廚房裡，伊涅絲·維那斯和她的兩個嫂嫂正在準備沙拉，當然，也順便聊一下。她們的話題不論從哪個角度，都圍著羅貝托打轉，但主要都與女主角有關。她們其實一直聊到有個沒問出口的問題，至於答案，猶如魔法般從言語之間可探得線索：伊涅絲·維那斯怎麼不懷孕？或許連她本人都納悶，不敢相信自己的打算或命運。

愛麗莎把一顆哈密瓜埋進一個裝滿冰塊的湯盆，冰鎮一下。伊涅絲發明了一個新的辦法：把哈密瓜用浸濕的報紙包起來，再用冰塊覆蓋，這樣效果應該比較快。結果讓大家嚇了一跳。白綠色的西瓜冰竟然結霜了。愛麗莎算了一下雞肉熟爛的程度。這是她的專長，她喜歡按照一定速度出菜；這樣可以讓孩子們開心，丈夫來不及喝酒。

好了，他們可以開始了。卡門出去問男人們是不是已經準備好了。「當然準備好了！但是還欠餐巾紙。」她回到廚房告知，帕蒂舉起手一拍前額：「怎麼給忘了！」她總是丟三落四。她媽媽叫她把餐巾紙放好，接著去看看弟弟妹妹是不是已經就緒。與此同時，愛麗莎在伊涅絲·維那斯的幫忙下切哈密瓜，把一片片果肉擺在一個長形的盆子裡，每一塊蓋上一片菲達生火腿。卡門跟帕蒂過去安撫孩子們。胡安·聖巴斯提安被叫出來當餐桌主管，正在吆喝著一連串蠻橫的命令，尤其是對弟妹（他有些怕凶悍的表兄弟）。

哈密瓜上桌了，掌廚的女主人也就座了：晚餐開始。每個大人可以分兩片，每個孩子分一片（但是切成對半）。正餐還沒上桌，只有甜品開開胃。要注意的是，他們這家人不太注重食物。不計較吃什麼。這顆哈密瓜熟度恰到好處；要是慢一天品嚐，味道不會一樣（提早一天也不一樣）；細膩的香甜，沒讓哈密瓜獨特的口感失色，甜度其實跟口感關連不大。至於火腿也恰到好處，溫熱的鹹味跟水果冰涼的甜味形成一種令人愉快的強烈對比。哈密瓜下肚後，接著上桌的是烤雞，雞肉烤得金黃酥脆，調味得宜。勞烏．維那斯特別搭配幾瓶智利聖塔茼香酒享用雞肉，那是他用便宜的價格從信任的酒莊買來的。「智利酒可真是純哪！」大伙異口同聲，帶點思鄉愁緒品嘗，又不至濫情，以免壞了晚餐的氣氛。「真純！真的純啊！」真不可思議，酒的純度，讓他們淚眼汪汪。總之，這頓晚餐在歡樂中度過；偶爾穿插一絲絲刻意強調的悲傷，可以凸顯歡樂有多完美。比方每個小蘿蔔頭都乖乖的。

唯一隱瞞想法的是帕蒂。她隱瞞的其實不是什麼想法，而是一種感覺：她感覺自己少做了什麼，有個東西一直擱著。事實上，她希望腦子別再一直轉個不停。她不喜歡感覺自己像個正在工作的機器，但是正如她親口對那些鬼說過「她得思考」，因此不得不做。這一刻，她這個不愛說話的悶罐子，倒是讚嘆起講話的用處。人只要開口，就會自動停止思考；就像掙脫一種束縛。或者應該說：就像故事裡出現一位翩翩美男子，男主角明明是個男子漢，卻對他卻產生一種莫名的情愫，因此心中警鈴大作，直到結局他發現他其實是個女人假扮的美男子。這就是思考與講話之間的辯證。一想到這裡，帕蒂問自己，對，她問自己（這是她所有思考的祕密），她是不是也是個假扮的女人，假扮是個女人的女人……？但是她沒再深入這條神祕的甬道繼續探索，她寧願繼續心不在焉，因為在思考跟祕密之間有一種辯證。或者說，以比較嚴格的角度來看這個例子，這是思考與時間之間的辯證。簡單來說，人不能一直思考。比如有個畫師，因為技法關係，得等幾種非常濃重的顏料乾涸，於是延遲完畫的時間，而在這延遲的過程，他的腦子慢慢地浮現更多的想法，每個想法意味著一個角色，一座山、一種動物，慢慢地圖畫愈填愈滿，最後失控亂成一團。

孩子們不時逃離桌邊；他們的爸媽沉浸在用餐的歡樂氣氛當中，根本不管他們，讓他們放膽玩耍，除非他們離開燈泡照明的範圍，因為漆黑裡埋伏著危險：懸空的屋緣，或不是那麼可怕但一樣危險的泳池底部。遇到這種狀況，女人就得去帶他們回來，或者斥責一頓，罵夠了再嚇唬一番。最後一個去帶他們回來的是帕蒂，她在其他女人輪流過去時，一直心不在焉。他們真的逃得半個都不剩；即便愛麗莎大聲叫喊，還是沒辦法讓每一個都乖乖地回到他們的位置，所以帕蒂拉開椅子，到伸手不見五指的地方去找人。她沿著泳池左邊走到底，她走得夠遠，聽到比較大的幾個沿著右邊往回逃竄。總之，她繼續走到露台的盡頭處，確認那兒都沒人。沒有任何孩子的蹤影，她靠近屋緣時，看得比較清楚，下面街道上屋子的燈光透到這上面來了。她停下腳步時，就站在屋緣邊，但並不危險，因為她非常專注，走一走就停一下，這一次並不是唯一的例外。幾個鬼飄浮在距離她兩、三公尺遠的地方。在夜晚的包裝下，他們顯得那樣威風、魁梧，或許這是下面阿爾伯迪大道的燈光照射的效果，大道位在街區的另外一頭，只見漆黑中幾條金色絲線，恍若一幅朦朧的透視畫。他們的表情看起來也嚴肅許多，但到底是不是這樣，永遠無從得知。至少在帕蒂看來，他們相當嚴肅。他們的軀體掩在黑暗中，只剩輪廓的線條，勾勒出超現實的誇張形體，她感覺他們變得陌生，散發一股不可思議的莊嚴。他們「不需要隱瞞任何東西」（因為他們不是活人），表情的陰鬱似乎是有其他原因。「我接受邀請。」她對他們說。「午夜十二點前一分鐘，我會從這裡跳下去。」「從這裡？」其中一個鬼說，似乎不太理解她的話。「對，從這裡。」「喔。」「對，這個方法比較實際。」帕蒂想她應該解釋一下。他們點點頭同意；於是就這樣，他們似乎懂了，表情也就不再那麼嚴肅。他們其中一個說：「姑娘，感謝妳的確認。跨年派對已經準備好了。」

當她回到桌邊，她發現媽媽投來怪異的目光。她不禁問自己媽媽在想什麼，不過隨即忘了這件事。大家面前只剩雞骨頭和空沙拉盤，依舊在東聊西聊。他們全都來自智利聖地牙哥，無一例外，這一點增添一絲奇妙的氣氛，那裡可是世界上最漂亮的城市，他們全都這麼認為，而且堅信不疑。他們對聖地牙哥讚不絕口的模樣，像極了某間旅行社的員工。

「真可惜。」羅貝托說。「在聖地牙哥看不到星星。全怪煙霧。」「我看過星星。」勞烏・維那斯俯身向前並說。若有人仔細觀察勞烏・維那斯，會捕捉到他的一些動作，比如搖頭晃腦，或許會說這是「酒醉的緣故」。不過他的弟弟沒沾一滴酒或者說沒喝過量，動作也如出一轍，於是不得不改口：「遺傳因素」。羅貝托跟他未來的兩個舅子聊天時，就是不時改口。「我看過星星。」勞烏・維那斯說，他俯身向前，搖頭晃腦的動作相當逗趣。「喔。真棒。」勞烏妹妹的男朋友說：「我也看過星星，不然我怎麼會知道有星星？我不是在阿根廷發現有星星。而是以前，還小的時候看過星星。」「我是現在，是不久前看過的。」勞烏・維那斯說。他的弟弟哈維也附和一模一樣的話。「你聽著，」他對羅貝托說。「你聽著……」他從一開始就決定不跟羅貝托用敬稱，因為他們就要是一家人了；至於女人們也這麼決定。否則，這位年輕人鐵定會感到不自在。既然他們對於在聖地牙哥看到星星與否，無法達到共識，便找其他比較能有共鳴的東西。「這裡跟聖地牙哥一樣看不到星星，」伊涅絲・維那斯說。「雖然沒煙霧，但是夜晚街道的光害嚴重。」「有些人可不認為有那麼嚴重。」卡門說。「可是這裡還是看得到星星。」哈維・維那斯說。「你錯了。你錯了。」羅貝托對他說。「兄弟們，我們乾脆來試看看吧！」愛麗莎大聲說，並告訴孩子們要關一下燈，不要騷動，接著她走到廚房，關掉電燈泡。所有人抬起頭往後仰。他們的瞳孔放大，眼前出現一片無邊無際的星空，一條巨大的乳白色銀河。「勉強看得到。」勞烏・維那斯說。「我倒是看得清清楚楚！」哈維說。「對，沒錯。對，對。」大家都凝視星空，對這個話題感到索然。「那是銀河！」哈維的孩子們說。「我們要是有一支望遠鏡該有多好！」

這一刻，當其他人正興致勃勃地談論星星，帕蒂卻感覺在夜空看見家人，她是如此深愛他們，知道自己就要跟他們告別。傳說是錯的，死去的人並不會變成星星，而是相反過來。現在她即將與他們永別，她無法確定自己感到悲傷，但是她看到他們散落在漆黑的夜空，每一個人代表一點光芒，美麗而永恆，她感到絲絲的懷念，又並非一種提早而是已經消逝的愁緒。據說犧牲只要有價值，就是值得。但星星是如此遙遠……弟妹們說得沒錯：他們應該要有一支望遠鏡；只是這樣一來，可能會覺得星星更加遙遠。她輕輕地搖一下頭，好似星星雖然遙遠，卻出現在她的腦海裡。「離別的狀態」有一種漠然。這種漠然或是淡然，影響了思緒，她的腦海浮現這樣的類比畫面：有個人，他在從事每天的活動時，想著一種理想的快樂的完美狀態，只要滿足所有由哲學家（以及其他執著於這種狀態的人，他們不只是過分挑剔，而是自然而然就挑剔，他們幾乎都單身，受自身的本體論影響）提出的條件，就可能完全做到想做的事，而不只是勉強做到而已，彷彿在一個平行的世界。當然，這些事不包括太過悲慘的工作，這類工作數不清，帕蒂心想，而今日有不少的人過著沒有工作的日子，因此，這個人要比較的，應該是一次的散步、一堂健身課程，一次到郊外的火車之旅，諸如此類。她不需要花太多腦筋想像，就能得出真正在做，和在同時間如果是在快樂完美的狀態做到的（若要在個人、社會和宇宙方面都要達到的話，是瘋狂的境界，諸如此類），能夠有種完美的一致性。她不需要花太多腦筋想像現實，沒有必要拿想像冒險，只要改變行為，行為的模式：動作再慢一點、微笑自滿點，下巴抬高一點……她不由得心想：看一眼繁星點點的夜空，就想聯想到其他世界，真是愚蠢！

「聖地牙哥夜空上的星星，」哈維說。「當然完全不一樣。」「差在哪裡？」大家有些不解，詫異地問他。「差在那邊的是其他的星星。」勞烏．維那斯吃了一驚，緊緊地抱住頭。「兄弟！你講什麼蠢話啊！我們都在地球上啊！」「這有什麼關連？」其他人不知道該相信他看似佯裝的無知，還是該想他們只是在互相取笑。女人們都噗哧一笑。愛麗莎．維古那是個名不虛傳的聰明女人，她支持小叔的看法：就是「不一樣」。「沒錯，」羅貝托附和她，於是勞烏．維那斯不得不跟著這麼做，尤其是他對這一點其實是贊同的：「當然不一樣。」他說。「但這並不是說這些不是同樣的星座，不在同樣的位置，或者也可以說，不是同樣的星星。」每個人都全神貫注凝視星星。他們感到眼熟嗎？他們不能這麼說，但也不是不可以這樣說。「我覺得，」帕蒂開口了。「都是一樣的星星，但是位置顛倒。」「沒錯。」勞烏說。「帕蒂說得沒錯。」「大家都這麼覺得。」卡門說。「想想看，我們是在另外一頭來看這些星星。」伊涅絲．維那斯帶著哀傷的淺笑說。他們脖子瘦了，而且孩子摸黑逃開，像精靈鬼怪一樣東奔西竄，電燈再一次亮起。他們從只有星光的漆黑中現身，神情比之前更加愉快，他們還是同樣的自己，看起來又跟平常不太一樣。大夥兒舉杯敬智利的星星。「有一種風會吹走星星啊！」勞烏．維那斯邊喝邊說。

不久，水果上桌，大家一起品嘗。幸好，整個家族的人都不愛甜點，反而喜歡水果，讓女主人省了一點工夫，只需要削皮和取出果核跟種子，幸運的是孩子們也一樣。當羅貝托知道是水果時，簡直無法相信。因為他恰巧偏好水果。他對甜點深痛惡絕，一如他痴愛水果，一頓美味餐點過後端上甜點，根本是破壞整頓用餐下來的樂趣。他猜可能是伊涅絲提過他的這個怪癖好吧，但並不是，事實完全相反，愛麗莎．維古那原本擔心他對只有水果而沒有其他東西可能會不滿意，感覺太寒酸，又不敢破壞其他人歡樂的心情。這是一種心電感應，一種因緣巧合，再一次證明他應該加入這個家族。而且這些水果是人間美味！有熟透漂亮的紫李子、東方味十足的杏桃、每一串和每一顆都可口的白葡萄和黑葡萄，鮮紅的草莓，果肉白皙的香梨，紫黑櫻桃，黑梅子，全都是來自大自然的豐盛饗宴，來自一個經過人工栽種和照料的大自然，經過百般呵護，幾乎達到完美的味道。對這個嗜吃水果的家族來說，太少樣無法滿足：幸運的是夏天的水果是便宜的。

「各位知道嗎？」愛麗莎說。「這個工地有鬼。」「是真的鬼嗎？」大家問她。「嗯，他們不是真的鬼吧？但是每天午覺時間都能看到他們。」「其他時間也看得到，」帕蒂保留地說。「對，其他時間也看得到，」他們的話題轉移到鬼魂。每個人都想發表自己的看法、經驗、回憶，或至少說說聽來的東西。這個話題正好適合大家講故事。

勞烏．維那斯說，有個鬼走路心不在焉，看著一架經過的飛機，走著走著掉進一口井。井裡有一隻野兔，於是他們聊起來；牠也是意外掉進井裡（這是一隻公野兔；至於鬼魂是個女鬼），留在井底，不是因為出不去（這口井不深），而是打算休息。「你也是看著經過的飛機才掉進來的嗎？」女鬼問牠。「不是。」野兔回答，「我是逃跑時候掉進來的。」「喔？是這樣啊？」女鬼感興趣地問。「為什麼要逃跑？」野兔聳聳肩，一隻野兔要做出這個動作似乎不容易。接著牠解釋其實牠可以因為任何事逃跑，總之，不論因為什麼差別都不大。「應該要有差別。」女鬼對牠說。「為什麼？」野兔問。「因為看起來比較危險的東西，要跑得比較快？比較不危險的東西就不用？這是個嚴重的錯誤，因為可能老是誤判，就算不是誤判，比較不危險的東西也可能是完美的死亡陷阱。」女鬼若有所思，認同牠的話，她說她不擅於給這類她完全不懂的建議。因為她擅長的是突然出現，跟逃跑正好相反。野兔嘆口氣：「有哪一個不期而遇的過客，能像妳這樣不用煩惱如何活下去！」「所以說，」女鬼用非常有智慧的語氣跟牠說。「可以丟掉你的小命了。」「喔，但是……因為……不行，對不起，妳錯了……請容我……」他們聊著各自的哲學觀，聊得如此興致勃勃，沒發現一個獵人出現，這是個似乎打獵技巧不怎麼高明的運動家，而且動作笨拙，他靠近井邊，看見腳下是一隻毫無戒心的野兔，於是扣下扳機（這支獵槍悲傷的「喀嚓」聲把野兔和女鬼拉回現實，但是他們嚇傻了，沒時間有其他反應），然後開槍：砰。因為槍法不準，他打中……女鬼，當然，他是看不見女鬼的；傷口在左胸，一股透明的鮮血，像空氣般湧出來。野兔沒時間同情她，因為正如所有故事結局的寓意，牠跳出那口井，用最快的速度，一溜煙跑得遠遠的。

哈維·維那斯講了一個老鐘錶匠的故事，他看向鬼魂的方向，想知道幾點，但是一個想法往往會觸發另外一個想法，於是他接下來為鐘錶店的沒落感到沮喪。有長短針的機械鐘錶失去市場，這是不可逆轉的趨勢。當老鐘錶匠聽到經過店鋪前的人說的話，不禁悲從中來：十一點五十六分，七點三十九分，兩點零一分。不再有人說：「還差二十幾分鐘到整點。」因為小朋友可能回答：「意思是現在是四十一分？還是四十二分？」會踏進店裡的，只剩跟他一樣的老人，他們帶來像古蹟般毀損的機械，像歐米茄手錶、江詩丹頓手錶，芝柏錶，知道修理費太過昂貴之後，並不驚訝，隔天手腕上就換上了一支日本錶。很快地，不再會有人知道時間是兩個部分組成的；不再會有人聽過滴答聲：這種蕊心是一種已經過時產物的器官。鐘錶的滴答聲響「就像」心跳聲；也就是說，像是「類比」的。有長短針的機械鐘錶像是老人。沒錯，數位錶也能模仿機械鐘錶，有長短針，但這真是太瘋狂，或者說太牽強，老鐘錶匠一點也不寄望。他一整天下來動也不動，他灰心喪志，一天比一天更不想動，更灰心喪志，他盯著店鋪盡頭的牆壁，那邊有兩個鬼魂一整天都在報時；那是兩個孩子大小的鬼魂，他們非常準時，非常有耐心，鐘錶匠已經習慣他們整天在那邊報時，不覺得有什麼奇怪。而他愈是不想動，就愈是習慣報時鬼緩慢確定的動作。不過他不該這麼放心。因為有一天下午，鬼魂離開他們的崗位，掛著一抹壞心的微笑對他說：「吝嗇愚蠢的老頭子，時代進步，科技日新月異，但是人類的貪婪沒有改變，某些人的『落伍』，是悲傷的原因，是讓鬼魂覺得生活難過的原因。你不感到羞恥嗎？」老鐘錶匠瞠目結舌。他感覺一股無形的力量把他向上拉，拖往接近盡頭牆壁的附近，那個鬼魂報時的地方；此刻換他報時了，他只能扮演一根指針，或者說因為只有他自己，他扮演時針，一如在分針發明前的那種古老時鐘。這時真正的鬼魂消失無蹤。

沒人想認輸，因此女人們也講了幾個相關的故事。伊涅絲・維那斯說的是一個肖像畫家的故事，他因為致力畫鬼魂的肖像，從此與藝術絕緣，鬼魂只在當模特兒時現身，之後就消失無蹤。畫家覺得惱火，作品完成後，無從對照。但這不是最糟糕的。最糟糕的是，當他收入捉襟見肘時，鬼魂甚至不肯完全現身，只願意若隱若現，這時畫家只能捕捉他們的輪廓，其實還稱不上是輪廓，只有筆劃、線條……畫家得費雙倍的工夫，於是他失去耐心，摔斷畫筆，踩壞畫盤，踢倒畫架，然後買了一台徠卡相機。但這只是雪上加霜。

卡門・拉蘭則講了日本鬼的故事。在日本，老人過世後，要看他這輩子吃過的魚在盤子上留下的所有魚刺。若是排列的形狀是圓滿的圈，他就會上天堂。如果不是，他會變成鬼，致力教導孩子良好的餐桌禮儀。若是教不好，最後只能淪為花藝大師。

最後一個輪到的是羅貝托，他沒講故事，倒是說出他的看法，他說：「鬼魂跟精靈一樣。如果有人一直想著他們，最後會覺得鬼並不存在，而且根據過什麼樣的生活，可能好幾年連鬼影子都沒看過；但是在某個時間，並非出於自願或是想要，看見了鬼。這是要看生活狀況、運氣或是巧合；比方說，一個人可能在同一天內看到兩個精靈，或者二十個精靈，這一年接下來可能會連一個也沒看到。此刻，從相反的觀點來看，也就是從精靈的觀點出發，是非常不同的：因為精靈經常現身，他只有一公尺十公分高，頂著大頭和一雙彎曲的腿；要碰到他需要機會，任何在街上碰到他的人當晚都可以說：『我今天看到一個精靈。』在精靈看來，他經常碰到人類，而且會繼續碰到他們，沒有什麼特別可以拿出來說的。這是一種一直下去的現身，是人生和命運構成的機會。」

「帕蒂呢？不給我們說個故事嗎？」大家問她，目光落在她身上。事實上，她連個字也不吭。孩子們都靠在桌邊，張著嘴聽著所有的故事。帕蒂想了一下然後才開口：「我記得王爾德的一個故事，有一個住在皇宮裡的公主悶得發慌，她的周遭只有她的國王王后雙親、大臣、將軍、侍從和小丑，而且她對小丑的笑話背得滾瓜爛熟。有一天，她碰見一群鬼邀她去參加一個他們即將舉辦的派對，他們說服人的口才相當高超，太無聊的公主聽到派對有交誼舞蹈，要戴面具，鬼魂樂隊會演奏的曲目，那天晚上，毫不猶豫地從城堡最高的塔樓往下一跳，想要死去，參加派對。」在場的每個人咀嚼故事的寓意。「故事沒提到之後的派對？」卡門．拉蘭問她。「沒有。故事到這裡結束。」「那位公主之後可能會大吃一驚呀！」愛麗莎笑著說。「怎麼說？」「女兒啊！因為鬼魂都是娘娘腔啊！」所有人哈哈大笑。「這位王爾德真是厲害！」羅貝托忍下笑意說。愛麗莎．維古那的表情在所有人眼裡看來像個超現實的大笑話。這真是個歡樂的插曲。帕蒂也笑了，但只是為了不讓大家感覺她不高興，她對這個想法感到痛苦，也嚇了一跳。就在這一刻，孩子們指向升上夜空的月亮，部分被附近大樓遮住，部分因為大夥正在談天說地給遺忘了，於是所有人看向月亮，想起了他們正在露天的地方吃晚餐。那是一輪皎潔的圓月，沒有光暈，這樣的明月會讓人一輩子看著它，只是說月亮一直在變化。

愛麗莎起身打算泡咖啡，帕蒂急忙跟著她到廚房，並說：「我來幫忙。」其他人繼續聊天喝酒。勞烏．維那斯灌了四杯下肚，其餘的人只喝一杯。結果，酒精發揮微妙的作用，從外表看不出來，但是他整個身體進入一場旅程，沿著只有他知道的路線，抵達沒有人能想像的境界。帕蒂趁只剩母女兩人，問媽媽她那句引起大家捧腹大笑的話是什麼意思。「欸，女兒啊……」愛麗莎．維古那開始說，這個在智利家庭非常常使用的詞彙「女兒」，甚至連女兒也經常不加思索用同樣的稱呼來叫她們的媽媽，它的意義廣泛，中和了智利一般而言狹義的字彙，令語言變得比較抽象，彷彿愛麗莎講的是電視上的台詞；欸，女兒，是一句永遠猜不到意思的話，就算有意思，也微不足道。「妳對任何事總是漫不經心。」她用些許責備的語氣對帕蒂說。不管如何，這種責備對她們母女來說是輕微的是溫柔的。可是她忙著煮水，計算放入幾匙咖啡粉到壺中，拿咖啡杯給女兒，要她連同盤子和小湯匙一起拿去擺在托盤上，表情變得相當嚴肅。她有些事得告訴女兒，但是女兒絕不能心不在焉地聽著。她們聊了好多，有玩笑的也有真的，講到什麼是「真正的男子漢」，這些男人的責任就是讓女人幸福，其實這個話題隨著她們各自的想像不再重要，得要經過思考，才能拉回重要性，任何時刻都能做，比方說現在，在這一年結束之前。「我該怎麼告訴妳，」她對女兒說，並陷入思考。「我想，帕蒂呀，妳不是家裡最有觀察力的人。」「可是，告訴我，告訴我吧。」她的女兒求她，語氣沒有一絲悲傷，只有她一貫的漠然。

「聽著，」愛麗莎．維古涅對她說。「智利人，所有的智利男人，說話輕聲細語，語調像女人柔和悅耳，對不對？相反地，阿根廷人講起話來中氣十足，像是用喊的：我不知道他們的喉嚨是什麼構造，但是就像擴音器。好吧，或許剛開始，所有阿根廷人都給人一種男子氣概十足的印象，也就是說，可能給我們這種印象。可是經過比較細微和深入的觀察，會發現事實不是如此，而是相反。妳沒注意到嗎？」帕蒂聳聳肩。她的媽媽繼續說：「比方說那位建築師就是這樣，而跟屋主來的設計師，比方說所有今天早上跟來的那些……帕蒂甜心，妳該不會想跟我說，妳沒注意到這些小地方吧？脖子纏粉紅絲巾、香水，肌肉線條，發出『喔！』『呼。』」帕蒂聽了媽媽的形容，加上她的模仿，忍不住嘴角上揚。她的媽媽繼續說：

「可是，還有一點，比剛才說的還重要的一點，也就是錢。有錢代表一種男子氣概，這是在阿根廷唯一算有男子氣概的東西。我們移居的這個國家，就是這麼怪異和獨特，顯得我們這些外國人格格不入，彷彿困在這裡變成人質。沒錯，是有其他種不需要靠錢的男子氣概，或者說起碼有吧。在我們看來，很難找到，要找到這種男子氣概，必須回到從前，而且要回到另一個世界，回到智利，或回到更之前吧。」「那其他種男子氣概是什麼？一般的那種嗎？」「不對，應該是最高等級的那種，因為一般等級最常見。或者說，是原始的、簡單的那種。原則上，應該要喜歡原始的多於一般的，雖然對我們女人來說一樣危險。或許我們女人就是愛原始的，野蠻的。」「但是不是很危險嗎？」「反正國家把我們打壓在最低等級，但是又保護我們，給我們保障，不讓我們消失，不是嗎？」「我們女人永遠不可能消失。」

帕蒂說。「女兒啊，這還是個疑問呢。」她的媽媽激動地回答。

「可是，為什麼這一切跟鬼有關係？」帕蒂再一次問。

「喔，鬼……鬼是什麼？小妞，我來跟妳講講阿根廷跟智利的鬼，就像說動物寓言那樣，解釋清楚。」「妳得多花點時間解釋。」帕蒂說。「不需要，妳很聰明。想想看，我們女人總是覺得有鬼。講阿根廷的就可以，不用講智利的。或者都講。怎麼做都可以。結果都一樣：鬼就是鬼。」

「可是，他們為什麼一定是娘娘腔？」

即使在這最重要的一刻，在她憑直覺感到重要的一刻，親愛的女兒命正危在旦夕，愛麗莎・維古那能給的回答只有回以一種神祕的微笑，一種「嚴肅的微笑」。

咖啡泡好了，咖啡壺嘴溢出芬芳香氣，她們走出廚房。帕蒂把托盤擺在桌上，伊涅絲・維那斯注滿一杯杯咖啡。倒好之後，糖罐在大家的手上傳來傳去。咖啡泡的真棒，真香，沒有人想加糖。帕蒂啜飲一口，等涼一點。她想著跟媽媽的對話；她非但沒得到答案，反倒更加困惑。儘管如此，這場對話還是影響了她，她一邊喝咖啡，一邊想著這一點。她對自己說，不管正在等她的鬼魂是不是沒有男子氣概，真正的危險是沒有人願意跟她談談，給她渴望的解釋。但接下來，剛才的對話也產生反作用，她開始認為大家沒必要理她，跟她解釋，或盡可能給她這樣東西：愛。不過她的媽媽倒是已經給了她最深的愛。而沒錯，從這樣的結論得到，鬼魂是否有真正的男子氣概反倒成為重點。或許很奇怪吧，這個可以說是無知的少女，連中學都沒念完，竟然會想得這麼深刻。可是，也沒想像的那般怪異。有人可能一輩子都不曾思考過，一次也沒有，腦子只是一團漿糊，充滿缺乏意義、轉瞬即逝的衝動和熱情，然而，在任何時刻，根據需要，可能在起床後，腦子浮現比偉大哲學家所能想到的還要敏銳的想法。這看似非常矛盾，事實上卻天天發生。一種想法往往會吸收其他人的想法；其他人也不用思考，而是再從其他人身上汲取，就這樣一直下去。據說這是一種空轉的系統，可是不是這樣，而是有個停泊點，雖然很難說清楚究竟是哪一個；有個例子可以解釋，不過是以類比的方式：假設一個像這樣不去思考的人，他唯一的活動只有閱讀小說，他非常喜歡這個活動，閱讀時他不必花一滴腦汁，只需要享受閱讀的樂趣。突然間，他從某個動作，或是從某個句子——不講是從「某個想法」，領悟自己是個身不由己的哲學家。他是怎麼知道的？是從樂趣中領悟？還是從小說中得知？是從這類書本的話，太不可思議（假設他讀的至少是湯瑪斯·曼的話就更離奇了）。他當然是從小說中領悟的，只是不完全是。小說不是所謂的停泊點，這樣太抬舉小說；小說跟其他的一切一樣，是以空想為架構，但是是真實，是存在的；不能說完全是個空想（如果例子是電視劇，比較誇張）。

賓客在談笑之間喝咖啡和抽菸。每個人都一口喝光咖啡，然後問還有沒有。「早知道你們這麼喜歡，我就多泡點咖啡了！」愛麗莎·維古那說。不論如何，咖啡壺還有幾杯的量，不是每個人都想再續杯。孩子們開始鬧他們想玩鞭炮，哈維帶來各式各樣的煙火，可是他告訴他們要等大人，他還不想要給打火機，但小蘿蔔頭們堅持他們不要再喝咖啡，來幫他們放煙火。「待會兒，待會兒。」他們說。皎潔的月光灑在他們身上，跟電燈泡暈黃的光線摻雜在一起。此刻，一股平凡的歡樂氣氛蔓延開來，比如看著時鐘確定還剩幾分鐘等等。帕蒂心想，真正的男子漢是她眼前的這些人，其他人都稱不上，此刻她正沉浸在哲學式的白日夢裡。這些年來她在母親的諄諄教誨下，只有這樣的想法。愛麗莎・維古那的想法不是汲取自某個想法，也不會影響其他人。她的想法從男人觀點出發，繞了一個圈，從男人身上再換到其他男人身上，就在這個過程把他們塑造成「真正的男子漢」，但其實沒有這個必要。這就像是習慣了某樣東西，甚至像是習慣了晚餐過後的閒聊。她開始仔細思考遇到的問題，思考其他選擇；她試著整理思緒。

最後，爸媽們終於答應幫孩子點鞭炮和沖天炮。幾個小傢伙的興奮指數立刻破表，這是在一分鐘前根本無法預料得到的。羅貝托是當中情緒最高昂的一個，他的女朋友說他有個孩子的靈魂，而最讓在場人笑破肚皮的，是他從口袋拿出一堆為了「預防萬一」所帶來的鞭炮。他們先點幾個沖天炮、水鴛鴦跟老鼠炮。爆炸的畫面有趣極了。他們試著把一支老鼠炮丟進泳池，爆炸發出像是倒塌的聲音。「再來！再來幾次！」他們想要再多製造一點的爆炸聲響。可是哈維提議點幾根沖天炮。他們拿來一個空酒瓶當發射管，把沖天炮對準月亮，而不是遠處的星星。「我覺得可以飛到月亮上。」艾內思托說。羅貝托有個很棒的銀製打火機，那漸層的火焰顏色，不只是濃淡不同，密度也不同。勞烏・維那斯稱讚那簡直媲美一種小型的發焰裝置。他們點燃第一根沖天炮的蕊心，然後等待。或許是奇蹟，或者因為鞭炮品質好，不過這是最近最怪的事情之一，沖天炮瞬間衝向夜空，留下一道金黃色的軌跡。這一次，大家都緊盯不放。高空炸開了非常白的亮光。第二支也一樣衝上天，只是在高空炸開來的是紅色，恍若一朵深粉紅色的金屬玫瑰。他們還有更強大，效果更好的沖天炮，想留到晚一點再用。艾內思托和賈桂琳兩個小朋友拿起仙女棒畫圈圈。

唯一一個沒樂在其中，彷彿旁觀者的是帕蒂，她正忙著想事情。她想著其實要知道不需要等待；而是可以從推測提前知道：精準推測可以推估會發生什麼事。可是她一點也無法推測有關鬼的事，她壓根兒不認識他們。不過她可以從動作來猜測。如此天真的她下定最大決心，呼喚想像力和狂放的創作天份，可惜結果一樣：鬼魂嘴邊神祕莫測的微笑。這是她以及她懷疑的態度所得到的一種結果：神祕的微笑彷彿結局，是打不破的藩籬。

那麼，這種神祕的微笑是代表什麼意思？她也可以推測，不過這一刻是反推。因為任何一個在這裡的人，不論是坐著的女人，還是陪小孩玩鞭炮的男人，任何他們可以說或做的事，最後都能以露出神祕的微笑結束。大家都這麼做。之後，一輩子和無數的結論，就是這種神祕微笑而來的推論和延伸。

羅貝托和哈維把一根重量級的沖天炮放進瓶子，這時勞烏．維那斯去倒酒喝（他不得不自己倒酒，這變成他的事），他們想點燃沖天炮，於是決定高舉瓶子，不管可能會掉落火星，甚至也沒拿餐巾紙蓋手，以免被灼傷，否則這個玩意兒拖著這麼粗的尾巴，頂著這麼大而重的頭，可能還沒離地之前就墜落地面。他們高舉瓶子，把羅貝托流線型的打火機靠近蕊心，然後大叫大家注意。沖天炮離地了，以壯麗的勝利之姿，留下一條粗粗的軌跡，或一串火星，衝上星空，這時城市的上空都已經布滿煙火。當沖天炮飛過大樓的雷達天線，火光照亮兩抹浮在夜空中的鬼魂，其中一個直挺挺，另外一個是傾斜角度，他的頭挨著第一個鬼的頭顱。時間到了，還差不到五分鐘，就要午夜十二點。十二點時，他們會學指針那樣完美地交疊在一起，一個貼著一個。哈維和羅貝托露出微笑，對於眼前這幅猥褻的姿勢交頭接耳；但他們隨即想到同樣一件事，視線同時落在帕蒂的身上，此刻她坐著，身體僵直，眼神空洞，臉色慘白，她是這麼乾瘦，彷彿一具屍體，任誰都會以為她是個叫人讚嘆的木偶。

在她身旁的女人們正在聊新的一年有哪些決定、承諾或期望，最後這兩種有時會混淆在一塊兒。伊涅絲．維那斯說，這將是她人生最重要的一年，是她結婚的一年。其他女人點點頭：婚後就變成「一年前，兩年前，十年前」；這一年是個分水嶺。對卡門來說，這當然是個重複的一年，不過並不因此就不重要，這一年她會再添個孩子。「一年年飛快地過去。」她們接著說。「孩子們就是一年年，像是小蝴蝶從地下冒了出來，陸陸續續，乘著歲月的微風飛翔，一天又一天，一個禮拜又一個禮拜，一個月又一個月……」

突然間，鐘聲開始響起。即將十二點整。男人們急忙點燃一排沖天炮，夜空開始出現爆炸聲，彷彿一把機關槍歡樂的達達聲。在煙火消逝之前，帕蒂已經站起來，走向盡頭。她的腳步愈來愈急促，但是還不算跑步。所有人同時發現她想做什麼，不過他們沒有嚇呆，而是站起來衝過去想阻止她，包括女人、男人和小孩，大家叫她的聲音，跟附近與遠處的沖天炮的爆炸聲，以及夜空數以千計朵朵盛開的煙火聲，混雜在一起。當然，他們沒來得及抓住她，雖然只差那麼一點點。帕蒂已經縱身一跳。就這樣。全家人站在屋緣，站在同樣的盡頭，說不出話來，他們這樣衝過來，心臟變得無力，彷彿也跟著跳了下去。帕蒂在墜落的時候，粗厚的眼鏡飛離她的臉上，跟著她以平行的方式繼續往下墜。一個不知道從哪兒跑出來的鬼，趕在她跟眼鏡撞擊地面之前，在半空中接住兩者，接著像是柔軟的彈簧一推，回到頂樓邊緣，一家子還杵在那兒，因為悲劇而過度驚嚇。他把眼鏡遞給勞烏·維那斯，後者伸出手接過來。於是這個男人跟鬼就這樣定定地盯著彼此看。

（一九八七年二月十三日）

風景畫家的片段人生

在西方，一流的風景畫家屈指可數。其中我們握有相關故事和豐富文史資料的，是偉大的魯根達斯（Rugendas），他曾兩度到訪阿根廷；一八四七年，他在第二趟旅途記錄大量的普拉塔河景物——估計留下兩百幅畫作，留在本地由私人收藏，讓他得以向欽佩他的友人洪堡德（Humboldt）傳達他的抗議，或者說抗議洪堡德那套過分簡化詮釋的理論，總要他收斂對於新世界的山嶽和植物氾濫的描繪。但魯根達斯的反叛其實早在十年前的第一趟旅行中出現，只是一場不可思議的意外中斷那次短暫且戲劇性的拜訪，而且無可翻轉地顛覆了他的人生。

一八〇二年三月二十九日，約翰・莫里茲・魯根達斯（Johann Moritz Rugendas）生於德國奧格斯堡，父親、祖父以及曾祖父都是卓越的畫家；他的其中一名祖先菲利普・魯根達斯（Philip Rugendas）是著名的戰爭畫師。一六〇八年，魯根達斯家族從加泰隆尼亞移居（不過祖先是法蘭德斯血統），落腳奧格斯堡，追尋較能接納他們反叛信念的社會氛圍。第一位成為德國人的魯根達斯是個鐘錶匠；在他之後的子孫個個都是畫家。約翰・莫里茲在四歲那年清楚表明他的志向。他是個極具天分的素描家，一開始在阿爾布雷希特・亞當（Albrecht Adam）的畫室初露鋒芒，之後在慕尼黑藝術學院展露才華。十九歲時，他得到一次前往美洲的機會，跟隨由朗斯道夫男爵（Langsdorff）率領、俄國沙皇資助的探險隊伍出發。他的工作是以畫筆記錄他們的發現以及沿途景色，不過這個任務一直到百年後才由一位攝影師完成。

講到這裡，正好可以回溯一下，更進一步了解這位年輕藝術家的工作。從前一段描述，可以知道他們的家族史不算太悠久。他的曾祖父格奧爾格・菲利普・魯根達斯（Georg Philip Rugendas，一六六六—一七四二）開啟了畫家世代。這個機緣，來自於他年輕時失去右手；肢體殘障使他放棄他們家一貫傳承的鐘錶匠職業，他可是從小就開始接受技能訓練。他必須學會使用左手，用這隻手握住鉛筆和水彩筆。他特別擅長以近乎超現實卻又精準的手法刻劃戰爭場面，作品獲得莫大成功，而這等手法來自他受過鐘錶匠的訓練加上使用左手，若不是左手，他的方式必定是一絲不苟且謹慎。他畫作的主題，與講究細節的靜態畫面對比鮮明，畫中的轟鳴與澎湃，使他獨一無二。他的庇護者也是他主要的顧客是瑞典戰爭時期的國王卡爾十二世，他跟著他的軍隊畫遍他的戰爭，從皚皚白雪的西伯利亞到熱氣燙人的土耳其。中年過後，他成為一位富有的印刷商和版畫商人，他把呈現戰爭故事的技巧，自然而然運用在版畫上，並將家業和畫技傳承給三個兒子，格奧爾格・菲利普，約翰和傑若米。大哥的兒子是約翰・克里斯汀（Johan Christian，一七七五—一八二六），也就是我們的主角魯根達斯的父親，他替另一位戰爭國王拿破崙繪製戰爭場面，是家族最後一名戰爭畫師。

喔，拿破崙之後，歐洲進入「太平世紀」，在這個世紀，他們家族擅長的職業勢必凋零。年輕的約翰・莫里茲是個活在滑鐵盧之役時代的青少年，他不得不重新構思這條路。他從戰爭畫師亞當的工作室，轉到慕尼黑學院學習自然畫。大自然，給人異國情調而遙遠的想像，或許能在油畫與版畫之外打開另一個市場，而且實現他當藝術家和旅行的心願；很快地他遇到機會，加入前述的探險之旅，往他的志向邁進。這時他剛滿二十歲，即將見識一個已經成形但等著塑型的世界，與少年達爾文在差不多的年代。在這趟橫越大西洋的航程，魯根達斯發現他的雇主格奧爾格・亨利屈・馮・朗斯道夫男爵（Georg Heinrich von Langsdorff）難以相處且性情古怪，因此抵達巴西之後，他告別了探險隊伍，由另一位具有天分的文史畫家陶奈（Taunay）頂替他的位置。這番決定替他省下許多麻煩，因為那趟探險並不順利。最後陶奈在瓜波雷河淹死，而朗斯道夫男爵也在雨林間失去他僅存的一絲理智。接下來四年，魯根達斯一邊遊歷一邊工作，足跡遍及里約州、米納斯吉拉斯州、馬托格羅索州、聖埃斯皮里圖州以及巴伊亞州，之後他返回歐洲，出版一本美麗的圖畫小書《巴西繽紛遊歷》（*Voyage Pittoresque dans le Brésil*，由維克多・艾梅・胡貝爾〔Victor Aimé Huber〕根據作者的隨記編輯而成），他的名聲流傳開來，並因此結識著名的自然學家亞歷山大・馮・洪堡德（Alexander von Humboldt），兩人一起合作了幾本書。

他的第二趟也是最後一趟旅程，從一八三一年到一八四七年，共計十六年之久。而這趟長途跋涉，場景涵蓋墨西哥、智利、秘魯，並再一次踏上巴西，抵達阿根廷，留下幾百幾千幅畫作（在他未完整的目錄裡共收錄三千三百五十三幅油畫、水彩畫與素描）。儘管他在停留墨西哥時期留下最多作品，作品特色以熱帶雨林、山巒為主，這趟含括青春歲月的漫長旅程卻有個不為人知道的目標，那就是前往阿根廷，瞧瞧那開闊的平原上地平線等距交會點的神祕的空虛。他心想，只有在那裡能找到他的藝術的另外一面……這個危險的想像一直如影隨形地跟著他。他曾兩度來到門口，第一次是一八三七年，他從西邊的智利橫越山脈；第二次是一八四七年，沿著普拉塔河而行；第二次成果比較豐碩，但是終究沒離開布宜諾斯艾利斯周圍；第一次他冒險前往心中嚮往之地，在那兒其實沒停留太久，代價卻十分慘重。

魯根達斯是風俗畫畫家。他捕捉的是大自然景象，一套由洪堡德開創的技法。這位偉大的自然學家創立一門學科，但隨著他過世，絕大部分內容也跟著埋葬：地球理論（Erd-theorie）或世界全圖（Physique du Monde），這是一種結合藝術的地理學，是世界面貌的美學，也是一種景觀學。亞歷山大・馮・洪堡德（一七六九－一八五九）是個集大成的智者，或許也是最後一個吧；他追求的是捕捉世界的全貌，他認為最恰當的方式是透過視覺，或許與一種悠久的傳統緊密相關。此外，他對片斷截取的畫面興趣缺缺，也就是知識上所謂的「象徵」，他著重把好幾種畫面拼湊在同一幅畫裡，而「風景畫」正是代表。這位藝術地理學家從大自然的特色，捕捉「景觀」（這是承自拉瓦特〔Lavater〕的概念），靠的是自然學家深厚的鑽研。景觀元素在畫面的分布經過計算，傳達給欣賞者的感官大量資訊，讓他們自然而然地捕捉到系統性而不只是各自獨立的特徵：氣候、歷史、風俗、經濟、種族、動物、植物、降雨、颱風……關鍵在「大自然的生長」。所以，植物元素是近景。因此，洪堡德在熱帶地區尋找他追求的自然景觀，在那兒，種類豐富的植物和生長的速度，遠遠不是歐洲所能比擬。洪堡德長年生活在亞洲與美洲熱帶區域，他鼓勵他門下的藝術家也這麼做。如此一來，完成訓練後便能吸引對這些地區認識有限的歐洲民眾，培養旅行風景畫畫家的市場。

洪堡德特別讚賞少年魯根達斯，認為他是透過畫面呈現大自然景觀藝術之父與開創者，或許這一句應該是形容他自己的話。洪堡德參與魯根達斯第二趟浩大旅程的準備工作，並給予建議，他唯一不同意是把阿根廷納入路線。他不希望門生花太多力氣在熱帶地區以外的地方，他在信裡苦苦開導他的固執：「不要浪費你的天分，特別是你的風景畫畫技如此精湛，比如積雪的山峰、竹林、雨林熱帶花卉，同種不同群體、年紀的植物；蕨類植物、棕櫚樹、圓柱仙人掌、紅花含羞草、印加豆（長形寬葉）、灌木叢大小配上手指狀綠葉的錦葵，尤其是墨西哥托盧卡的魔爪花；墨西哥阿特利斯科著名的阿維維特（千年落羽杉）；布滿青苔的樹幹上的樹節長出的美麗蘭花，樹節周圍繞著一團團石斛蘭的青苔；一些倒下的仙人掌上頭長滿蘭花、金虎尾和藤蔓：此外，跟竹子、灌木叢，以及不同類狸藻同族的其他二十到三十呎高的禾本科植物；黃金葛和龍蓮的研究；葫蘆樹樹幹布滿結實累累的果實；一棵開花的可可樹，而花朵是從樹根長出來；樹根暴露在土壤外，達四呎高，呈木椿狀或是落羽杉的直立片狀；對一顆布滿墨角藻的岩石的研究；水中藍色睡蓮的研究；開花的巴西栗（半果樹）和猴缽樹；從一座熱帶森林山巒高處俯瞰，只看得到寬闊樹冠開花的樹，其中矗立棕櫚樹光禿禿的樹幹，彷彿柱子長廊，一層層堆積上去的雨林；野蕉和赫蕉的不同面貌……」

只有在熱帶才看得到構成風景畫的豐富的原始型態，洪堡德把植物簡化成十九種原始型態；這是與林奈建立的分類系統毫無相關的十九種面貌，是種類最少的抽象名稱和分類；洪堡德派的自然學家不是植物學者而是生命成長過程的風景學家。魯根達斯大致根據這套系統作畫。

在海地短暫停留之後，從一八三一到一八三四年，魯根達斯在墨西哥生活了三年。最後一年他前往智利，在那裡生活了八年，其中五個月曾前往阿根廷；他原本打算橫越整個國家，抵達布宜諾斯艾利斯，再從那兒往北到土庫曼，然後到玻利維亞等等。但根本辦不到。

一八三七年十二月底，他從智利的聖費利佩德阿空加瓜省，在德國畫家羅伯特．克勞斯（Robert Krause）的陪伴下，帶著只有馬、驢子和智利領隊組成的精簡隊伍出發。他們打算趁著夏季的好天氣，不慌不忙穿越山脈，記錄沿途優美的景色，畫下所有值得的美景。

他們停下來作畫的地點遠多過少數幾處捨棄的地點，不到幾天便置身山區。遇到下雨，他們就把畫紙捲好，包在防水布裡，繼續前進；事實上，雨並不大，頂多是綿綿細雨，反而替風景裹上一層層溫柔的濕氣。雲氣下降滯留，但是遇到一絲絲的風便被吹跑……之後風又帶來其他雲氣，他們走在不可思議的小徑上，似乎來到與天空相連的地球中心。在這神奇的交會地帶，兩位藝術家重拾他們所夢想的景觀，而且愈來愈寬廣。他們的旅程雖然是照著地圖上彎彎曲曲的路線，卻如同箭一般直直往前，通向一片寬廣。一天天過去，景色愈來愈開闊，愈來愈偏僻；隨著丘陵變得龐大，空氣也更加稀薄，稀疏的人煙更不復見，只剩下高低交疊的景色。

他們帶著氣壓記錄，用長風桶計算風速，以及兩根細長的玻璃管，裡面的石墨液體用來充當測高儀。他們帶著水銀染成粉色的溫度計，就像是第歐根尼的提燈，和小鈴鐺一起高高地掛在一根竿子上面。規律的馬蹄聲在遠處迴盪著；儘管幾乎聽不見，他還是置身在這不斷的回音當中。

而突然間，就在半夜，爆炸聲、沖天炮、煙火，在一片岩石之間持續響了許久，給這片嚴肅的荒蕪添上轉瞬即逝的鮮豔色彩，彷彿小小的吉兆：一八三八年拉開序幕，這兩個德國人帶了煙火來慶祝。他們打開一瓶法國紅酒，跟領隊一起乾杯。之後，他們仰躺望繁星點點的夜空，等到了月亮現身在發亮的峰頂，替這場昏昏欲睡的許願畫下句點，才真正地進入夢鄉。

魯根達斯和克勞斯相處愉快，儘管兩人都是沉默寡言的個性，話題卻聊不完。他們曾經數度結伴在智利旅行，相處總是相當融洽。唯一魯根達斯認為不太算是問題的一點，是克勞斯是個資質平庸的畫家，他實在無法真心稱讚他的努力。他要自己試著去想風俗畫並不一定需要天分，只需要照著技法來即可，可不爭的事實是，他朋友的作品完全沒有價值。他反而可以認同他對技巧的掌握，特別是他良善的個性。克勞斯非常年輕，還有時間轉行；與此同時，他可以享受這一趟旅程的樂趣；對他不錯。而這位小伙子對魯根達斯可是敬佩得不得了，他的崇拜並不只是出於兩人結伴的愉悅。他們年紀相差懸殊，天分天差地別，但是並不引人注意，因為三十五歲的魯根達斯像個青少年，他害羞、笨拙，帶點女孩子氣。克勞斯的沉著、貴族般的舉止和彬彬有禮，縮小了他們之間的差距。

十五天後，他們從另外一頭下坡，開始加快腳步，如同兩位每日計費的領隊一樣習慣山區是一種危險。若能專注作畫，他們便能遠離這種危險，但那只對長期有效；短期而言，他們學習認識環境和它的面貌，結果恰好相反。他們騎馬緩步前進時聊天是自娛，而認識山的高度是技術面。當他們看到某樣新的東西，嘴巴一講出來，就會發現這種不同。要注意的是他們做的只是預備工作：速寫、筆記，註解。紙上既畫了草圖也寫了東西；之後的工作是把這些經驗放進圖畫與版畫裡。要知道的是，這兩種作品扮演傳播的要角，影響無遠弗屆。他的目標是出版一本圖文並茂的作品集。

魯根達斯作品的質量不只獲得克勞斯的認同。他畫得好是不爭的事實，尤其是他簡要的風格。這種風格遍見他的所有畫作，賦予作品特色，並鍍上耀眼的光芒。他的作品遵守描繪景觀規則，條理分明。這樣的條理分明延伸到他出版的作品；他唯一出版的一本書在全歐洲書店獲得成功，而且是比《巴西繽紛遊歷》更精采的插畫，更被製成壁紙，甚至印製在賽弗爾瓷器餐具（Sèvres）上。

克勞斯總是用半開玩笑半認真的口吻，提起這樣不凡的勝利，而他所敬佩的朋友就在山嶺上的靜謐中，在沒有人看見的當下，露出微笑接受這個並沒有因為輕輕的玩笑而變調的恭維。他就以這樣的心情，聽他建議把阿空加瓜山變成咖啡杯的裝飾圖：透過畫筆，把最大和最小的物體結合在一起，變成日常生活樂趣。

此外，要傳神呈現阿空加瓜山並不容易，同樣地，任何一座山都不容易。如果把一座山想像成一種不規則的圓錐體藝術作品，是不可能從細微的不同處，辨識是這一座還是那一座山的，因為已經跟真實的輪廓完全不同了。

這趟旅行，他們經常尋找主題。主題對風俗畫來說極為重要；這兩位畫家以各自的資質，從藝術和地理角度記錄風景。如果是垂直面的地理知識，他們可以自己解決，因為他們知道如何辨識片岩和玄武岩，石炭紀的松竹石和火山岩，植物，青苔和菇菌，如果牽扯到水平面的地誌知識，則要靠智利領隊，從他們口中聽到源源不絕的礦石名字。阿空加瓜山只是其中一種礦層。

人的因素也是垂直和水平面交織而成的景色的一部分。這些領隊沒有先入之見，他們只專注現實。他們記憶裡不變的東西，隨著氣候的改變和兩位德國雇主的要求，染上一層神祕的色彩，他們對兩位雇主一方面尊敬，一方面摻雜一定程度但是不到冒犯的輕視。總之，兩位德國人都具備科學和藝術天賦。近一步細看，他們程度不同的天賦，雖然混和卻沒融會在一起。

旅行與作畫也像一條交纏而成的繩索。這是一條充滿驚奇和恐懼的路，而沿途的危險與不便隨著前進而逐漸遠離。而這條路真的可怕；讓人詫異的是這條一整年幾乎都有旅人、腳夫和生意人蹤跡的路竟是這樣。一般人或許會以為這是一條自殺途徑吧。到了中途兩千公尺高度，四周矗立著被雲氣遮蔽的山峰，不再像置身一條只有起點和終點的路上，而像是到處都有可能是終點。崎嶇不平的路，以不可思議的角度彎曲，植物倒長在岩頂，垂下來埋在雪堆裡，而頭頂是燙人的陽光。雨絲消失在黃色雲氣，和覆蓋青苔的瑪瑙以及粉色荊棘灌木叢之間。美洲獅、野兔和蛇是山間的貴族。馬匹氣喘吁吁，步伐開始不穩，得停下來休息；驢子一直情緒不穩。

在這趟漫長的旅途沿路淨是雲母石山峰。怎麼可能有這般恍若夢境的景色？雲母石是多邊型的筒狀體，有太多截面。而近在咫尺的火山群像是天空低垂處的積雲。暮色的乍臨彷彿在寂靜中拉長。在每一個拐彎處，迎面而來的是一束束刺眼的陽光。灰濛濛的天空如海洋一樣寬廣，而且總是籠罩在一片濕氣和深沉的寂靜當中。有一天早上，克勞斯說他做惡夢，因此那天和隔天，他們的話題圍繞著道德與和平。他們問自己這些地方是不是有一天會建造城市。那麼需要哪些條件？或許爆發戰爭吧，等烽火平息之後，留下空蕩蕩的石頭堡壘和棄置的耕作系統、海關以及所有開墾的地方；因此可能會變成一座在智利與阿根廷邊界、在艱困中掙扎求生的村莊，可以來這兒定居然後改善設施。這是魯根達斯的看法，或許這是因為受到他擅長戰爭藝術的祖先的影響。相反地，克勞斯儘管是凡夫俗子，卻認為除非是不可思議的聚落吧。一撮寺院矗立在岩石最難以抵達的頂端，也許即使在再難抵達的地點，都能傳布新佛學，而如小號般響起的驢叫聲喚醒了安地斯山區的精靈與巨人。他們說，我們應該畫下來。但誰會相信有這樣的景色。

雨水、陽光、整整兩天濃得散不去的霧氣、夜間遠處與近處風的嘶吼聲，以及淡藍色的夜晚。溫度隨著時間前進變化劇烈，但是可以預測。風景也是。他們眼前的高山是如此緩慢過去，於是腦袋自個兒找方式娛樂，以想像取代山景。

他們整整一個禮拜密集作畫，遇到各形各色的搬運工，跟門多薩和智利的搬運工有過最有趣的對話。他們甚至遇見歐洲傳教士以及他們領隊的兄弟、叔伯父和連襟。但是寂靜很快地再次盤據，遠去的人成為他們靈感的泉源。

這些年，魯根達斯開始全新的嘗試：把速寫繪成油畫。這是一項藝術史上的創舉。一直到大約五十年過後，印象派畫家才以有系統的方式畫油畫；當時，這位年輕的德國畫家可師法的對象只有幾個崇拜泰納（Turner）的古怪英國前輩。這種畫法並未得到認同，而且技法被視作粗製濫造。大致而言的確如此，但是這種畫的價值未來將會改變。每日工作時，他把獨特的元素注入畫簿，那是為系列版畫或油畫預備的速寫。克勞斯沒跟隨他踏上這條路；他只是看著他瘋狂地畫出一幅幅過度柔和以及顏色缺乏協調的古怪小畫。

最後，那些風景也逐漸遠去。如果再走一次同樣的路，他們還認得出來嗎？（他們並沒有這個計畫）。他們帶走了塞滿紀念的鼓脹檔案夾。人常說：「盡收眼底……」為什麼只在眼底？臉、手臂、肩膀、頭髮，腳跟……甚至是神經系統，應該都留下了痕跡才對。一月二十日黃昏，他們在豔豔的霞光下，陶醉地凝視著靜謐與空氣交織的畫面。一條盤踞峭壁而上的道路上，有一排如同螞蟻大小的騾子隊伍，頂著移動的星子。人類為了做生意，飼養並訓練牠們。一切都是人；就連最原始的自然景色也沾染人煙，而他們完成的畫其中一樣價值就是作為這些景物的文獻資料。無限綿延的山岳是輪廓和顏色的實驗室。風景畫家端著做夢般的神情往前看，阿根廷出現在眼前。

但是當最後一次回頭，安地斯山的雄偉壯麗散發一種神祕和野性美，一種太過神祕和野性的美。他們從好幾天前開始下山，一股燙人的熱氣開始包圍他們。與此同時，他們的靈魂夢想著站在終點眺望這一片岩石組成的宇宙。魯根達斯全身汗水濕透。一陣高山的風吹起了峰頂的一片白雪，往他們撲了過來，彷彿體貼的僕人在他們工作半途，送上香草冰淇淋甜筒慰勞。

眼前的風景，喚起他從前的疑惑，並思考重要的計畫。他自問是否能為自己的人生負責，是否能靠這份工作養活自己，也就是他的藝術，是否能做所有人做的事……到這一刻為止，他做得到，而且做得相當不錯，而對他有利的是，他在學院時養成的衝勁、什麼都願意學，以及年輕的活力。但不談運氣。他深深懷疑能否一直這樣下去。總之，他擁有什麼？除了這項職業技能，什麼都沒有。他沒有房屋，沒有銀行存款，不懂生意。他的父親已經過世，而自己浪跡國外好幾年……尤其最後這一點，讓他對「如果其他人能……」這句話感受特別深。事實上，所有他在城市和鄉村、叢林與山區遇見的人，都生活無虞；但是他們在自己的環境，知道該做什麼。與此同時他目前的生活卻是應該感謝不可思議的運氣。有誰能保證風景畫不會退流行？到時他會像個溺水者，在這一片充滿敵意而無用的美景中載浮載沉？此刻，他的青春幾乎耗盡，卻還不識愛情的滋味。他一直活在一個童話世界，一個仙女故事的世界，不願離開，如果他在這個世界沒有學到任何實用的東西，至少他學到故事會一直延續下去，英雄的前方還有新的選擇，比過去還要複雜而無法預見的選擇。窮困和無依無靠只不過是另一個故事罷了。他可能淪落到在某間南美洲教堂門廊乞討的下場，怎麼會不可能呢？對他來說，任何恐懼都不是過度誇大。

他思考這些問題時，寫了一頁又一頁的家書給他在奧格斯堡的姊姊露薏絲（Luise），那是他抵達門多薩之後寫的第一封信。

他們匆促抵達門多薩，這是一座綠意盎然的小城市，山巒近在眼前，而水藍的天空靜得讓人感到乏味。這些日子豔陽高照，當地居民熱得發昏，午覺睡到下午六點。幸好到處都有樹蔭；茂密的枝葉帶來清新的空氣，一呼吸就能提神醒腦。

他們兩個旅人在智利人的推薦下，住進一戶叫戈多伊．維亞勒瓦（Godoy de Villanueva）的人家，這家人有禮又好客。他們的家是一棟蓋在樹下的大屋，還有果園和小花園。一家三代和樂融融同住一個屋簷下，年幼的孩子騎著三輪車，都一一入了魯根達斯的畫本；這是他從未看過的畫面，也是他抵達阿根廷之後的第一批速寫，從這些畫可以看出他即將踏上出其不意的旅程。

他在這座城市和鄰近區域度過個把月愉快的生活。門多薩居民盡心盡力招待這位不凡的訪客，期間他在克勞斯的陪伴下到丘陵地散步，這個地點比較吸引來自外地的他們，此外還去逛附近的莊園，這時他開始大致熟悉阿根廷人的生活，這座處於邊界的城市，生活受到智利深刻的影響，卻又十分不同。事實上，門多薩有種獨有的特質，是前往東邊長途跋涉的起點，也就是他夢想的布宜諾斯艾利斯。另一個特質是所有的建物，不論是城內還是郊區，都閃耀如新；都是因為地震，人類所蓋的一磚一瓦每隔五年就得重建一次。重建的工程導致經濟活動停擺。門多薩的土地活動是畜牧業，牛畜雖然可能破壞環境，但在有利的條件下生長迅速，大量供給當地位於安地斯後山的市場。魯根達斯想繪製地震場景，可是他聽說這時並不是恰當的時間點，儘管如此，他在這裡度過的每一刻都不放棄目睹地表搖動的希望，並小心翼翼不讓人知道。而他失望了。他在單調的門多薩有些想達成的事，但是因為某些原因沒實現，最後離開了這裡。

他的另一個希望是遇上印第安原住民打劫。對這一帶來說，他們就像是颶風，因為沒有任何預兆也不按時間。完全無法預測；或許不到一個小時就會發生，或者到隔年都相安無事（這時是一月）。魯根達斯將會為了完成這幅畫付出代價。連續一個月，他每天醒來都偷偷期盼就是今天。或許期盼地震跟這些一樣都不好。他非常小心隱瞞。他不是那麼確定是否真是沒有前兆。於是他以工作為由，直接間接待的屋主，地震有哪些預兆。地震似乎在前兆出現不久、幾個小時或幾分鐘後就可能發生：狗兒會吐口水，母雞會啄自己的蛋，螞蟻聚在一起，植物開花等等。可是讓人措手不及。至於打劫，他相信會是突然而毫無理由，提早在他離開前發生。不過他沒機會證實。

儘管他盡可能一再拖延行程，習慣為了大自然適度等待，卻不得不繼續腳步。這一次，除了實際需求，也因為這些年來，他一直想把阿根廷變成他的故事之一，在這座入口城市停留一個月之後，那股前往一遊的迫切渴求變得愈來愈強烈。

出發前幾天，艾米里歐・戈多伊（Emilio Godoy）舉辦踏青，前往離城市南方五十五公里遠的一座大牧場。他們踏上路程，沿途參觀幾處景色優美的地點，其中，從一處丘陵可以眺望往南綿延而去的森林和山坡。接待他們的主人說，那些山路經常有印第安原住民出沒。一些門多薩的牧場主人正是跟蹤從那兒來的原住民，意外發現令人驚奇的景點：冰山、湖泊、溪流、茂密的森林。「您應該要畫下那些景色……」他又聽到這句熟悉的話。不論他在哪裡，這句話幾十年來不絕於耳。會有人知道自己該畫什麼嗎？他當畫家到了這個階段，空曠的彭巴草原近在咫尺，他卻感覺他藝術最真實的部分是在相反方向。然而，戈多伊的話卻讓他彷彿置身夢境。他想像印第安原住民的冰世界比任何他能完成的畫要更美更神祕。

也許他真正能畫的，是另一個相當出乎意料的東西。他是在忙著雇用領隊時，碰到這樣完全令人目瞪口呆的東西：專門用來穿越彭巴草原的大牛車。

這是一輛體積龐大的交通工具，這般刻意的尺寸是要人相信不論哪一種自然的力量都動不了它一根汗毛。他第一次看到的時候，失神了好一會兒。這般的誇張，讓他見識到大草原的魔法，把只存在圖上的機械變成真的能用。隔天，他回到裝貨廣場，再隔一天，他帶著畫紙和石墨筆出現。要畫這些車子說簡單也不容易。他親眼目送馬車踏上漫長旅程。那像蠕動前進的速度，只能說需要花上非常多時間或得以週為單位計算，而要把影像畫小，對他來說並非不可能，他擅長蜂鳥水彩畫，蜂鳥的動作畢竟也非常細微。他沒追上那輛馬車，因為整趟旅程多的是看到的機會，他決定先研究空牛車。

這種牛車只有兩個輪子（這是它的特色），沒載東西時會往後傾，兩根棍子呈四十五度角指向天際；棍子的尖端消失在雲氣之間；到底多長可以從有辦法套上二十頭牛看出。堅固的木板是為了承載大量貨物；甚至整棟屋子，包括家具和住戶在內，這可不是誇大。這兩個輪子就像園遊會的「摩天輪」，整個都是角豆樹製作，輻條就像屋梁一般粗壯，中間有裝滿好幾公升油的青銅桶子。他得在輪子旁畫個人，來精確傳達尺寸大小，要找這樣的人物，魯根達斯排除一堆維持牛車平衡的工人，把目光轉到他眼中最佳人選，也就是駕駛。他們是趕車人中的貴族：他們駕控這種超級牛車（包括上頭可能是某個達官貴族的所有家當），而且時間非常久。這條路線是從門多薩直達布宜諾斯艾利斯，一天大概前進兩百公尺，讓人感覺要花上好幾輩子才走完。從這些趕車人，這些職業傳承好幾世代的男人的眼睛和行為舉止，可以瞧見那股堅定不移的耐心。從比較實際的問題來看，可以說影響牛車的因素是重量（載運的貨物）與速度：重量愈輕，速度愈快等等。而這些彭巴草原的趕車夫選擇以重量為主。

很快地，一輛又一輛牛車出發……一個禮拜過後，牛車還是沒走多遠，但是完全消失在地平線那端。魯根達斯感到一股孩子般的迫不及待，他告訴朋友該是他們出發的時刻，追在先前出發的那些牛車的足跡而去。他感覺這就像是一場時空之旅：他騎馬上路，速度較快，可以追上可說是其他地質時代或宇宙初始之前出發的牛車（他誇張地說），超越那些車之後，他們就要奔向真正陌生之地。

他們踩著那些足跡、那條路線出發。這是一條直通布宜諾斯艾利斯的路，但是魯根達斯在乎的是他們已經在路上，而非起點。只是還沒到半途。到了半途，他將遇到某樣考驗他畫筆的東西，讓他不得不另闢一種新技法。

他向戈多伊一家人的告別非常動人。「您還會再回來嗎？」他們問他。他的路線並沒有這個安排：他會從布宜諾斯艾利斯到土庫曼，再從那裡登上玻利維亞和秘魯，這條路將耗費幾年，之後回到歐洲……但是有一天他會重返走過美洲的路線（這是他當下浮現腦海的浪漫想法），再一次見到所有此刻見到的一切，重講一遍此刻所有的話，見到此刻眼前一張張微笑的臉孔，大家看起來沒變年輕也沒變老……他運用藝術家的想像力看到第二場旅行，彷彿一隻大蝴蝶的另一面翅膀。

他們帶著一名老領隊和一名少年廚子上路。還有五匹馬和兩匹小母馬：他們終於擺脫脾氣糟糕的驢子。沿途氣候依然炎熱，而且愈來愈乾燥。慢慢地走了一個禮拜後，安地斯山的山麓已經遠去，樹木、河流以及鳥兒也跟著消失無蹤。這就像是對不聽警告的奧菲斯設下的完美陷阱：奪去曾經的所有。已經不值得回頭。來到大草原，空間感覺縮小而壓迫。他在重新調整技法之前先暫擱畫筆，改而近乎抽象地計算旅程。他們每隔一陣子就超越一輛牛車，從想像來看似乎節省了幾個月時間。

不久他們習慣了新的作息。他們在這趟穿越空曠之地的沿路上遇過各種小小意外。後來他們開始打獵。到了夜晚，老領隊會說些故事逗他們開心。這個男人簡直是當地文史資料的寶庫。魯根達斯和克勞斯發現，因為某個原因，而這個原因必定是暫停作畫，他們從漫長的聊天找到繪畫與歷史之間存在有一種關係。他們之前曾多次聊起這個話題。這一刻，他們感覺就快將零散的理由拼湊起來了。

他們都同意的一點是，人能藉由歷史了解事情如何發生。一幅場景，不管是自然還是人文，不管有再多細節，都無法清楚交代構圖是怎麼形成的，先後順序是什麼，是不是某個意外使然。有非常多的故事需要經過解釋，才能讓人知道事情發生的始末。而魯根達斯從這一點進一步探究，得到一個似是而非的結論。他假設，不管對現在或未來，解不解釋並沒有差別，要認識過去的事件，並不需要解釋，只要串接或統整事件，而前提是，著手之前要經過深思熟慮。甚至有可能不解釋，反而能更精確地重塑事件。不去解釋，改以借助「工具」來傳達，效果還更好，有了工具可以循著當下的自覺，重現過去可能發生的事。過去人類做過最具價值、值得再回溯一次的事。而這種工具的關鍵在於風格。那麼，根據這個理論，藝術要比解釋效果更好。

一隻鳥兒飛過空曠的天空。一輛牛車像是正午的白亮光輝，出現在地平線上。要如何忠實重現這樣一個一模一樣的平原呢？不論遲早都要去做。因此，他們變得非常謹慎同時也相當大膽；首先是不能犯任何錯誤，以免無法重塑場景，再來就是把重塑的過程變成一場值得的冒險。

這是一種脆弱的平衡，一如他們作畫的技法。魯根達斯再一次為了無法見證印第安原住民作戰而感到遺憾。或許他應該再等幾天吧……他感覺有股隱隱約約、難以解釋的惆悵，他懷念沒發生的事，懷念他可能錯過的學習機會。難道這意謂印第安原住民會是他作品的一部分？他要重現他們打劫的模樣。

魯根達斯遲遲沒動畫筆，直到有一天他發現，他比他以為的還要有更多理由去做這件事。他的眼神不經意地飄向篝火四周，引來老領隊跟他解釋：「還沒，您們或許認為這裡的景色很像，但還沒到令人讚嘆的阿根廷大草原。要等過了聖路易斯，才會進入真正的彭巴大草原。」這個老先生認為這是字義上的誤解。德國畫家心想，有可能是誤解，但也可能字本身就有誤；是這樣沒錯。他搜尋他的語言詞庫，小心翼翼地問他。難道「彭巴」草原會比他們此刻橫越的草原還要平坦嗎？他不相信，因為沒有其他東西比地平線還要平坦。然而，老先生帶著滿意的微笑，一種在老年人身上很少看到的笑容，向他保證的確如此。之後，他跟克勞斯長談此事，兩人就在星光下抽著他們的雪茄。如果真有彭巴草原（他們不是真的懷疑這個），也在不遠處，經過三個禮拜泡在沒有起伏地形的廣大平原，他了解平坦是一種更徹底的東西，是一種對想像力的挑戰。因此，他們開始了解這個男人那些流露輕鄙的話，這一段路在他眼裡如山區一樣相當「崎嶇」。而在他們看來，這裡就像是磨亮拋光的平面，像靜謐的湖泊，像開闊的泥土平地。但現在聽過警告的他們，稍微思考一下，明白了或許並非如此。多麼奇妙，多麼有趣。而且老領隊說很快就要到聖路易斯，讓人迫不及待。說完後接下來兩天，他們倆並肩趕路。而像是變魔術一般，他們開始看到到處冒出土丘；那是明戈德和阿瓜耶東達丘陵地的小丘。到了第三天，他們深入一片荒野。這兩個德國人發現這個地方令人心底發毛，連領路的兩個牛仔也覺詫異。老頭兒跟少年低聲討論，前者還下馬好幾次不停觸摸地面。他們開始注意到這裡沒有野草，甚至連水飛薊也沒有葉子，乍看彷彿珊瑚。這個區域顯然遭逢不知道多久的乾旱。地表嚴重龜裂，只是還沒形成一層塵土。他們無法確定，因為完全沒風。在死沉沉的空氣中，只有馬蹄聲、他們的說話聲，甚至是他們的呼吸聲，和嚇人的回音。偶爾，他們看見老領隊安靜地聆聽，他的專注摻雜著不安，感染了他們，於是他們也跟著屏息聆聽。他們什麼都沒聽見，彷彿那股淡淡的猜疑不過是心理作祟。老先生的確在懷疑什麼；他們有些害怕，但並不想跟他問清楚。

他們花了一天半穿越這片荒地。天空看不到鳥兒，地面也沒有天竺鼠、鴕鶥、野兔或螞蟻。光禿禿的地表恍若乾涸的湖泊。最後，當他們抵達一條曾經補充用水的河岸，老領隊確定了他的猜測，解開謎團。從河邊的圓丘更可以解謎：圓丘不只沒有半點植物的生命跡象，許多樹木也都沒有葉子，其中多數是垂柳，彷彿冬天乍臨，葉子掉光，開了它們一個玩笑。這一幕深深烙印在他們腦海，連離開了還忘不掉：動也不動的青黑色枯樹幹。葉子掉落並非因為土壤是矽土。

而是蝗蟲。《聖經》提到的蝗災曾突襲過這裡。最後老領隊告訴他們這就是謎團的解答。他不提早說是不確定是不是真的。他曾聽人描述，認得線索，但是從未親眼見過。他也聽過成群的蝗蟲是什麼樣子，只是不願意說，因為聽起來就像吹噓；儘管眼前看到的景象讓人知道可一點也不誇張。克勞斯對他的朋友說，他曾抱怨錯過遇見印地安原住民的機會，該不會這一次也難過晚一步到達吧。魯根達斯想像了畫面。突然間，有一朵嗡嗡響的黑雲籠罩翠綠的草地，半晌過後，什麼都不剩。這能夠當畫作的主題嗎？不能。會移動的畫或許可以吧。

他們繼續照著他們的方向前進。想搞清楚蝗蟲往哪兒去沒有意義，因為受到波及的區域太大。他們該做的只有盡可能感受一下，然後趕往聖路易斯。這些都是體驗，哪怕稍縱即逝。空氣中留有翅膀的震動聲，彷彿世界末日的回音。

然而他們無法好好感受，因為碰到幾個非常不便的麻煩。那天下午，不得已餓了兩天的馬兒開始出狀況：無法控制牠們，只得停下來。雪上加霜的是氣溫持續升高，應該飆上了五十度。連一絲風也沒有。高氣壓猛然消散。他們的頭頂出現一層厚厚的烏雲，可是陽光減弱並沒有比較輕鬆，依然刺得人睜不開眼睛。該怎麼辦？少年廚師嚇死了，他離馬兒遠遠一段距離，像是怕被咬到似的。老領隊沒抬起頭，他為自己帶隊失敗感到丟臉。他可以替自己稍微辯解一下，畢竟他從未橫越一個遭蝗蟲吃個精光的區域。兩個德國人低聲討論。他們置身在一片白茫茫之海，地平線處矗立一座座小丘。克勞斯提議磨碎餅乾，加水跟牛奶和成糊狀，耐心餵給馬匹吃，等幾個小時直到牠們平靜下來，再趁著午後比較涼爽上路。魯根達斯覺得他的想法太可笑，根本不想跟他爭論。他另外提了一個比較正常的建議，比方騎馬去調查小丘那邊有什麼。他們作畫，所以習慣估計距離，那些小丘遙遠得讓他們覺得很不真實，而他們就在小丘之間。這樣看來，小丘的植物應該也沒逃過被啃光的命運。他們詢問領隊，卻無法從他口中挖出半個字。然而，或許丘陵斜坡有架設防蝗蟲網，繞了一圈能找到什麼、發現一片還剩下一定數量苜蓿的草地。這時風景畫家下了決定：他往南邊的小丘，他的朋友則往北邊。克勞斯反對。他認為依照馬現在的狀況，突然要探查地點，太不謹慎。更別說即將有場暴雨來襲。他斷然回拒。魯根達斯沒心情繼續爭論，他獨自出發，並說他兩個小時內回來。他快馬加鞭，馬兒焦躁不安，跟背上的騎士一樣汗流浹背，彷彿剛從海裡走出來。汗水在滴落地面前就蒸發了；他們沿路留下鹹濕的蒸汽。他的視線緊盯著小丘，但土灰的山頂彷彿隨著馬匹的前進也跟著移動，體積並沒有變大，數量沒有變多，丘與丘之間也沒有出現空隙；他隱約感覺背後也有個丘。當他到了同樣光禿禿的岩石地（為什麼這裡的地名意思是傀儡呢？）完全看不到再遠一點有什麼綠色蹤跡。天氣愈來愈熱，空氣愈來愈死沉。他停下馬，看了一眼四周。他置身在一個黏土、石灰頁岩打造的巨大露天圓形競技場上。他感到馬兒緊張得不得了，自己則覺得有個重量壓在胸口，而且這種感覺瘋狂般愈來愈深刻。天空似乎轉成了鉛灰色。他從沒看過這等日光。那是透過一片昏暗傾瀉下的光線。雲層低垂許多，甚至傳出隱約的雷聲。「至少可以涼爽一點。」他對自己這麼說，而這句隨口之言，是他所能講出的最後一句完整連貫的話，他的青春和人生所有階段的最後一個想法。

因為接下來發生的事，直接摧毀了他的神經系統。可以說，雖然在一瞬間發生，卻是猛烈爆發。突然間，暴雨伴隨壯觀的閃電布滿天空，劃出鋸齒狀的馬蹄鐵形線條。那閃電是如此貼近地面，白光照亮了抬起頭的魯根達斯那張嚇呆的臉。他的瞳孔縮到幾乎消失，感覺災難般的灼熱燒痛他的皮膚。傾瀉而下、震耳欲聾的雷響過後，他感覺被百萬個音波圍繞。他胯下的馬兒開始轉圈，直到被一道閃電劈中頭部。他跟馬兒彷彿鎳像被電流穿過。魯根達斯全身發亮，目睹自己的驚恐，雖然只是一瞬間，但不幸的是一直持續下去。馬鬃整個豎立起來，就像劍魚的魚鰭。對他來說，從這一刻開始是一幅難以理解的畫面，一如人遇到災難時總會自問：「為什麼發生在我身上？」他感覺電流竄過血管非常可怕，但是眨眼間便結束了。所有的閃電消失，跟乍現時一樣快速。儘管如此，卻不可能對身體無害。

馬兒軟腳跪在地上。而背上的騎士像瘋子似的用腳跟踢馬，要牠快走，他抬起雙腳，接著像剪刀一樣喀嚓夾緊。電流也竄過馬兒身體：在牠四周，有一塊邊緣波浪狀像是黃磷的東西燒了起來。大約燒了幾秒，馬已能站起來試著走路。頭頂雷聲轟鳴不斷。天空覆蓋一層半夜的漆黑交織著粗長的閃電。猶如房間大小的一團團白色電光滾下山丘，發出像是隕石撞擊的光芒。馬兒原地繞圈，魯根達斯身體麻痺到極點，他只能聽天由命，拉起韁繩，最後繩子還是從他手中滑落。此刻平原彷彿一望無垠，看不到終點，因為任何地方都可以是終點，而處處雷電交加，讓人不知道能往哪邊去。轟隆隆的雷鳴炸得地面震動。馬兒以超自然的謹慎踏出腳步，馬蹄抬得很高，慢慢地移動。

第一道雷擊後不到十五秒，第二道接踵而來，然而更強烈，對他造成驚人的後遺症：他和馬兒飛離了二十公尺，全身發亮，像是快熄滅的火堆發出劈啪聲。當下身體原子結構與成分一定是崩解了，跌落並沒有造成重要傷害：彷彿掉在墊子上，彈了好幾下。不只如此，馬兒的毛髮產生磁化猶如磁鐵，在這翻筋斗的過程，魯根達斯一直騎在馬上；但是一掉落地面，吸力減弱，他也倒在乾枯的地面，望著天空。雲層間交織的閃電勾勒出惡夢般的線條然後消失。剎那間，他相信自己看見那些線條化為一張令人毛骨悚然的臉。莫里戈德丘啊！附近的聲音震耳欲聾：雷響疊著雷響。情況真是詭異到了極點。馬兒再次倒在地上，像隻螃蟹，數千個火光在四周爆開來，形成一種光暈，隨著牠移動，彷彿已經對牠沒有影響。他跟馬兒是否尖叫了？也許他們都嚇得說不出話來；如果他們曾呻吟，也不可能發得出聲音。翻落地面的騎士此刻伸出雙手摸索地面，尋找一個能支撐他坐起來的點。可是嚴重的靜電讓他無法碰觸任何東西。馬兒正試著站起來，魯根達斯直覺應該鬆一口氣；這時他不該慶幸在馬兒的陪伴下避開第三道雷擊。

事實上，馬兒站起來了，牠全身毛髮豎立，巨大的身體擋掉了半數的閃電，那如長頸鹿細長的腳踩著難以控制的腳步，頭轉過去看這一片瘋狂……然後逃開……

可是魯根達斯被牠拖著一起逃開！他無法也不想要弄懂馬兒想做什麼，這隻動物變得像是怪物。他感覺自己被拖著走，幾乎是浮起來（這是導電延長作用），彷彿繞著一個危險行星的衛星。馬兒跑得比較快，他被拖在後面彈跳，不明白到底發生了什麼事……

他不知道自己一隻腳鉤住馬蹬，這種意外不時發生（這一直是騎馬最常聽到的意外）。可惜的是，電流跟開始一樣突然間結束，否則再一次雷擊能讓馬兒停下來，省去畫家的一堆麻煩。然而雷電消失在雲層之間，開始起風，也下雨了……

馬兒奔馳了不知道多遠；距離永遠都是個謎，不過這也不重要了。不管是很遠還是不遠，災難已經發生。一直到隔天，克勞斯和老領隊才找到他們。馬兒發現酢漿草，像夢遊似地吃著，馬蹬鉤著一團血淋淋的破布。他們整個晚上都在找他，可憐的克勞斯擔心到了極點，以為他已經斷氣。找到人之後稍微鬆口氣：終於找到他就在那裡，可是趴在地上動也不動；他們趕緊靠近，這時看見他動了一下，但還是臉朝下趴在地面；當他們注意到他並沒有移動，而是吃草的馬兒漫不經心地踩了幾步，拖著他，僅存的一絲希望消失無蹤。他們下馬，將他從馬蹬解下、翻過來……他們嚇得說不出話。魯根達斯的臉孔腫成一團，血跡斑斑，額頭都見骨了，撕裂的皮垂下來蓋住眼睛。他的鼻子形狀難以辨認，不再是奧格斯堡人的鷹鉤鼻，而嘴唇撕裂捲曲，暴露所有奇蹟般毫無損傷的牙齒。首先要檢查的是他有沒有呼吸。檢查完畢之後，他急著進行下一步。他們把他扛上馬匹帶走。領隊已經恢復帶隊的本領，他指著一個方向，記得曾在那兒看過幾座農莊。他們在早上經過那裡。可憐的農夫看到他們帶去的禮物，肯定手足無措。至少他們能先採取措施處理這個狀況。他們替他洗臉，試著用手指尖整理那張撕碎的臉，塗上金縷梅藥膏幫助傷口結痂，並確認沒有骨折。他的衣服破破爛爛，但除了胸口、手肘和膝蓋的嚴重擦傷，以及較淺的割傷，他的身體完好無缺；所有的傷集中在頭部，彷彿被什麼東西壓過。莫非是莫里戈德山丘的報復嗎？誰知道。身體是奇妙的構造，一旦遭逢意外，碰上超出人類所能控制的力量，後果往往不堪設想。

到了下午，魯根達斯就恢復意識，太快了，這樣並不好。他甦醒後，感到一股前所未有的疼痛，卻無力抵抗。接下來二十四小時，他在哀號中度過。所有嘗試治療他的方法都無效；沒錯，除了紗布跟意志力，能試的的確有限。克勞斯扭擰雙手；他也跟著不吃不喝。他們派人到聖路易斯找醫生，醫生冒著暴雨快馬加鞭，在隔天夜裡抵達。接下來一整天他們運送傷患，搭乘一輛首長派來的車到省府。醫生判斷，是末梢神經引起劇痛，遲早會痊癒。到時病患能恢復說話能力，與人溝通，這減輕了對病情的擔憂。他在醫院接受傷口縫合，結痂要看皮膚組織的情況。其他的只能交給上帝。醫生帶來嗎啡，替他少量注射，因此他在車上睡著了，省去忍受夜晚奔馳在泥濘地上的顛簸。他在醫院醒來，睜開眼那刻正在接受縫合。

醫生得替他注射兩倍劑量讓他安靜下來。

一個禮拜過去。他們替他拆線，復原相當迅速。他不再需要繃帶，開始進食固體食物。克勞斯一直陪在他的身邊。聖路易斯的醫院是一間坐落城外的農莊，裡頭住了半打半人半獸的怪物，他們全是基因突變的結果，無藥可醫。他們住在這裡。對魯根達斯來說，這十五天真是難忘。他的臉部鮮粉色的皮膚重拾知覺。他一能站起來，就挽著克勞斯的手臂外出散步，不想再回醫院。首長對這位偉大的藝術家十分關切，讓他借住在他的家。兩天後，他開始試著騎馬、寫信（第一封給他在奧格斯堡的姊姊，盡量淡化自己的問題；但是寫給他在智利的友人，便描述了一幅駭人的畫面，幾乎是誇大了）。他們決定不再耽擱，立刻離開，不過不是按既定方向：抵達布宜諾斯艾利斯，還得穿越一大片陌生的土地，他們暫時放棄挑戰，決定返回聖地牙哥，那兒是能得到較適當醫療照護的最近地點。

因為即使出現奇蹟，他也不可能完全康復。他拿出巨人般的精力，從死亡的黑洞爬了出來；但是爬出來的過程留下傷痕。姑且不談臉部，受損的神經讓他在最初幾天經歷難以忍受的疼痛，儘管此刻已經痊癒，最難熬的階段結束，結果沒料到末梢神經有點巧合地接在額葉中央，引起偏頭痛。突然間一天發作好幾次；減輕之後又復發，就好像屏風一樣攤平又摺疊。頭痛愈來愈強烈，他忍了過去，尖叫，經常跌倒，聽見非常尖銳的嘎吱聲。他從沒想像過會承受這般痛苦；這也透露他的身體能忍受的程度。他得依賴嗎啡，注射之後他變得身體虛弱，手腳不聽使喚，彷彿踩著高蹺。慢慢地，他開始拼湊那場意外，把故事告訴克勞斯。那匹馬活了下來，繼續工作；事實上，這是他經常騎的馬。他重新替牠取名為「閃電」。當他跨坐在牠的背上，可以感覺宇宙能量倒流。他不但對牠沒有怨恨，反而感到愛憐。他們倆逃過了雷擊。他藉助止痛劑重拾畫筆；他不必從頭學習，他畫得跟以前一樣好。但是他對藝術再一次失去熱情；或許他的人生就此一分為二，作畫還是「連接夢想的橋梁」。他不像祖先，得訓練左手；或許這樣也好！如果神經不偏不倚地連接在中央，他還追求什麼兩邊的對稱性？

他不靠藥物已經無法活下去。他得花一段時間代謝藥物。他對克勞斯描述他在最初幾天看的幻影。他就像此刻清楚看到友人一樣，看見四周淨是動物外貌的惡魔睡覺和進食和大小解（甚至是發出嗥叫和咩叫交談！）……他的朋友糾正他的錯誤：這個部分是真實的。他說的怪物是終身住在聖路易斯醫院、可憐而不幸的病患。魯根達斯呆若木雞，這時他剛結束一次偏頭痛，而下一次還沒發生。多麼難以置信的巧合！他想，或許所有的惡夢，即使是最荒謬可笑的，都有一部分跟現實相關。儘管相關，也是他能說出的記憶。當他的臉拆線，他清楚感覺縫線撕下。而在半醒之間，他感覺拿掉的是操控他感覺的木偶線，或是感覺所傳達的表情，或是類似的東西。克勞斯別開臉，沒做任何評論，急忙轉換話題。這可不簡單：轉換話題是最難拿捏得宜的技巧，也是所有技巧中最重要的一個，而這一次，換話題是要點。

因為他的臉嚴重受傷，一道巨大的傷疤從額頭中央往下到一個鼻孔高低不一的豬鼻子，然後變成一張紅色的網，往兩邊耳朵延伸而去。他的嘴縮成一個玫瑰花蕾，上面布滿溝痕和突起顆粒。他的下巴歪向右邊、凹陷，彷彿一支湯匙。大部分的傷害已是永久性。克勞斯顫抖地想著臉是多麼不堪一擊。撞一下，就像瓷器花瓶一樣碎裂。人的性格反而比較有韌性。

相較之下，心理層面的處理似乎有無限可能。

儘管如此，他還是能跟他談他的臉皮，要他等待，甚至可以預測他的回答。情況最糟糕的是肌肉，正如魯根達斯提到他對那些線做幻想時的感覺，不再對他的指令有所反應；每條肌肉都自顧自地移動。比正常狀況動得頻繁。這應該是神經系統受損。幸運的是神經傷害只在臉部，或許是奇蹟吧；但是正常的身軀和四肢卻反而凸顯這種殘酷。臉部的動作是有層次的：突然一個抖動、一個抽動過後，接下來幾秒，整張臉就像罹患聖維托舞蹈症般無法控制。此外，皮膚顏色會改變，更清楚地說，是七彩顏色聚集，有紫色、粉色和赭色，恍若萬花筒隨時變化。

克勞斯心想，從這張魔術橡皮臉看來，世界應該看起來變得不太一樣。他不光是最近的回憶摻雜幻覺，連每天的世界也是。魯根達斯不太談這件事，但他應該發現了種種跡象。他想必沒時間思考下結論，因為平均每三個小時，病痛會發作一次；每當痛苦襲來，他就像遭到附身，就像一陣狂風。這一點，他不用多加解釋，因為發生什麼太明顯，而儘管如此，他說在發作當下感覺看到的一切都是變形的。

這是個拼字上的巧合：變形（amorfo）與嗎啡（morfina）的拼法接近。嗎啡繼續堆積在他的腦袋裡。多虧有嗎啡，他又能再次拿起畫筆，分配休息跟作畫的時間。他重拾了一部分正常的生活。他不需要重練繪製風景的技法。聖路易斯的風景，可愛的親密氣氛，是他在康復期間作畫的理想主題。他按照十九種型態作畫，他筆下的大自然呈現的是他看見的東西；這是嗎啡作用下的風景。

藝術家會一邊創作一邊繼續吸收學習，魯根達斯就在最有限的環境，發現他的技法有一種在此之前忽略的特色。那就是繪製風景的技法著重在重現：拼塊重複出現，改變在畫中的位置。如果說發現這一點不容易，要做也同樣不容易，因為拼塊的大小無限變化下去，從一個點到全景都有可能（也可能遠遠超出一幅畫的尺寸）。此外，他在作畫時，可能受到視覺影響。線條非常細又那麼粗，像是一條變化多端的龍。

正如同許許多多的發現，這個發現乍看非常沒用，可是知道的話，或許有一天派得上用場。

總之，這個特色是他的祕密。他征服了祕密，儘管是付出瘋狂的代價。這個代價把全部都算在內，為什麼不把意外算在內呢？還有接下來的轉變？在重複出現、在拼湊的遊戲之間，他甚至能隱藏自己，化身另一個畫家。這些重複出現：從另一個名字稱作藝術的故事。為什麼他渴望成為最頂尖？為什麼他只想要質感？事實上，他若不追求質感，是無法工作的。這難道錯了？這難道不是個有害的痴想？為什麼他不跟所有人一樣就好（別扯太遠，克勞斯就是一例），也就是說盡力就好，然後專注在其他元素？這樣的謙虛或許有重要的影響，首先是他想的話，也能成為其他類藝術家。所有的種類吧。他一輩子都是藝術家，做得到的。他絕對的野心承自洪堡德，像是一台貫通知識的萬能機器，把技法理想化。他擺脫賣弄，保留風格的豐富性。

差不多十天後，他們返回門多薩（約三百公里）：他們騎同樣的馬，走同樣的路，遇到同樣的牛車隊伍，帶領他們的也是同一位領隊與廚師。唯一不一樣的是魯根達斯的臉。還有方向。他們遇到下雨、起風和類似的狀況，耽擱了一點行程。戈多伊一家幾個禮拜前便聽聞恐怖的意外，他們再一次熱情招待，特別為畫家準備另外的房間，讓他能享有多一點的寧靜和安靜，同時又能受一家子的照顧。這間房位在頂層，過去曾是瞭望台，不過隨著樹木生長圍住整棟屋子，便完全失去了功能。他們此刻空出來給他，是因為暑氣稍稍減退（三月半）；這兒在盛夏可比擬瓷器火爐。

獨處對他來說有所幫助；他已經逐漸能照顧自己，當他不需要克勞斯整天陪伴，不禁鬆了一口氣——不是因為他不喜歡朋友如影隨行，他是位忠誠的朋友，理想的同伴，而是因為他不想打擾朋友，希望他在成為不眠不休的護士之後，能享受門多薩的風土民情。他想到自己是個累贅就驚恐不已。他關在他的鴿舍裡，感覺重拾了一點自尊。

他度過幾天專心想著自己和省思的日子。他應該是意會了發生什麼事，試著替未來找一條可行的路。他花很長的時間寫信，討論內心的想法。他用小而擁擠的字體，填滿一頁又一頁。他一生寫了非常多信簡。他是個清楚、有條理、不含糊、仔細的人。他不放過任何東西。儘管沒有人寫他的傳記，但從保存下來的信件，就能得到多過需要的資料，而藉著這些保存的文史，可能完美重建他每一天飄泊的日子，甚至是每一個小時吧，連靈魂的任何動作、任何反應、任何內心的疑惑，都沒有半滴遺漏。魯根達斯的書信是份寶藏，毫無保留地記錄他的人生，他沒了祕密卻保留神祕的人生。

停留在門多薩最初幾天，他在苦澀難耐之際，更多了活下去的理由。他耽擱行程，從聖路易斯只寄出幾封告知現況的書信，文句斷續，字體扭曲，此外他延後許多到了該履行時刻的保證。但是他清楚告訴自己，遇到這樣極端的狀況，除了經常寫信，他別無他法。大量的資料就是從這裡而來，信裡不只有真實事件，還有他心底深處的思索，所有關於這次意外的一切。魯根達斯的畫家工作就是記錄史料，而這個特長，變成他的第二個本質。

他書信的第一封而且是最重要的信是寄給他生活在故鄉奧格斯堡的姊姊朱莉（Julie）。他們之間的坦誠令人動容，他不曾隱瞞她任何事，此刻更沒必要這麼做。只是在這個時候，他發現朱莉不需要知道所有可能的文史。或者更清楚地說：她即使知道（因為他可以告訴她全部），有些事還是無法掌握。這是知道全部卻不一定足夠的其中一種狀況。也許還有其他的「全部」，或者更多也說不定，因為所謂的「全部」是從他口中說出，而他小小的大世界跟星星一樣會繞行也會轉動，隱藏了許多面。如果在現代要有個他在信裡沒提到的名稱的話，我們可以說這是個「演說術」的問題。魯根達斯彷彿一直以來都預測到了，他忙著適當增加世界各地的通信人數。因此，他重新開始寫信；跟他書信往來的對象，有景物畫家、牧場主人、農夫、記者、家庭主婦、富有的收藏家、苦行者，甚至是名人顯貴。每個人都有一套對他的認識，一套他所扮演的版本。所有的差距，都圍繞著一個有趣的不可能性打轉：要怎麼向他們傳述「我是怪物」這句話？寫在紙上很容易，可是要傳述它的意義則難上許多。他特別急著在寫給智利友人的信裡細細琢磨，尤其是古迪特一家（Guttiker），而他們已經表達願意招待他借住他們在聖地牙哥的家，如同幾個月前那樣。因為他們就快看到他，他感覺需要先幫他們做心理建設。於是他極其誇張，以免到時引起過度驚嚇。但是要再誇張形容這張臉不容易。他冒著被排拒的風險，他們若是沒理會他刻意的誇大，那麼，就會適得其反。

不管如何，他並沒有遭到禁錮。他的身體自然渴望自由的空氣和運動。儘管他的狀態半殘，偏頭痛老是發作，情緒不穩又倚賴藥物，他還是需要騎馬出門好幾個鐘頭畫風景畫。忠實的克勞斯緊緊跟在他身邊，有時離屋子太遠，他得扛起他坐到馬上，快馬帶他回去，沿路聽著他的大吼大叫；事實上，他出門時比較引人矚目的不是他發作的特殊時刻。魯根達斯吸引相當多目光，是他如紳士般一派從容的舉止。不管是在這半是荒野的地點，還是在城外景色優美的郊區，總是引來人群聚集觀看，無法低調。孩童還不算太糟糕，因為大人的行為也跟孩子沒兩樣。他們觀看他專心繪製大型的灌溉水利設備（這是他這個時期的主題），好奇地想看他的作品。他們想像了什麼？而每當魯根達斯拿起畫筆，就得壓抑一股畫自己的衝動。那個夏季末尾，天氣變得非常好，風景有一種絕對光滑的質感；風景跟著山裡日光變化的時辰變得透明，大量數也數不清的細部顯像出來；下午的陽光遭安地斯山雄偉的岩石山壁攔截，是一種輕飄飄，一種有理性的光線，摻雜著四季午後都會出現的粉色。傍晚一直延遲到十點甚至十二點才降臨。夜幕低垂之後，他們朋友倆出門散步，一陣陣風吹起，重新排列了繁星和群山。沒錯，正如佛教徒所言，萬物，甚至是一顆石頭或一片枯葉或一隻馬蠅，都有前世以及來生，所有的一切都屬於一個大輪迴，那麼所有的一切都只是一個人，只是一個分屬各個時空的人。任何一個人，不管是佛陀還是乞丐，是神明還是奴隸。整個宇宙的時間充裕，重新變成人返回。這深深地影響了技法：這時，跳脫一種每一塊碎片都放在事先決定的位置上的機器化自動作用；每塊碎片都可能是任何其他碎片，其中的轉變不再是在時間輪迴裡，而是在意義的輪迴裡。這個想法或許略過了完全不同於現實的概念。魯根達斯工作時，開始發現畫的每一道線條不應該忠實複製有形的真實線條，兩者之間不需要是相似的；相反地，線條應該要具創造性。因此，作畫相對於思考並無法簡化，即使完全呈現技法，依然可以繼續作畫。

最後戈多伊一家並沒有習慣他的新面貌。這是他將來需要注意的一點。人可以習慣任何變形甚至是駭人地步的外表，可是難以習慣五官失控的肌肉動作，即使只是個無意義的放鬆動作，這是可以理解的。他們基於禮貌，都表現得若無其事。魯根達斯雖然是個擅長社交和健談的人，卻不得不縮短飯後閒聊的時間，選擇晚上一個人獨處。他覺得找藉口離開並不難，畢竟他說的是事實：只要說劇烈偏頭痛，他得回閣樓房間臥床，而那疼痛讓他的臉部扭曲，像條受到詛咒的蛇……不只是躺在床上，可能倒在地板，或是貼著牆壁，甚至攀上屋頂。等藥效發揮作用，再埋首寫信。

寫信時，他試著絕對坦誠。理由是，如果說真話跟說謊其實一樣費工夫，為什麼不選擇說真話？不要保留，也不要曖昧不明。雖然寫信像是一種測試，但是說比做簡單，特別是在這個例子，所謂的做是指說。

或許嗎啡永遠無法代謝乾淨。或許會擴散到第二甚至第三個階段。或者結合了麻醉、偏頭痛以及風景畫家歇斯底里的情緒，結果會是絕無僅有的。不可否認的是，所謂的「真話」，在他想像的漩渦裡變得異常巨大，炸毀他在閣樓小房間裡的每個黑夜。

他在這個時期寫的書信，瘋了似地執著在一件相當不合宜的事件上。他的遊記《巴西繽紛遊歷》，也是讓他在歐洲聲名大噪的重要作品，其實是由其他人根據魯根達斯的手稿筆記寫成，這個人叫維特・耶梅・呂柏（Victor Aimé Huber，一八〇〇—一八六九），是名法國記者也是藝評家。書完成當時，他沒有特別感覺，如今卻有種非常怪異的不舒坦，他問自己怎能接受這種花招。掛名甲的書卻是由乙操刀，這不奇怪嗎？他當時不假思索便答應，肯定是因為他被整個出版的過程搞糊塗了，描述那片景色的書相當繁雜。寫好書需要相當技巧，從金錢贊助計畫，到插圖上色，其中內容的編寫十分詳盡。而此書最精采之處，是囊括了上百張石版畫，除了三張是他的作品，其他皆出自幾位法國藝術家之手。英格曼（Engelmann & Co.）是當時歐洲最好的一家插畫社，儘管如此，他還是親自仔細審查——出版的過程有好幾個步驟，處處充滿陷阱——內容彷彿只是圖片的陪襯；不過他那時看漏，現在開始看見的是內容只是陪襯或是作為補充，跟「圖片」是分開的兩個部分。此刻，他認為其實要全部在一起才對。那位當「黑工」領酬代筆的先生接下這份工作，解釋他只是單純提供技術的角色，整理前述文件句子斷續、不通順毛病。但那只是文件資料啊！只是記錄一場遊歷的開始與結束！開始尤其重要（因為最後是以晦澀的藝術與科學故事作結）。風景畫特別受技法影響，已經是一種文件。所以沒有什麼片斷不全的資料。秩序早在描繪世界的樣貌時形成，順序符合事情本身。他現在的狀況也在這個秩序內，他覺得有必要檢視這看似瘋狂的錯覺，簡化到合理的狀態。這樣說沒錯，魯根達斯服用的不是單純的嗎啡；當時不像現在是合成，而是保留一種鴉片膏的活性成分；這等於最好的麻醉藥加上最強效的抗憂鬱藥。而他的臉部顫抖，像是佛教輪迴的永恆秒針。這是一帖解決他苦於過去錯誤的出版之痛的特效藥。

儘管古迪特一家回信催他趕快上路，他還是繼續拖延。他全神貫注在寫信，依舊害怕頂著一張新臉面對熟識的人，於是無視他急需得到醫療照顧——這一部分是因為他在痛苦折磨中找到一種穩定，一部分是因為他認為任何治療都於事無補。而除了這些原因，他認為門多薩這時的氣候適合作畫。同時還有另外一個理由：他在身體狀況許可的範圍內，開始跟朋友踏上比較遠程的郊遊，經常到南邊，那邊的森林和湖泊似乎近鍍上一層神祕的熱帶寒冷，藍色的天空和茂密的枝葉無邊無盡延伸。他們在聖拉法葉爾過夜，那是距離省都五十五公里的一座小村莊；或者投宿戈多伊家族親戚或友人的莊園。有時他們連續好幾天深入探索綿延不斷的山谷，尋找水彩畫的主題，捕捉愈來愈不可思議的景色。他們的日子過得太精采，捨不得離開。根據魯根達斯在信裡略述，那幾個禮拜他受到風景吸引，想要抵達非常南邊，甚至到還沒有白人到過的區域，或許直到那令人夢想的冰河，那會移動的冰山，那恍若另一個世界無法跨越的門檻。他記錄自然景色的筆記留下那段時間的傳奇之旅。他們沉浸在一種不可思議的、與世隔絕的氛圍。為了延續氛圍，魯根達斯一直在腦中想像，追逐著從熟悉到陌生的空氣。可是他把這當作是一般的活動，而這個活動跟不可思議之事、軼事、插曲形成對比。

沒錯，他們置身令人熱血沸騰的大自然，魯根達斯甚至得跟他朋友確認這是個客觀的事實，而非他神智不清的結果。灌木叢間的鳥兒無拘無束隨時鳴唱異國曲調；路經之處，引起紅冠水雞和刺蝟竄逃，強壯的黃豹則從岩壁邊緣對他們虎視眈眈。還有禿鷹若有所思地在懸崖上空盤旋。懸崖往下還有更深的懸崖，而從那底下深淵探出的樹木彷彿高聳的塔樓。他們看見色彩鮮豔的花朵，有大有小，有些有觸手，有些長出一圈像蘋果果肉般的腰子狀物。水流底下有不停逆水而上的軟體動物，一群群體型如牛犢般巨大的粉色鮭魚。南洋杉的墨綠幾乎接近黑色天鵝絨，似乎總是垂著頭俯瞰高山風景。湖邊矗立著美麗的香桃木林，樹幹彷彿黃色橡膠管，觸感柔軟，卻又像冰塊一般冰涼。青苔一層層堆積恍若渾然天成的靠背椅，而蕨類植物絕妙的鋸齒狀綠葉在風中顫抖。

有一天，他們想起這一帶經常有印第安原住民出沒，他們的襲擊往往致命，殺得人措手不及。要是有人告訴他們印第安原住民神出鬼沒，他們不會覺得驚訝。但是這些人顯然是從比較遠的地方來的——誰知道到底從那兒——而他們在丘陵前方的森林裡發現幾條捷徑，從那裡可以通往已開發的文明據點，然後再沿同樣的路離開。發生意外前，這件事曾占滿魯根達斯的想像，而他們倆再一次想起並不是因為聯想，而是因為它一樣突如其來地發生了。他們在聖拉法葉爾附近的一座農莊過夜，在此之前他們連著三天露宿在高處恍若樂園的茂密樹叢中；儘管他們下山的計畫是立刻返回門多薩，卻因作畫而延後，必須投宿莊園的大宅，而莊園主人正好結束他的夏日假期要返回城內，年輕學子即將在那兒開始上課。這時魯根達斯瀕臨生死關頭，度過頭暈目眩的一晚；他服用過量的嗎啡想對抗，到了黎明，他整個人彷彿夢遊，汗水淋漓，布滿疤痕的臉孔抽動著，瞳孔彷彿站在大太陽底下般縮小。

就在天亮之後，庭院開始出現馬匹的嘶吼和動作聲響。

「打劫！打劫！」

「什麼？」

「打劫！打劫！」

整棟屋子頓時開始震動；彷彿屋內的每個人像發狂的瘋子那樣撞牆。他們倆從房間探向庭院的花園。克勞斯想弄清楚發生什麼事，是否嚴重，他一邊出去，一邊問他躺在床上的朋友能不能回門多薩了；可是衣衫不整的魯根達斯跟在他後面，搖搖晃晃地走出去。克勞斯大可厲聲要他回床上，然而不需要：一片混亂中，沒有人會注意他半夢半醒遛達的模樣，不必浪費時間。因此，他就任憑他踩著踉蹌的腳步跟著。

屋內的男人全動員準備迎戰，他們動作流暢，彷彿這不是第一次也不會是最後一次，應該要武裝阻止印第安原住民。這只是工作的其中一部分罷了，就這樣。一般希望這個狀況不要驚動到大家，而這是不可能的，因為無法預測危險的打劫何時發生。只能就僅有的資料應變，盡快臨時組織反擊行動、配合緊急巡視，盡可能搶救大多數的牲畜。

根據信差捎來的消息，他們知道了黎明時分郵務站碰上突襲，爆發一場廝殺，印第安原住民從那兒往四處散去。他們不會走太遠，附近的牧場已經在組隊搜尋。打劫的人數大約千人：全是中等或高大體型。

一組僱工與女人和小孩留下來保護屋子；屋主向克勞斯解釋，屋外簡單挖了幾條壕溝抵禦，把屋子變成一座堡壘。他問屋主，他們能幫什麼忙，他們可以跟著一起去或留在這裡。

院子中央傳來的吼叫和命令聲（搭配有力的動作）打斷了他們的對話，那兒已經聚集了一群全副武裝的男人。克勞斯的睡意還沒全消，他有些猶豫，接著回過頭看朋友是否已經回房間……但並沒有，他的朋友還杵在原地，手拿著帽子遮住臉孔，像棵樹一樣靜悄悄。他捉住他的手臂，嚇了他一大跳。他問他是否聽見了，卻換來連聲支支吾吾……沒有，他顯然沒聽見，也不知道究竟發生了什麼事。當下，克勞斯決定送他回床上，然後加入保護房屋的行列。他不由得感到一股悲哀：他們朝思暮想，就是希望能一起目睹印第安原住民作戰的模樣，此刻機會來了，他們卻得眼睜睜錯過。當牧場主人跟他的人手吵吵鬧鬧地從門廊出去，他得攙扶魯根達斯回到屋內。因為只能扶著身體一側，他便決定站在朋友背後，兩隻手攙扶他的兩邊手臂，帶著他走路的同時也能讓他挺直身子。他的朋友踩著僵直的步伐，整個身體似乎無法協調。他依舊囁嚅些什麼，但因為克勞斯沒注意聽，便發出一聲尖叫。這時他們已回到花園，克勞斯站到他面前，有些不好意思地問他剛說了些什麼。他講的是頭巾。打開房門後，魯根達斯急忙踏進去，直接走向工作的手提箱；他對著克勞斯指著手提箱。後者不敢相信自己的眼睛，又不得不相信眼前的證據：偉大的魯根達斯即使身體狀況不佳，還是想畫下打劫。他沮喪地坐在床邊。他嘟噥不可能，不可能。魯根達斯不理他。他發現自己打赤腳，於是費盡九牛二虎之力想套上靴子。同時他抬起臉，看向克勞斯，並對他說：馬。克勞斯試著勸阻他出門，便找個浮現腦海的理由搪塞：睡幾個小時，大約正午出門。打劫一定會持續到下午。可是魯根達斯沒聽他的話，他正神遊他方。他的動作，把這個房間變成了某個企圖改變世界的瘋狂天才的實驗室。黑夜尚未褪去，屋內昏暗的光線，染上法蘭德斯畫派的氛圍。他四肢伏地，像頭紫藍色的獅子與靴子奮鬥。克勞斯奪門而出，衝向馬廄，背後傳來靴子主人結結巴巴的叫聲：「打劫！打劫！打劫！打劫！」他們只帶著閃電和巴由兩匹馬。這只是一場寫生踏青，總之，或許騎馬可以讓他可憐的朋友頭腦稍微清醒一點。沒錯，過去幾天他沿途發現美麗的景色，耗費太多體力。這次的機會來得太不巧，但是即使再不巧，他還是可以消耗精力，或更正確地說是消耗完最後一滴精力，因為事情只有到盡頭，才有希望轉好。

他戴著帽子遮住臉，拿著一盒碳筆在院子裡等他。他依舊嘟噥著頭巾，最後克勞斯終於聽懂他的意思。這是個好主意，他應該要想到的，但不能怪他，他腦袋裡有太多事。「我找看看。」他說。「順便通知女主人我們的打算。」魯根達斯跟他一起去，他們在廚房找到女主人，這時畫家打起精神，向她要求不尋常的東西：一個彌撒時穿戴的蕾絲頭巾。不用多解釋，要的就是傳統的黑色，南美洲的婦女都有的天主教物品。他沒有多說明需要這個東西的原因，而女主人應該以為他是想遮掩醜陋變形的臉孔，以及面部的抽動。在使用頭巾遮掩之前，他只能習慣沒這種東西。對一個門多薩的居民來說（對智利人來說也一樣），遮臉是悠久可貴的傳統（男人帶面具）。總之，在這個關頭要求什麼稀奇古怪的東西都有可能，只要打著緊急的口號，不需要解釋。她差人去找頭巾，而她趁他們等待時，告訴他們打仗的地點以及戰況。她聽到他們打算畫下打仗場景，便祝福他們，有信心他們一定能捕捉到有趣的畫面。他們只需要小心點，別靠得太近。他們兩個是否帶了武器？兩個都帶了手槍。而他們不必擔心她，因為屋子很安全。她已經遇過好幾次相同的狀況，一點也不怕。最後他們開起玩笑；這兩個勇敢的探險者嘲弄起這個世紀的無理，包括評價最醜惡的麻煩。對他們來說，印第安原住民屬於現實世界；有個外國人想畫他們？他們不會覺得他有什麼好奇怪的。

頭巾終於送來了，是精緻的黑色蕾絲。魯根達斯小心翼翼地接了過來，先打量透氣度，結果似乎很滿意。接著他不多做停留，直接道別，並保證晚上會完整歸還。「到那時啊，」屋子女主人露出英雄式的笑容。「恐怕我已成了佩文切族夫人（Madame Pehuenche）。」「上帝絕不會允許這種事發生的！」克勞斯高呼，並俯身親吻她伸過來的手。

他們出發了。有個僱工替他們打開前廳，他們踏出後，得關上門。魯根達斯拿著頭巾，像個瘋子揮了揮，撞到了花園的柱子。他們跳上馬背。「喝！」但魯根達斯坐反了，盯著馬尾巴看。馬兒踏開步伐後，他拿起頭巾蓋住臉，再載上帽子，把頭巾在脖子後面打了個結……當他想找轡繩，當然找不到……遍尋不著馬頭呀！他這才發現自己坐反了，便轉個圈，猶如馬戲團糟糕的雜技表演。等他坐好了（克勞斯感到丟臉，走在前面），他們也走出了花園，兩大扇柵欄門在背後發出哐啷一聲關上，嚇飛了鳥兒。

他們迎接了聖拉法葉爾充滿自由自在鳥鳴的美麗早晨。太陽已經現蹤在樹木之間。兩人並肩騎著馬。閃電和巴由神清氣爽，溫馴極了，牠們踩著輕鬆的腳步，臉上沒有表情。「還好嗎？」克勞斯問。「很好！」「看起來氣色不錯！」「對啊！」沒錯，他看起來好極了。他戴著頭巾，覆蓋臉部，看不到受傷的痕跡。當然，這不是他戴頭巾的目的。他的目的是遮光。他可憐的受創的頭部，他崩壞的神經系統，若直接曝曬會疼痛；他的瞳孔無法再縮小，已經是兩個黑點，藥物毀了收縮的功能，對光線沒有反應。他彷彿想往前一步躲進畫裡。不可思議的是，克勞斯因為熟悉，猜得出那黑色蕾絲頭巾裡邊的表情。

印第安原住民打劫的這天早上陽光燦爛。天空沒有一絲雲彩，空氣傳來一股熱情的顫動，鳥兒在樹木間鑽來鑽去。這天揭開序幕只有一個目的：打仗，不同文明之間的衝突，彷彿一段歷史即將開啟的偉大序曲。他們來到一片相當寬廣的草原，聆聽遠處的槍響，接著快馬往前奔去。

克勞斯不寫信，或者說保存信件太麻煩，沒有人想這麼做。因此，他的想法只能從旁推敲，或者用猜測的。魯根達斯一再提到他發覺克勞斯憂心忡忡（他在交代自身狀況的信裡，多加了一句對克勞斯的描述，多上了一層「顏色」：他對他的感覺，有時是自己的想像，而這樣的感覺讓他得以吐出因為敏感或害羞、無法以第一人稱說出口的話，比如：「克」評論我的畫沒有減少一絲絲功力）。克勞斯隔著一段距離，一臉哀傷，彷彿滿腹心事，但他謹遵作為一個朋友的責任，或者說他增加的責任。騎在馬上，一串憂傷的想法襲來，他擔心朋友的健康。他怪自己竟答應這樁瘋狂的事，或者更甚於瘋狂吧：開始之後，已經出現一種「豁出去」的氛圍，就像是要替奄奄一息的朋友完成最後心願。他的所有反應都染上了這層悲傷：也就是死亡或許會在他們之間留下一個疙瘩，儘管對目前來說那只不過是預測或預感罷了。人在一趟旅程會遇到那樣多的人，那樣多的人類，指針就此停擺似乎不公平。人當然不會這樣問自己：「為什麼這種事會發生在他身上？」而是會問：「為什麼會發生在我身上？」聽起來比較憤慨、無法忍受。至於克勞斯，他的問題則不會是：「為什麼發生在我身上？」而是：「為什麼發生在他身上？」但是他們倆如此親近，因此他思索這個問題之後，他的問法比較困惑：「為什麼不是發生在我身上？」突然間，他像是個倖存者、繼承者，他與魯根達斯合而為一，被時間巨大的力量拖行前進。他多次覺得他們兩個是一個人，而這只是個自然簡化的想法，有可能發生在某個人或其他人身上。即使發生在某個人身上，這種平衡仍會保持下去。總之，這個打劫突然降臨的陽光燦爛日子，或許會是「克勞斯的忌日」吧。因此，儘管可能發生所有分開他倆的事，他們還是會守在一起。這就是所謂的夥伴：不論生死，都要撐下去。而如果這裡勾起令人悲傷的罪惡感或懷念，最後，憂傷便會阻斷任何欣喜：只有沉溺在憂傷中才能產生關於逝者的美好想法，而這些想法能幫助技法。

印第安原住民就是媒介。他們在哪裡？兩人沐浴在光亮的晨曦裡，彷彿置身畫中，尋找著他們。他們意外發現一條路，應該就是通往郵務站的，於是急忙趕路，聽著愈來愈近的槍聲，抵達某個點時，還傳來吼叫聲。這是他們第一次聽見印第安原住民的聲音。

繞過一排排細瘦的白楊樹林，他們終於看到作戰場景，是這個難忘日子的第一場仗。盡頭的郵務站白色建築彷彿一顆小小的骰子。前方，牧場主人組成的隊伍騎著馬對空鳴槍，而印第安原住民騎著他們的馬衝過去，嘴裡發出嘶吼。一切進行得非常快，他們倆也是，他們全速衝下小山谷。作戰的過程（會在他們往後目睹的所有戰爭重複上演）是接下來這樣：這些未開化的人只有切割和戳刺的武器，如長矛、長槍和刀子；白人卻使用獵槍，只是他們對空鳴槍，目的是嚇阻；如此一來，隔著一段距離的第二批人得越過第一批人才能開戰。就這樣，他們後退然後往前。他們需要很快的速度保持平衡；雙方人馬不停加快速度，而原住民並肩作戰，現場幾乎立刻擠滿了人。這幅情景非常流暢，非常遠，然後很快地消失……

這真是個不畫太可惜的場景。他們沒下馬，把紙張放上攜帶型的木板就畫了起來。當他們再抬起頭時，已經不見半個人影。克勞斯瞄了一眼朋友的速寫。他看著他躲在黑色頭巾後面作畫，有種令人不安的怪異感覺。他問他是否看得清楚。

他看得再清楚也不過。他的視線穿透黑色頭巾的針織小洞，將大白天的全景盡收眼底。而止痛劑的活性成分罌粟粉，讓他先是昏昏沉沉，接著一秒間可以清醒十次。

但是他們把畫紙收進背囊，再一次驅馬前進，因為剛剛的場景只是開胃菜。當他們離開山谷（他們是幸運的新手），兩人看到上百個印第安原住民往北邊竄逃，一定是前往這一帶一間空的莊園。他們也在這裡停下來作畫；魯根達斯趁著那群人消失之前，連畫了滿滿五張紙。接著他們遇到一群牧場主人，經他們指示繼續路程。他們雖然隔著距離觀戰，仍算做出貢獻。

當剩下他們兩人時，他們往下到通往南邊的路，並交換彼此的第一印象。幸好他們都看得很清楚。雖然他們只能觀看那些遠看就像小騎兵般矮小的印第安原住民，但是所有細節都在他們眼簾印下鮮明的影像，然後躍上紙張並放大。事實上，他們如果想要，可以只畫大略的輪廓。他們的焦點在於那些人的神出鬼沒、臨時應變的隊形，以及行動的速度。印第安原住民與白人作戰的技法藉由畫筆重現：遠與近之間有一種平衡，而必須好好利用這種平衡。

從高處下來，他們再一次目睹作戰畫面，這一次印第安原住民往上逃向一處地形崎嶇的山麓，他們沿途扔下幾十隻搶來的牛犢，胯下的馬兒像是發瘋了般，而牧場主人開槍齊射。那真是一幅奇特的畫面。他們的碳筆開始飛躍紙上。正午的太陽底下，這座山變成奔逃的賽場，彷彿孔雀展開的尾巴。要小心的是不可過度著墨，否則印第安騎士往上爬的模樣有可能糊成一團。總之，他們畫得自然，忠實呈現，而速寫有助快速記錄竄逃的畫面。

印第安原住民消失之後，他們快馬加鞭靠近，看那些牧場主人留在那兒做什麼？他們開的槍打中小牛犢。有些一命嗚呼，有些站著嚇得心臟快停了。他們在爭吵牛隻的烙印，因為全都混在一塊兒，有些剛斷奶不久的甚至沒有印記。這兩個德國人第一次見識到，烙印可以是吵架的原因；他們一直以為那不過是便於統一辨識的記號。而這時他們聽說，弗地的軍隊正在坦波那邊的畜欄進行一場肉搏戰，離他們現在位置約十一公里處。於是他們謝過提供的資料後就離開。

但是半路上，他們出其不意在一條小溪撞見作戰畫面，於是再一次停下來作畫，也就是第四次。這時他們開始相信四處都有印第安原住民。他們遇到收藏家經常發生的問題，那就是不是苦無機會而是過多。這些邪惡的傢伙顯然利用分散策略當作另一項武器。

他們就像去一間屋子參加派對，逛遍屋內每個角落，從客廳到飯廳，再從臥房到書房，從燙衣間到陽台，到處都有喧鬧的賓客，他們有點微醺，躲起來不停親吻，或是跑去找主人要更多啤酒。只是這間屋子沒有門沒有窗也沒有牆壁，是空氣、距離、回音，以及風景的顏色和形狀蓋的。

這條小溪可以說是浴室吧。印第安原住民想靠近但又離得遠遠的；白人想避開，但是不得不靠近（為了發出巨響進一步嚇阻）。馬兒因為人類的猶豫差點發瘋，牠們跳入水中、濺出水花，或只是安靜地喝水，至於騎士用力嘶吼，逃竄的逃竄，追捕的追捕。這一場作戰真是無限生動，魯根達斯作畫時，比先前靠得還要近，他以透視法畫出那肌肉放鬆或緊繃的身體，濕透的披肩頭髮，貼在特別能傳達意境的肩膀上……所有他在這激烈的一刻畫下的畫面，將是未來拼湊歷史的資料——儘管這樣臨時的記錄用處有限。據說，每一幅躍上紙上的畫，必須跟其他畫組合在一起，像是在安靜的房間裡組合一幅拼圖那樣，邊對準邊，不留任何空白。而事實上真是這樣沒錯，因為在畫的魔法裡，包括空氣在內，都要全部拼起來才可以是一幅畫。只是對魯根達斯來說，已經沒有所謂「安靜的房間」，只有可怕的折磨、麻藥以及幻覺。

那些印第安原住民往四面八方分散，其中四、五個爬上小丘，正好是兩個畫家的位置。克勞斯掏出手槍，朝天空鳴槍兩次；魯根達斯太過熟悉狀況，他僅僅在畫紙上寫下：砰！砰！二字。印第安原住民大約是看到他頭包著黑色蕾絲頭巾，心頭一驚便逃開了。他們往下走到小溪邊，讓馬兒清涼一下：牠們走了非常多的路，而且早上已經過去。他們跟留在溪中的人聊起來。那是一群弗地的士兵：他們從坦波一路追捕印第安原住民來到這裡，現在要一起打道回府。

克勞斯感到好奇，不只是眼前這些男人，連先前遇到的那些，都不覺得畫家戴頭巾有什麼古怪。而他們覺得戴頭巾很自然也相當合理，因為在這樣緊急的氣氛，通常會接受為了達成任何目的的任何東西。即使是一般情況也能找到所有人都能接受的解釋；而在非比尋常情況，任何解釋都有它的解釋。

看來，坦波發生了一場預期中的作戰；此刻士兵急著要離開。克勞斯提議他們不妨下山到那個消暑的河畔瞧瞧；結果他發現朋友異常興奮，可能是他的身體狀況所致。但魯根達斯不想知道原因；他說他還沒開始。他這一刻還有一堆事要做！從這個觀點來看確實如此：還沒開始，而也許永遠不會開始。

於是他們跟著士兵前往河畔，士兵一邊說笑，一邊吹噓他們可笑的戰績。一切是這麼平和。所以這是打劫嗎？是不是誇大了？也許會出現什麼轉折？露出猙獰的一面？但即使沒有轉折也沒關係。

他們沒抵達坦波。到了半途，魯根達斯發作了，而且是嚴重的那種。士兵聽到他的尖叫、看見他在馬上抽搐，紛紛開始警覺。克勞斯得叫他們繼續趕路，他會處理接下來的事。附近有座小山，他們倆便往那頭去，畫家摘下帽子丟開，舉起拳頭捶打太陽穴。那些士兵最感驚慌的是聽到發自那黑色頭巾深處的痛苦哀號。他們無法想像那些叫聲來自什麼樣的表情。不可思議的是克勞斯也這麼想。他跟朋友一起騎馬好幾個小時，以及作畫，卻都沒看見他的臉，而聽到叫聲讓他發現自己竟記不起那張臉。

他們下馬躲到陰涼處。魯根達斯一邊抽搐一邊服藥，一口氣服下，沒有算劑量，接著就睡著了。半個小時後，他甦醒過來，強烈的疼痛已經消失，但是神智不清。他跟現實世界唯一的連結是急著想待在戰場附近。當然，這個時間從他嘴裡聽來打劫只像是夢囈。他沒拿下頭巾，現在他應該比任何時刻都還需要戴著吧，於是克勞斯不敢要他摘下來一會兒，讓他看看他。頭巾底下到底發生什麼事？他的腦海開始浮現奇奇怪怪的想法。不管怎麼做，他都阻擋不了自己胡思亂想。他得協助魯根達斯爬上馬兒，碰到他時，他訝異地發現他的身體好冰冷。

坦波之戰是這一天最精采的作戰畫面。他們從好幾個角度取景，花了好幾個小時，一直到中午過後。印第安原住民經常在這兒出沒，可以看到他們是如何神出鬼沒。魯根達斯的這幾幅畫很多元。可是他的畫不是一直以來都是如此？就連他按照技法中十九種植物型態的其中一種作畫，也會加以複製，成為同類之最，以繼續臨摹大自然。出沒不定的印第安原住民則以自己的方式寫他們的歷史。

印第安原住民騎馬的姿勢令人難以相信。他們隔著距離一面要嚇阻敵人一面又要逞威風。有點像是馬戲團的演出，只是他們收到的是子彈而不是掌聲。他們不把地心引力看在眼裡，也不在乎動作令人驚嘆；當然，他們的姿勢並沒有價值。魯根達斯不得不改正他們的姿勢，畢竟紙上是靜止的畫面。不過他並沒有完全改正，因此留下他們部分真實的不尋常動作，這部分就某方面而言需要考究，因為需要添加速度這個元素才能完整呈現。

坦波都是低矮建築，有著長長的附屬建築，當作畜欄使用，士兵組隊從坦波飛也似的奔出，手中的滑膛槍響個不停；原住民包抄的隊形暫時遭到擊破，但不消幾秒又立刻恢復。乳牛倒在地上，看上去彷彿一個個模糊不清的深色物體。當印第安騎士開始炫耀戰利品時，他們恍若舞蹈般的動作到了能夠想像的極限。這幾乎可以定義是打劫的其中一項特點。除了搶劫牲畜，擄掠女人也令人惱怒。但其實這件事幾乎不曾發生；而是個替故事添油加醋的元素。不論如何，出沒坦波的印第安原住民即使抓不到女人，照樣用一種非常挑釁、生動的動作來炫耀。

一群野蠻的騎士繞過丘陵而來，他們大聲嘶吼，並舉高手中的長矛：「印加！殺！啊啊啊！呀呀呀！」在他們之間，有個展露勝利姿態的印第安原住民喊得最大聲，而他的懷中擁著一個抱著馬脖子的「戰利品」。當然，那並不是真的戰利品，而是假扮女人的另一個印第安原住民，模仿女人的表情；只是這一招太粗糙，騙不了任何人，連他們自己人也不願假裝相信，只是當玩笑看待。

不管是為了嘲弄，還是象徵性地逞勇，他們的動作遠超過想像。曾經有一個印第安原住民抱著的「戰利品」是一頭白色牛犢，還溫柔地撫摸牠，動作煞是滑稽。招來士兵開的槍愈來愈頻繁，彷彿對他們的嘲弄氣憤難耐，但也許不是如此吧。另一次荒謬到極點，「戰利品」是一條巨大的鮭魚，剛從河裡撈起的粉紅身體還溼漉漉的，就擱在馬頸，由印第安原住民緊緊地抱著，他的吼叫聲夾雜哈哈大笑，彷彿宣示：「我要帶走飼養繁殖。」

所有這些場景彷彿是畫，不是真實的。如果是畫，可以認為都是杜撰的；不必認為太奇怪，太荒謬，太瘋狂。但這些卻是不經杜撰，是真實發生的。這些事發生在坦波，但又像是自己杜撰的，彷彿從黑色乳牛的乳房流出的。

若是近距離觀看，可能無法把畫面呈現在畫紙上，不管用哪種速記也做不到；但若是拉遠距離，這些場景又能躍上紙張，全部都收在同個畫面：印第安原住民、包抄、坦波、士兵、足跡、子彈、吼聲，以及山谷、山巒和天空全景。必須要把一切都縮小一點，然後再縮得更小一點。

每一次包抄都像一股透明水流急湧而來，接著猶如藝術一般，再組成一幅畫。小小的人影頂著陽光在風景中奔跑。當然，是可以貼近觀察畫中的人物，雖然就跟砂粒差不多大小；觀眾要靠多近都可以，甚至放大細節來看。這些細節重新鍍上當時不可思議的氛圍，一百年後，會稱為「超現實主義」，但是在當下只是「呈現自然」，也就是技法。

作戰隊伍繼續。速度有快有慢。彷彿永遠不停歇。突然間，所有的士兵同時找到方法，只是印第安原住民已消失在往山裡的方向。這時停戰開始，而我們這兩位朋友趁機進入坦波，那裡正在舉辦一場守靈。一名坦波的擠奶工在今天一大早遭到印第安原住民殺害。女人們得幫忙恢復屍體原貌。這是個傷亡。兩位德國朋友恭敬地請求讓他們畫下這個畫面。居民說恐怕不容易揪出真兇。之後，他們走過一遍恍若迷宮的建築，接受午餐邀約。午餐是烤肉，而且只有烤肉（連搭配的麵包都沒有）。「印第安烤肉。」負責烤肉的士兵嬉笑地說，但那是牛肉，非常柔嫩，烤得恰到好處。他們喝了水，下午有一堆要做的事。所有的人都去睡午覺之後，克勞斯跟魯根達斯爭得面紅耳赤，他希望他去睡一會兒。最後他們躺在河畔休息。

克勞斯好奇極了。他不相信朋友受得了奔波，他看他真的這麼打算，但臉還是遮著。魯根達斯吃了午餐（量非常少），進食時只稍稍拉起頭巾露出下巴，聽到朋友不好意思地問他這樣吃東西難道不麻煩，他回答正午的陽光會像利刃一樣毀了他的眼睛。最近幾次踏青，克勞斯也沒見過他這麼謹慎，更不用說遇到大太陽或是他吞下大量止痛劑的日子。不過這一次的確是個特殊的機會。總之，像魯根達斯這麼優雅的人，竟任憑頭巾沾滿油脂，實在怪異極了。

他再次服用罌粟粉，不過這一次他沒睡著。躲在無法看透的黑色頭巾裡的他還是醒著，克勞斯也沒睡，所以他們一起檢視畫稿並討論。他們的成果豐碩，但是質量以及接下來的後製是另一回事。他們各自的畫最主要的目的是拼湊故事與串接場景。打劫的故事完整包含在內，但打劫只是文明之間漫長征戰的其中一則插曲。一塊片斷，可以從它的程度重塑另一個的程度。要知道，這種重塑只有一個，而且相當粗糙，但是可以給人概念。試想一下，有個聰明的警察，他正在調查死者的丈夫。他憑著靈巧的推測，精準「重塑」命案如何發生；他只剩確定兇手的身分，但另一方面，他命中整個發生經過，像是變魔術，彷彿親眼目睹，而他問話的對象，也就那位鰥夫，其實就是兇手，他不得不承認這位警察是天才，他不得不承認，是因為警察真的說出事發經過；但同時，他是唯一活著的證人，目睹如何發生，他扮演要角，不能向警察確認他說得完全沒錯，這不是因為他說錯，或大或小，或者細節部分搞錯，這沒有一點關係，在一個跟另一個故事之間，存在一道深淵，或者說故事存不存在，在目睹與重塑之間（即使重塑得相當完美），沒有任何直接關係；這是因為他說自己是無辜的，並沒有殺了她。

這兩個朋友聊到，或許也得考慮，儘管用最簡單的特徵畫下印第安原住民，那還是印第安原住民，比如一根腳趾頭，或許從這裡可以重塑印地安人整個輪廓；但他們想的是另一個例子：不是腳趾頭，不是部分肢體，而是鉛筆在畫紙上勾勒出的腳趾頭和肢體的輪廓。

對於這一切，克勞斯得到一個如同無辜的殺人犯一樣驚人的結論：不需要修飾印第安原住民。事實上，這是他從以前就有的結論（其他人也這麼想）：每個人外表都有缺陷，就算再小，就算無法避免，比如衰老過程中不知不覺出現的一丁一點崩壞，這些需要修飾，而這類修飾可以是聰明、智慧、經驗、才能、應變、天分、權力，以及金錢等等。因此，克勞斯這位時髦男子十分讚賞自己英挺的外表、瀟灑，以及年輕；因為這樣一來他就不需要其他東西修飾。儘管如此，因為受過文化洗滌，仍深受修飾影響。作畫是一種選擇確保最基本需求的藝術，一種他到今日為止一直深信的基本需求，而如果缺少就無法繼續活下去。但是我在今天來看那些印第安原住民，我得承認這種基本需求並沒有受到敬重，而是相反，他們是畫中遭嘲弄的角色。印第安原住民不需要任何修飾，不需要展現瀟灑和優雅，他們可以是粗野和不討人喜歡的。這真是他學到的一課！

但是他一說出想法，便想起他朋友的臉（雖然藏在頭巾後面），以及朋友會怎麼詮釋他說的話。

他多慮了，因為魯根達斯正神遊在幻想的最深處：他構建的幻想。就某方面來說，他是個完全摒棄修飾的最極端例子。但是他自己不知道，也不在乎。

對於這個結論，他試著在內心跟自己對話（外在與內在的自己），當看到東西，不管是哪一些，他發現東西都具備「本質」，就如同骯髒陋屋吧台邊的醉漢，當他們的目光緊緊地鎖在油漆斑駁脫落的牆壁，盯著空酒瓶，或是窗框邊緣，他們內心的理智看到的是「本質」。「不管是什麼東西！」這位美學家就在想法最不可思議的一刻脫口而出。「重要的就是這個東西。」

據說，在外在與內在交替的時刻，這個我不是真正的自己。那麼，這能做什麼？要利用這些時刻！畫家在這個時刻快樂無比。喝醉的人，都能發現這個類我。但是，因為某種原因，想要多一點快樂（或者少一點快樂，多一點或少一點都差不多），必須要做只在常態能做的事。比如賺錢維持快樂的生活，而這是需要保持頭腦清醒的活動。這是矛盾的，是荒謬的，是有趣的，或許也證明並不容易放棄修飾。

同樣地，現實可能有「不需修飾」的一面。在這裡，得記住門多薩並不是個熱帶城市，也沒有奔放的詩意。而洪堡德是在如邁克蒂亞或馬庫托之類的地方確立他的技法……在熱帶無法傳遞的真正的悲傷。在白天正中降臨的黑夜，一種無力的單色調，馬庫托的大海浪濤前撲後退再前撲，而那些孩子從同一塊岩石躍入水中……目標是什麼？活著的目標是什麼？長大變成無知的原始人類，（此外）最多變成無名小卒。

到了下午，一切變得愈來愈難以想像。突襲已經確實遠離坦波，因此兩位德國人根據聽來的消息，出發尋找更多場景。如果說聖拉法葉爾山谷是一座玻璃皇宮，溝壑便是它的側廳和庭院，印第安原住民便像是守不住的祕密，從櫃子一湧而出。場景一幕接著一幕上演，但是正當在紙上作畫時，其他場景緊接著發生，洗去了原本的場景。充當背景的景色則維持不變。慘烈的交戰從一頭進來，再從另一頭離開，背景沒有改變。

這兩個德國人繼續他們的工作。打劫的新畫面覆蓋了舊的畫面。一整天下來恍若一種進化，一種還沒完成的進化，走向沒有緩衝的結果。注意，重點是一種非常不容易的緩衝。洪堡德的技法是一套緩衝的系統：景觀的呈現介於藝術家和大自然之間。直接知覺則因為它的定義被排除在外。然而，所謂的緩衝注定衰落，它的出局，也是因為世界把緩衝視作一種多餘，允許直接從跡象抓牢一個赤裸而原始的世界本身。總之，這是生活中每天都會發生的事。當一個人跟另一個人聊了起來，試著想知道對方在想什麼，若沒有一長串推測，恐怕不可能知道。還有什麼會比心理活動還要封閉和具緩衝性呢？儘管如此，心理活動可以透過語言傳達，就飄揚在空中，只求被聽到。有人把話封在心底，卻不知道早已傳遞到外面，跟其他人的想法發生衝突。對一個畫家來說也一樣，他面對有形的世界，需要就實際的情形做必要的修正。對這位風景畫家則是，世界就是世界。

現在，以客觀來看，世界突然間出現印第安原住民。他們是不需要修飾的緩衝角色。事實一下子形成，像是一部小說。只缺少一種意識，而這個意識不單只是意識，也是宇宙萬物的意識。若沒缺少，是因為病情發作。

下午不是早上的重演，但也不致於完全相反。所謂的重複只是等待重複發生，而不是重複本身。然而病情發作卻是完全無法預期。簡單而言，事情是一件接著一件發生，下午跟早上不一樣，有各自的故事、發現和發展。

最後，魯根達斯摔在紙上，跌了下去，他的大腦像是就要崩解，劇烈的痛楚襲來。黑色頭巾底下傳來費力的吸氣和呼氣聲，以及微弱的呻吟。他從巴由的脖子滑下，碳筆飛到空中，呈拋物線狀下墜到地上。克勞斯下馬救他。而印第安原住民在遠處落荒而逃的身影，印在華麗的粉色和綠色畫框之間，是如此地渺小，彷彿他們騎的其實是蒼蠅。

克勞斯彷彿痛苦的聖母，他扶著昏厥的大師友人的身體，頭頂是一片無止境綿延的茂密枝葉。一隻藍色鳥兒的鳴囀聲在這片寂靜中迴盪。此刻已是傍晚。暮色已經緩緩降臨好一陣子。

最後幾道光奇蹟似地延長，士兵和牧場主人聚集在弗地替這一天做個清算。馬兒筋疲力竭，騎士個個低著頭，講話的聲音粗啞而語調悲傷；所有人都蓬頭垢面，有些人在半路上睡著了。克勞斯加入其中一群人，魯根達斯喝下泡了罌粟粉的牛奶後睡著了，他讓他睡在馬背上，頭垂在馬的身體側邊，差不多是馬蹬的位置，馬蹬就像鐘錘，隨著每個步伐碰撞他的頭，發出「叩」一聲。這裡要說明的是他還戴著頭巾。他們抵達弗地時，天色已經暗下，這一晚特別漆黑，幸好他們來到這裡。

兩個小時過後，魯根達斯甦醒，狀況非常糟糕。他在這不可思議的一天忙碌奔波，健康不但轉差還發病，幾乎變成了廢人。但是他立刻開始工作。非常不可思議的是，他沒拿下頭巾僅是忘了自己還戴著。他們在弗地的情勢廳，這兒非常寬闊，卻只點了兩根蠟燭，籠罩一片駭人的昏暗。可憐的畫家戴著頭巾什麼都看不見，但是他不知道這個狀況。他一整天有時看到有時看不到，這一刻看不到差別不大。既然看不到，他突兀的動作，以及拿起畫紙引起了注意；因為他想到要替場景分類；既然看不到場景，他畫印第安原住民的姿勢，除了靠肢體，還受到他損壞的神經限制。克勞斯無法忍受他人的目光，感到難為情，便悄悄地離開，假裝要去解決生理需要。幾個比較魯莽的士兵跟牧場主人專注地讚嘆包著頭巾的這位無名人物。他們兩方都沒想到最自然的解決辦法是摘掉那塊破布：對魯根達斯來說，是因為他習慣了，太過習慣了；對其他人來說，卻是相反；而唯一一個站在中立位置，想法比較理智的人，卻不在現場。

這一刻，克勞斯正在與自己對話。他沮喪不已，憂心忡忡，到了外頭還得面對最漆黑的一夜。他從視覺殘留的影像，感受那些糊成一團黑的森林和山巒。他沉浸在悲傷的思緒裡，不確定過了多久，而突然間，他注意到自己看得到所有景物：山巒、樹木、道路和有點像是夢境的透視的全景……他看見了，卻不知道？他心想著視覺的奇蹟，想著瞳孔放大，以及大腦奇妙的讀取能力。但不是這樣的。這只是月亮出來了。不過，他還是說對了。

裡面的人也正在等月亮出現才能回家。他們戴上帽子後陸續離開。這時，當魯根達斯凝聚僅剩的專注力，聽他們談話，串接了想法，看見他們前一晚投宿的屋子主人邀他加入他們，於是想起了他的妻子，也想起了頭巾，這時他舉起手，摸摸頭上的頭巾，發現自己還戴著，於是連結都沒鬆開就直接摘下來。他沒注意到頭巾已經變成慘不忍睹的破布，發出惡臭，沾滿油脂、汗水及灰塵，他把頭巾遞給那個男人，試著用僵硬的舌頭發出感謝他妻子的話……所有人的視線停在他身上，臉上都露出接近惶恐的驚嚇。當那男人終於能開口，他結結巴巴說不用了，視線仍無法從他身上抽離：他想告訴他可以親自歸還，跟他的夫人道謝，因為他想他們會跟他回到莊園過夜。但是這位有著怪物面貌的客人堅持要他收下，打斷沒有其他話可說的對話，然後定定地看著他。真是醜陋！這個男人一開始不收下慘不忍睹的頭巾，那是因為他沒發現自己其實想說：「還是請您戴著吧。」

他們倆一塊兒離開，克勞斯看見他們，便去找他們的兩匹馬；他也理所當然以為他們要回早上離開的那間莊園。當他牽著兩匹馬過來，他慢了半拍才發現他的朋友已經摘掉頭巾。他自己也是，只是是另外一種頭巾，現在他自然多了。月光灑在魯根達斯的臉上，他的臉似乎擴大，變得更加面目猙獰。克勞斯遲疑了一會兒。大家開始爬上馬準備出發。克勞斯原本想幫魯根達斯爬上去，但是除了那張臉，他見他站得很穩。他的臉占據了夜空。是月光照亮他的臉，還是他的臉照亮了月亮呢？

不管如何，魯根達斯有其他盤算，而他對這晚的計畫實著嚇了克勞斯一大跳：他想繼續追逐印第安原住民，聽起來真難以置信。何必在意病痛？如果說他已服用藥物壓制，此刻神采奕奕，可以重新開始？而重新開始是這個世界最常重複的一件事。事實上，重複只出現在一個地方：出現在開始。擔心他健康狀況的不是他自己，而是克勞斯，克勞斯就像在一條綿延下去的線上，一條沒有開始也沒有結束的線上。

他不懂他說的話。那張臉嚇退了所有人，包括所有話。此外，他沒時間多說，因為他們已經騎馬上路，只有他們兩個，不是回莊園，而是沿著羊腸小徑往森林深處，馬兒在月光下彷彿青銅色的章魚，跟隨著心中的羅盤，往南奔向未知之地。他們騎的馬兒身軀高大精瘦，彷彿長頸鹿，雖然從頭到腳都是黑色，卻看得見，每一次經過景色不同比較偏僻的地帶，牠們便爭相向前，鑽進黑夜的灰霧之中。馬蹄的回音在他們前方迴盪，警告他們提防障礙物。這就類似蝙蝠的行為。但是除了類似，這些山坡的確到處是蝙蝠，摩擦他們，此刻正是牠們離開洞穴的時間。感覺蝙蝠摩擦怪異極了，因為這些小動物的防撞本領精準無比。但那是摩擦，不是撞擊，有時這是因為速度的關係。魯根達斯這一次就這樣遇到了。一隻跟他反方向的蝙蝠拂上他的額頭。那只是千分之一秒的時間；或許是他搞錯了，那只是微風輕撫，或者是某部分的細胞抽搐。但是在大自然界，再微不足道的事都有它的解釋。而這一次，這是一種無可比擬的微不足道，不只是蝙蝠的防撞本領，尤其是因為既成的事實：他額頭的所有神經已經損壞。要怎麼乞求溫和一點，或溫柔一點呢？

這個故事的最後，比其他部分還要不可思議。但我們不要懷疑它的真實性，因為這收錄在畫家後期的書簡集裡頭。他在信裡跟家人和所有人道歉，尤其是對姊姊，他稱自己「膽大無畏」，或者這其實是莽撞吧：為了取近景，替那天的速寫畫下句點，他貼近觀看印第安原住民。當然，從他的話可以嗅出些許的嘲諷。總之，他可能會有什麼下場？被殺，就這樣而已，而這一點並不重要。事實上，當他寫信的人看到他最後的畫，也就是說，當他的作品終於在歐洲的藝廊或博物館展出，他一定已經嚥下了最後一口氣。在那個時刻，畫家可能都已不在人世。想要防止這件事有點荒謬。任何或小或大的意外，都可能害死一個人，或者同時害死上千甚至上億人。如果黑夜會殺人，我們都可能全在太陽西下不久後死去。魯根達斯也許會跟所有人說同樣的話：「我已經活夠了。」特別是在他經歷這樣的意外之後。而藝術是永恆的，不會消失。

他上路了。他聽弗地的士兵說，作戰結束後，印第安原住民通常會在不遠處駐紮。在打劫奔波了那麼多路之後，他們筋疲力竭，首先要做的就是休息，就在幾步路不到的地點。

不管是因為很近，還是因為馬兒奔馳的速度快，他們幾乎立刻就抵達了。那兒有個瀑布，一旁是一大片粉色片岩臺地，印第安原住民正在那兒吃晚餐。他們升了幾堆火，圍著火堆坐著。他們沒有一千個人。那是誇大的數量。他們有百人。搶來的母牛就在旁邊的小草皮上，一群馬包圍牠們，防止牠們走散。他們宰了約二十頭牛來烤助條和背脊肉，已經開始大快朵頤。當他們看到怪物般長相的畫家闖進他們圍繞的火堆旁，用個個目瞪口呆來形容還不夠。他們不敢相信自己的眼睛。不敢相信。他們全都是男性：沒有婦女和小孩。不管怎麼說，如果他們想，大可帶著戰利品回他們的帳篷，不過幾個小時的路程。但他們卻想過個自由的夜晚：以打劫作為藉口，丟下他們的妻子苦等、擔心，而且餓得半死。他們不需要瞞著她們喝酒和烤肉；他們這麼做，單純是無可救藥，只是替他們的打劫再添個該死的惡行。他們已經喝了酒，就著瓶口灌下他們搶來的安地斯酒。他們喝醉了，加上罪惡感，當看見他那張被月光照亮的臉，他這個引起所有人轉過頭的男人，感到前所未有的驚恐。他們甚至沒看清楚他在做什麼：他們看的是他。他們永遠猜不出他是打哪兒冒出來的。他們怎麼可能會知道有一套描繪大自然的作畫技法，一個渴求異國風情版畫的市場，諸如此類？他們連有藝術畫這種東西都不知道；他們不是沒藝術，他們的藝術，不管是哪一種（他們不知道是哪一種），都只是類藝術。

因此，魯根達斯輕易地就加入他們在火堆旁的行列，打開畫本，裡面是高級的康頌畫紙，接著拿起碳筆和紅蠟筆開始工作。此刻，他們就在眼前，包括所有的細節在內：彷彿壓扁香腸的厚唇，細長的眼睛，鼻孔外露的短鼻，抹油硬挺的中分頭髮，鬥牛一般粗短的脖子。他一下子就畫好他們。他在嗎啡的副作用下，速度快得不得了（以技法來說）。他的視線瞄過一張又一張的臉，畫紙翻了一頁又一頁，彷彿陽光拂過草地。而他的內心的變化……在這裡需要特別說明一下。內心的變化會透過表情呈現。至於魯根達斯，由於他臉上的神經已經損壞，大腦發出的如何「呈現的指令」無法抵達目的地，或者說抵達了，但糟糕的是經過幾十條溝通不良的突觸，扭曲了原意。他的表情傳達的是他其實不想說出的想法，可是沒有人知道，他也不知道，因為他看不到自己的表情；相反地，他只看到印第安原住民的臉孔，各自有各自嚇壞的表情，不過都是一個模樣。而他自己的表情什麼都不像。他的表情就像永遠看不到的東西，就像身體裡的器官，然而又不完全是，如果是的話，應該是可以辨識的，除非畫得太差。

火堆的火舌往上竄，金色的燄光照在印第安原住民身上，照亮細處，或突然間暗下，隱去他們的身影，讓他們楞住的表情有了轉變，讓嚇呆的表情繼續變化。他們原本在吃飯，這個動作比他們的人還引人矚目，但是他們若有任何動作，故事都會回到主軸，也就是繼續愈喝愈醉。這是一個打劫一天結束的夜晚，卻有一個畫家闖進來，而且是真實發生，令他們瞠目結舌。森林深處開始傳來貓頭鷹的呻吟，嚇壞的印第安原住民永遠烙印在血紅色的圖稿上。他們的表情，在搖曳的火光照耀下，不再屬於自己。儘管他們稍稍從驚愕中恢復，開始大聲說笑，視線卻牢牢被魯根達斯吸引，被他的心，以及他的臉。他是一場清醒惡夢的軸心，是不得不在多次進行打劫時最害怕採取的戰略：肉搏戰。魯根達斯全神貫注在他的畫，一點也沒注意。他沉溺在畫與鴉片之間，在荒野的半夜，自然而然地取近景。他按照技法繼續作畫。而忠實的克勞斯站在他的背後看守，隱身在黑暗裡。

（一九九五年十一月二十四日）

瓦拉摩

巴拿馬科隆城，一九二三年某一天，有個三等秘書下班後，到出納那兒領薪水，接著離開政府部門辦公室，這天是一個月的最後一天。從這一刻起到隔天破曉，大約十或十二個小時過後，他決定下筆寫一首長詩，作品在畫下句點那刻完成，沒再增補或修改。要說明的是，在這段時間之前，他活了大半個世紀，從未寫過一首詩，也沒動過任何創作念頭；在這首詩之後，他也不曾再提筆。這是一個在他人生和時間洪流裡的泡泡，沒有前因也沒有後果。他的行動出於一波波湧上心頭，沒有殘留任何碎片的靈感。儘管如此，如果主角不叫瓦拉摩，他的詩也不是中美洲現代詩著名的大師級作品《母與子之歌》（*El Canto del Niño Virgen*），那麼這應該只是一段發生在個人身上的奇遇。

從下筆到收筆，這個語言上最具實驗性的大膽創舉，這首謎樣的長詩（幾天後即出書上市，又顛覆過去紀錄，變成傳奇）不斷地被認作是不可思議的奇蹟，在文評家和文學史學者看來，無人能超越其內容高難度的情境化。

但是世上萬物都有它的解釋。如果我們要找到解釋，得記住一段奇遇若有結局（長詩的創作），應該也有個起頭，正如前因與後果，都是對稱的等等。我們提過，這裡的起頭，是瓦拉摩下班後，到出納那兒領薪水。至於這個平凡無奇的領錢手續，變成一個起頭，一個某個事件還沒發展也沒稱呼的起頭，是因為他領到的是兩張偽鈔。（金額是兩百塊披索；他收到兩張一百塊紙鈔。）

這篇故事旨在敘述一連串順其自然發展的完整事件，一件接著另一件發生，從他接下紙鈔那刻，到完成長詩。這兩個各據一端的點，特性都與平時的思考邏輯不同。他從沒拿過也不曾看過一張偽鈔；他可以清楚想像偽鈔是什麼，可是從沒遇過任何讓他懷疑真偽的東西。同樣地，他從沒寫過詩，沒讀過詩，更遑論注意這類或其他類文學的存在。但是一件事一旦發生，另外一件事也會跟著發生，在第一跟第二件事之間，密密麻麻布滿一連串相當合理的前因和後果。不合理的是起頭跟結局，這種絕對的獨斷，阻斷並隔絕中間的一連串因果，用一種不可撼動的邏輯，牢牢套住裡面的巧合。另一方面，兩端的差異性（兩張偽鈔怎麼會跟一部大師級文學巨作扯上邊？）失控地衍伸出中間的過程。於是，不可動搖的意義，威脅著從裡而外無止境地延伸出去。

他抱著一顆忐忑不安的心，離開政府部門辦公室。他在出納人員遞來鈔票，也就是重複了不知道幾千次的機械性動作時，就發現那是偽鈔；但是他反應不過來，只是傻在那裡。該拿這些錢怎麼辦？而且，他立刻想到工作一個月後的所得不過如此。他僵化的官僚腦袋讓他在接下偽鈔前，無法即時反應，此刻偽鈔已塞進口袋，太晚了。他感覺，這些違法的偽鈔有一股隱隱的力量，要他噤聲，小心為妙。因為，幾乎每個公務員所追求的，就只是安分守己賺薪水，把薪水當作一種禮物。他本能地垂下頭，接受事實，閉上了嘴。總之，他的薪水微薄，根本只是國家的救濟金，施捨給它寵愛的中產階級國民，一群沒什麼貢獻的族群。當然，他此刻的情況可能改變，而且在國家預算的範圍內：要是被抓到使用假鈔，準等著吃牢飯。時間一分一秒流逝，他不知道該怎麼辦，也抬不起腳：只差幾百公尺就到家，卻恍若得再繞行世界一圈。該怎麼辦？該怎麼辦？他想破頭。這是個十分不尋常的狀況。在巴拿馬還不曾出現偽鈔。況且他們國家經濟活動溫和，印鈔的速度停在牛步。但如果這是一個全新的預兆，他是怎麼在瞬間從所有後果料到的？只能解釋，這是面對典型狀況的反應，即便像他這樣只是一根小小螺絲釘的角色，跟上流社會沾不上邊的人，也能清楚地記在腦袋瓜裡。這也點出了他承受的壓力，他可能問自己：「茫茫人海，為什麼偏偏發生在我身上？」

不管如何，即使手足無措，他依舊繼續走在街道上。政府各部辦公建築對面有座廣場，這裡是最熱鬧的市中心。這一刻，夕陽餘暉將棕櫚的樹冠染成一片火紅，樹下，一群人魚貫前進，樹蔭帶來一絲彷彿憐憫般的涼爽。四周公家機關湧出一波波公務員，四面八方而來的人群穿越了廣場，有約會的情侶，閒逛的吵鬧中學生，出門透氣的老年人，趕在回家前結束遊戲的孩童。他也得橫越廣場，不過先要小心過馬路：這個時間，政府部門高層的司機開著座車，總會千方百計想辦法讓車上的長官舒服一點。噪音震耳欲聾，愈是陷在數以百計的講話聲和叫喊聲中，愈是覺得這時在樹上合鳴的鳥兒應該都啞了嗓。突然間，傳來一記長長的尖銳樂聲，瓦拉摩幾乎不用搜尋記憶就能認出那聲音，他抬起頭看向廣場的另外一頭。他看到了中央大道開始黃昏的降旗典禮。政府各部辦公建築的正對面，就是內政部，每天下午五點整，會有一對軍校學生從門廳出來舉行降旗儀式，跟一大早的升旗典禮一模一樣，只是反過來。這兩次典禮，不管是旗子緩緩地升上去還是降下來，都伴隨著長長的號角聲，此刻一個「拉」劃破了喧鬧。這個尖銳的號角聲唯一的音符，給人親密又親近的感覺，與那兩個年輕士兵不同，他們隔著一段距離的縮小身影，引人注意的是一身色彩鮮豔的制服，那整齊劃一的動作是如此「有力」，少了人性的味道，那儀表一絲不苟，每根頭髮都待在該在的位置，與四周圍繞的熱帶氣候的奔放形成強烈對比。

他穿越馬路，全神貫注盯著速度雖慢卻從各處湧來的汽車，有一輛車先是往後退，接著又往前，甚至緊跟在他身邊，像是要攔下他。那是許多年前法國人進口的西班牙瑞士車種，一具氣喘吁吁地拖著長八公尺龐大身軀的黑色機械，此刻喇叭聲響起，像是要跟他展開一場浴血之戰。他感覺緊張的氣氛一觸即發，有那麼一瞬間他心中警鈴大響，彷彿自己成了一隻奇異的機械怪獸眼中的獵物。不過，抵達廣場的人行道時，他決定繞過汽車，遠離它，若是有必要就跑（他的心頭慢慢浮現一股想拔腿狂奔的衝動），他正好站在副駕駛座旁，而駕駛正衝著他大喊。他感覺血液恍若凍結。對方在跟他說話，而汽車不尋常的動作，應該就是想開到他身邊；他知道對方跟蹤後，更是滿頭霧水。他露出緊張的微笑，跟那位男子打招呼，但是一認出對方，警鈴一連響了好幾聲。政府各部的司機都是組頭，放貸給像他這樣賭彩券的職員。瓦拉摩積欠一堆賭債，因此，當他在最出其不意的時刻，想起其中一筆債，並不覺得訝異。這樣一來就不奇怪了，這些傢伙應該知道今天是領薪水的日子，他的口袋裡有錢。偏偏……不過並不是這樣：最後他終於聽懂男子說什麼，知道情況相反。對方想要給他玩彩券賺到的錢，但不是他贏錢，而是他的媽媽，他的媽媽賭性堅強，每天，只要有機會到廣場附近採買或跟她的手帕交聊天，絕不放過可以「下注」她夢見或算出的幾組數字。這一次，她賭贏了某個東西，地下彩券商找兒子把獎項轉交媽媽；像這樣透過中間人不太尋常，但同樣地，地下賭博遊戲本來就不尋常，會突然急需償付所有賭債、收回所有放貸，把一切歸零，重新開始。瓦拉摩大大鬆了一口氣，他無法拒絕，只好伸出手，接下司機遞給他的東西，而眼前的這個男人也是剝削他的債主。

接著，笨重的汽車不再往前開，或者說是往後退去吧，而他繼續沿著人行道直走。這時，他才敢瞥一眼緊緊地握在手裡的東西，他看到一張褪色的一塊錢披索，鈔票相當破舊，恐怕連揉都沒辦法揉成一團，而且鈔票是用一張從筆記簿撕下來的紙對摺包好的。紙頭在紙上註明賭贏的是哪一局，接著是賭輸的其他幾組數字，以及輸贏的最後金額。瓦拉摩已經習慣替媽媽跑腿，處理這類事情，所以塞進口袋前，他不經意地瞄一眼上面記的東西後，隨即忘得一乾二淨。這張紙雖說引人好奇，但是門外人看來，可能一頭霧水。此刻，紙上記的看似數字，但不只如此。那些人相當謹慎，他們使用暗號溝通，每個數字都代表某個字。紙張乍看像是一封再普通也不過的信，只是語意不清，而且寫的是笨拙的正體字；那些司機多半算是半文盲，他們編了一個對照表，再靠死記謄寫，各式各樣的錯字都有。如果他是賭客（他有時的確是），也許會放棄解碼，直接相信地下彩券商的人品，但是他知道他媽媽會花很多時間拆解暗號，確定每一局是否確實依照她一開始的委託和幸運數字下注，否則不會罷休。

他抬起頭，手還插在口袋裡，夕陽餘暉灑落他身上，彷彿置身一場神聖的沐浴儀式。陽光使世界轉動；他的世界就是科隆區；科隆區就是這座廣場。餘暉洗去了恍若孿生兄弟緊隨他的黑色影子勾起的擔憂。為什麼想這麼多？為什麼作繭自縛？解決辦法明明近在眼前，只要睜開眼就看得到。餘暉一方面恍若淡去，一方面又像變深轉濃：光影的變化把植物、人群、動物、雲朵和土地，渲染成各種色彩的雕像。這個時間，大家全湧上街頭，前往市中心碰面，這般景色，不管是活人還是逝者都會睜大雙眼。樹上的每片葉子映照在人們踩過的地面，形成向晚時分一座座通向歡樂的隱形迷宮。可是瓦拉摩口袋裡有兩張該死的偽鈔，彷彿蝙蝠揮動揚起天鵝絨般黑暗的雙翼；鈔票沉重無比，他得要好好思索的想法更是如此。就在那邊，在他的眼前，生活上演著，他卻無法參與！把兩張鈔票找開，應該是世界上最簡單的事，他卻連著手計畫都辦不到。他感覺自己在杯子裡溺水，他害怕自己陷在蠢蠢欲動的邪惡想法中，永遠錯過顯而易見的答案和真相。他把手抽出口袋，一個徒勞的動作，想抓住飄浮在光線中的浮粒。他邁開一步，心想：為什麼是我遇到這種事？為什麼是我？廣場上熙熙攘攘的幾百個男人、女人和孩童，好似都在內心不停地嘲弄：「還好不是我。」「還好不是我。」

他感覺有點頭昏，有點失控，他知道，全怪這個狀況，於是他停下腳步，瞇起眼睛凝視。他的視線掃過中央大道的右邊和左邊，繞了廣場一圈，他的面前有一群擠在一起的原住民婦女坐在地上，販售的商品陳列在毯子上面。她們無所不賣，從油炸食品到金耳環都有。他注意到他的血壓正如預料下降，這時來些點心能幫助恢復。他走近其中一位婦女，跟她打招呼，看了一下她的擺攤，最後指著一個骰子形狀的紅色點心。她把點心用一張紙包起來，他俯身接了過來，馬上拆開，把紙張塞進口袋，以免弄髒人行道，接著用右手的食指跟大拇指拎著紅色的小點心。他太過恍神，遲了半晌才記起要付錢，這時他的左手一個不自在的扭轉，開始翻找口袋。但是該怎麼付錢？他沒有銅板……直到他想起司機給他的一塊錢披索，於是遞給了小販。對方一臉驚恐，連忙拒絕那張鈔票。「一塊錢太多了！」她沒辦法找零。「沒有比較小一點的嗎？」他搖搖頭，表情悲傷極了。有那麼一瞬間，他想要拿其中一張百元鈔票給她看，但他想這樣太魯莽，而且要伸出相反的那隻手到另一側的口袋找東西不容易。最後，她拿走一塊披索，嘴裡嘟噥著得叫找零的過來，她們相當習慣這種需求。這時，有個殘疾男子走過來，他彷彿有什麼觸動警覺的特殊本能，一種解決這類需求的工具。男子行動不方便，不怎麼適合這份工作，卻能用這個方式掙錢，也讓人見識到社會上沒有小到不足以填飽肚子的工作。他拿著那張一塊披索離開，沿著一排原住民女商販前走過去，他的兩條腿顫抖，但靠著身軀抽動和雙手揮動，維持了搖搖欲墜的平衡。她們不願合作，抗議聲響徹雲霄，但幸好的是每五個會有一個願意幫他，所以在盡可能的範圍內，那張一塊錢披索愈分愈小；他幾乎走到了街角，而女商販在等他回來時，批評了一下幫她們所有人找零的工作，來打發時間，她說這是西西弗斯的工作，因為不管花再多力氣換錢，一天結束後，一切都會歸零，第二天再重新開始。

殘疾男子拿著零錢回來，遞給瓦拉摩，瓦拉摩先是道歉再感謝，接著不得不留下來聽男子滔滔不絕，這時男子全身是汗，因為一番努力而疲累不堪，講些什麼瓦拉摩幾乎聽不懂。他面對瓦拉摩的道歉，試著說顧客並沒有錯。千錯萬錯是貨幣制度的錯，鑄造的數量明明不夠多，卻誤導大眾敬重根本名不符其實的信託單位。這似乎是個令人非議的情況。國家的印鈔機絕對沒有工作超過負荷，雖然需要加班滿足已經沸騰的貨幣需求吧。問題是機器只忙著印千元紙幣，用來支付比方說他們自己的薪水，疏忽真正「流通」的是小錢。真是難以置信，竟然只願意印這麼少的小錢，然後印那麼多大鈔討在位者歡心。但是這種忽略是可以解釋的，因為上層人士離普羅大眾的真實生活太遠。若不是如此，下令鑄造硬幣會花什麼力氣嗎？可能只要一次或兩次，巴拿馬人民的生活就能好過一點。他們領國家薪水不就是為了這個？政府高官的職位可不是肥缺。要是他們爭辯鑄造硬幣要比印鈔票昂貴，為什麼不印鈔？是誰說小面額一定要使用昂貴的硬幣？而大面額就能使用便宜到不行的鈔票？不能反過來嗎？反過來不是比較合理？

他步向廣場中央；他一顆心七上八下，快呼吸不過來，一個個跟他擦身而過的人輪廓模糊不清；有些應該是認識的人，是他許多年前的女友，如果沒跟她們打招呼，她們可能會誤以為他沒教養沒風度，因此玷汙他的名聲，甚至以為他結束了單身生涯。瓦拉摩是個力求體面的男人。他是個中年男子（一般會回顧過往的年紀），在這年紀他總是說：「我年輕時遇過很多問題；要是當時沒解決，或幸運之神沒助一臂之力，今天的我可能早已安息在九泉之下，或者淪為乞丐，或者住進精神病院……更慘的話，我可能靠拉關係找工作餬口，繼續窩在我母親的家，孤家寡人，沒成家立業……」但最後一句話確實是他目前的寫照，這是個真的會引起嚼舌根的話題，是待清的帳本。他抬起頭。這個時間一定看得到水手的身影出現在廣場，而賣春女正在引頸期盼。他們也以自己的方式追尋著他們的愛情。但他們尋找的是當下的短暫，不是一輩子的長久。他抵達市中心，這裡原本要有一個後來沒建的紀念碑，接著他看向左邊，大教堂的輪廓映入眼簾，每一扇門都是敞開的；門口直通聖壇，所以他能一眼望見盡頭被黑暗包圍的聖母像，那兒唯一的照明是雕像下祈願蠟燭淡紅的燭光。聖母的後方是耶穌，那藉由她的身體誕生的上帝，張開雙臂的模樣恍若昏暗中不祥鳥兒，但並不突兀。每個人都前來祈求聖母的慰藉、鼓勵或啟發，祈求任何東西，因為人在世上無法不尋求一個超自然的偶像。但是這樣的偶像只存在於畫中、想像和迷信。瓦拉摩總是問自己，人想活著究竟要怎麼做。此刻，他相信他能回答自己：人能活著，就是不用問自己該怎麼把偽鈔找開。

就在這一刻，有個尖銳的嗓音大喊他的名字，並伴隨各種不堪入耳的侮辱，將他從神遊拉回了現實。那是個瘋子，人人都認識他，習慣他的存在。他是個古怪的角色，讓人覺得猶如芒刺在背，因為他的瘋癲，是對著任何人大吼對方欠他一筆錢，從他的叫囂聲判斷，他是真的幻想大家欠他錢。他要人還他錢，不管金額大小，他說對方借錢，又說這個或那個人或不論是誰，拒絕還錢，這樣陰魂不散，直叫人受不了，他在路上碰到認識的人，就會以道德控訴他，向他怒吼，每天重複了上千次。他活在自己構築的世界裡。跟他吵架沒用。有人打他，也有人取笑他。想擺脫他，唯一的辦法是給他一枚硬幣，然後說「賒帳」；這樣才有效果，不過長時間下來會適得其反，因為他更確信自己的幻想，下一次碰到同樣的受害者，他會從「賒帳」開始騷擾；然而，很多人為了暫時擺脫他都這麼做，瓦拉摩也想用這個方法。他開始翻找硬幣，但是用左手很困難，他得扭動整個身體，把手伸到夾克或褲子的右邊口袋，他天生慣用右手，東西全放在那裡。最後，他拿出一枚硬幣，用手指夾住丟給他，心想：我追尋的是愛情，卻遇到一個咄咄逼人的瘋子。瘋子丟下他離開，嘴裡嘟噥著斷斷續續的句子，語氣充滿不悅：「居然用左手拿給我，狗娘養的兒子……」在科隆城，這樣一座天主教滲透到骨子裡的城市，仍舊有著這種根深蒂固的儀式習俗。瓦拉摩心想，他難道沒看見我不得不用左手嗎？

剩他一人後，他繼續邁開腳步，並問自己為什麼不用右手呢？事實上應該說用他整個右上半身。他努力集中注意力，或者其實說他精神開始渙散……這時他發現自己分心了。因為他的右手拇指跟食指拎著紅色小甜點。他把手舉到臉前。熱氣融掉甜點的一部分，頂端不見了，甜滋滋的汁液流下，沾染他的手，然後順著襯衫和夾克的袖子下端往前臂流下去，滴著黏答答的絲線。他急忙用視線搜尋哪邊可以扔掉甜點，但是他以前曾注意好幾次，廣場上並沒有設置垃圾桶；這又是官員的另一個失誤，逼人不得不把無用廢紙塞進口袋。這一次他想都別想塞進口袋，他可不要搞得一塌糊塗，所以他走近一塊草皮，想把甜點扔在青草間，這樣一來就不會有人踩到。但是還有一個更好的辦法，因為他站在很高的灌木叢邊，所以他把甜點穿刺在其中一根枝椏的尖端，看起來就像一朵飽滿但醜陋的花，不論如何，並沒有跟繽紛的熱帶景色落差太大。他的手因為剛剛不自覺的施力，麻痺了。他甩甩手，希望刺激血液循環。他望著手，為了怕黏在一起，他的手指撐得很開：手掌泛著一層油亮亮的紅色，彷彿戴著透明塑膠手套。不知道為什麼，他心情轉壞，決定直接回家。他走向廣場的轉角，往其中一條呈放射線狀延伸出去的大道上而去，這時空氣完全變調（或者這是他的幻想呢？）；在弄清楚發生什麼之前，他感覺壓在身上讓人呼吸困難的重量，一種時間的重量，不見了。是什麼？一切完全改變了，又似乎什麼都沒改變。他搜索內心，愈挖愈深……他回想幾分鐘前，回想發生的事，回想記憶，回想感覺，他頭昏腦脹，但幸好一下子就結束了，因為他發現原因：號角聲停止，開始降旗。他回過頭看向旗杆，那位吹號角的士兵已經放下樂器，其他兩位抓住國旗的四個角，彷彿那是一張床單，然後兩人靠近把旗幟從中對摺，然後四摺、八摺，十六摺……從剛剛到現在，那個樂聲穿透他的腦袋（可能有害健康吧），他問自己，是不是真的如他感覺過了好久時間。他想起有一種魔幻時間或泡泡時間的說法，對一個人來說的一輩子的時間，對其他人來說只是一瞬間，比如一顆蘋果從樹枝跌落地面。但是或許一直是這樣。一般來說，地心引力法則跟速度相關，而意料不到的是，也跟絕對的緩慢有關。突然間，四周的空氣像是掏空了，瓦拉摩開始加速往前邁進。樂聲消失之後，他的腦袋似乎莫名地短路，於是他決定不要再思考。

有什麼解決不了的問題嗎？沒有。只有兩張愚蠢的偽鈔。而這不是什麼問題，最後也可能真的只是細微末節。不論是在世界上演中的真實生活，還是在某個遙遠的年代，任兩種事物之間都存在一種差異性。這種差異恍若鴻溝，沒有一種概念能同時包含兩種事物。除了「本質」外，沒有其他詞語吧。「本質」就是從這裡而來，並產生了思考跟哲理，至少一直到今天下午為止的巴拿馬，是這樣沒錯。那兩張偽鈔也帶來一種差異性。或許他決定不要再思考曾注意到吧。但人若不思考，還能做什麼打發時間呢？

回到家以後，他還沒脫掉衣服就撲倒在床上。這個時間，他習慣睡個午覺，只是今天躺上床不是跟平常一樣想休息，增加晚餐的胃口，而是緊張和心煩，他筋疲力竭，再也站不住。他像顆石頭墜落，甚至來不及脫掉深色西裝、鞋子或帽子。他的身體馬上蜷曲成一團，像是醒著做惡夢，汗水淋漓，他睜大雙眼，因為閉上眼睛會湧上一股噁心感，這時他感到身體旁邊有個堅硬的東西，他轉過身，東西大約在臀部的位置。他伸出一隻手往那邊搜索，手掌因為不由自主痙攣一開一合，他得在衣服和床單浸濕的皺褶之間翻找，直到摸到一個非常光滑的溫熱物體，怎麼抓也抓不住。最後他終於抓了起來，然後扔開，因為他的手指不聽使喚，便用整隻手胡亂推開，彷彿手部殘疾的人躺在軟綿綿的千層派裡面，跟蚌殼奮鬥，直到那個東西滑下了床。那是一只有兩層蓋子的銀製懷錶，此刻飛落地面，發出悶響，滾了好長一段距離，沒有碰到障礙物，最後撞上衣櫃的一隻腳。這麼一撞，衣櫃沒密合的兩片門打開來，其中一片的整個內側是一面全身鏡，以圓弧路徑劃開來，掃過整個房間，直到停在面對床鋪和瓦拉摩那雙眼睛的方向。他認不得鏡子裡那具橫躺著正在蹬腳和呻吟的軀體。

屋內一片靜悄悄，卻聽得到各種聲響，全都難以辨識。有一些應該是從非常遙遠的地方傳來，有些是來自內心的回音，在其他時候和在其他地方變成他的記憶一部分。有些奇怪的嘎吱聲壓過了意識不會記住的一般響聲，而在所有這些聲音的最深處，是他自己輕輕的呼吸聲。他的體內像是有個東西鬆脫，發出滾動的聲音。這個時間，房間內的光線逐漸褪去。這個變化也會發出聲音。這一片靜悄悄在光影的變化間有著「之前」和「之後」的微妙不同。聲響本身也會製造聲響，一種細微的悶響。其實做惡夢，並不一定要真的做惡夢，這是瓦拉摩這天遇到偽鈔問題的感觸。遇到意外就可以是惡夢。

衣櫥的上層隔板，堆積著盒子，數量多到非得用力塞進去，結果擠壓著門，遭懷錶一撞，紛紛摔落到地上。墜落時，顏色絢麗的盒子形成了一道道鮮豔的彩虹，一個接著一個撞上地面，發出悶響，隨著愈堆愈高愈不穩，最後接二連三失去平衡倒塌。那是盒裝速食，有馬鈴薯泥粉，魚翅乾貨、肉鬆、蔬菜、乾麵條，甚至是果汁錠，包裝全部是吸睛的卡通圖案，此刻，正從那面映照著他的鏡子上面，像是翻書，以飛瀑的速度墜下，而鏡子裡橫躺在盡頭的他睜著詫異的雙眼。那是他之前買來當投資的。他認為這樣安排存款比較有保障。巴拿馬是第一批生產盒裝速食的國家之一，這種產品的銷售對象是開鑿運河的大量單身勞工。食品的品質優良，然而生產的企業卻在眨眼間破產，因為他們太晚發布產品消息（他們不得不等到需要的技術成熟），加上女人不知怎麼著出現了，工人紛紛娶妻，有老婆替他們烹煮新鮮的食物。瓦拉摩在後來舉辦的清倉大拍賣，盡可能買來囤積，幸好盒子上印製的保存期限還很長。

從史上的中國萬里長城可以看到人類的每一個小小瘋狂。但是思考的點是一樣的：當一個人只從唯一一個觀點塑造自己的人格或命運，儘管交疊再多想法，他的人生其實嚴重偏向一次元空間。這就是瓦拉摩的寫照。他為什麼還沒結婚？得反過來問才有答案：他為什麼還是單身？因為還沒結婚。這也可以從歷史得到一個解釋：巴拿馬有大量男性人口，處女的比例相對低，看到的女性都已結婚生子。這些移工引起的人口失衡現象，最後影響了個人生活層面。人口不僅僅帶來影響，也造成社會分明的色彩，即使人數調整也不會消失。瓦拉摩的生活正是在這種過程中建立起來，所以他無從得知其他可能性，無從想像不同的生活條件，如同住在再多一次元的時空世界的人也無法想像。然而，並沒有這麼難。單身王老五毒害世界，打造他們自己的未來，而他們獨特的應變方法製造了其他事件，一天就消失但留下痕跡的事件。

我們的主角有個嗜好。這是一個讓他逃離大致上悲傷而不滿的生活的途徑。最後，當他覺得試著在白天睡覺是徒勞，便起身，到他工作的角落，看看能否轉換一下心情。總之，他也沒其他事可做。那兩張偽鈔突然闖進他的生活，讓他至少不用煩惱怎麼運用時間。不過時間問題還是出現了。桌上有個桶子，裡頭有隻大概十五公分長的魚，那種來自運河的黃色魚種，據說是變種魚，即使是變種，乍看也不太明顯，因為魚一直在游動。在一個大分隔盒裡頭，有一堆酸液瓶子、管子、導管和刀具。他認真地看了器具一眼，但注意力再一次回到桌上一個紙板模型半成品。剪刀、線材、漿糊，還有一團從紙板剪下的東西，顯示他試過多少次摸索想要的形狀；模型此刻的外觀距離成形還有好長一段路。他想做一架鋼琴。不過鋼琴應該是什麼模樣？當然，他手邊沒有範例，記憶裡也搜不到參考。他猜測，應該就是一個四方體鑲進另外一個裡頭，這樣組成的吧。一開始，他以為自己完全認識鋼琴。任何人都知道什麼是鋼琴的。既然他要的鋼琴不講究細處，只要能看得出是鋼琴即可，便以為讓每個人都能從輪廓分辨輕而易舉。可是，經過一次又一次繁複的嘗試後，出自他的手的東西，連他這個知道是什麼的人，都無法想像那是鋼琴。

他的嗜好是製作小動物標本。他不是為了養成一種嗜好，而抱著意興闌珊的心態開始，他是希望賺點外快，彌補少得可憐的薪水。若是花掉那兩張支付薪水的偽鈔，會讓他吃牢飯，他就得要靠這份外快的微薄利潤，才有辦法生活。製作標本不容易，況且，他並不認識從事這一行或具備專門技術的人。沒有相關知識的書籍，或者有但並沒在巴拿馬出版。所以他得土法煉鋼，從嘗試和錯誤中學習。不過要嘗試的範圍太廣，就像生與死甚至死後之間什麼可能都有，實在令人喪氣。更糟的是，若不能好好製作，就是浪費力氣，沒有必要去做；尤其想販售謀利，最後的質感遠比製作過程重要。作品「要」精細、漂亮、自然，完美，定格在經典的動作，換句話說，成品要跟製作前一模一樣。雖然不會動，但要做到栩栩如生，需考慮的特性多如牛毛，永遠無法完全知道有哪些。

他試著製作一條彈奏鋼琴的魚。他把魚養在臉盆裡，得讓牠活到最後一刻，因為他知道像科隆城的氣候，有機物質失去生命氣息很快就會腐敗。他先從鋼琴模型著手，到目前為止卻只能以慘不忍睹形容。他認為他的設計很可愛，可以吸引買家。或許用一種像音樂盒的機械來製作比較恰當，然而這已經超出他的能力範圍。他帶著哀傷眼神凝視著模型，然後把東西移到一旁。即使從魚開始也一樣；他製作的是定格的模樣，所以不管哪個先做或後做都差不了多少。製作魚的標本難度高，但是打造鋼琴看似簡單，結果也是難的，不過也可能相反。他俯身看著水裡的魚。這條小魚不停地繞圈圈游著。瓦拉摩感到巨大的沮喪罩頂。他非常難過不得不做的事！這個小東西會死，擁有第二個生命，一個看似要幾個世紀的過程，在短短幾分鐘完成，按照一堆既定的步驟，一步接著一步都要正確不能犯錯（他也不太清楚有哪些步驟）。他最慘而且慘到不像真的的失敗經驗，是完成後動物還活著。並不是看起來活生生，而是真的活著。沒錯，難以置信，但這是發生在他身上的經驗。

他發現有許多步驟不可或缺，以及得按照先後順序，包括使用的藥水劑量也要精準（多數是酸液），他評估成功的可能性之後，決定記錄實驗過程，以後就照著重複一遍。但他從不必這麼做，因為不可思議地，他相當幸運，沒人會碰他這個居家科學家和手作者的東西，即使酸液灌到一半遭到打斷，還是保持在擱置的狀況。這個房間是他的祕密迷宮，事實上整個屋子都是，既然擴大了範圍，也可以說整座科隆城，甚至是整個巴拿馬都是他的實驗室。

他可以安靜工作，不管多久都可以。當然，若是經濟條件允許的話，他可能會很樂意放棄這個或其他任何工作，娶妻生子，好好地建立家庭生活。不管如何，一旦遭到打斷，是一次或千百次，即使轉眼而短暫，再回到工作時，依舊拖延了進度。因此他拿起一張白紙，攤平放在桌上，然後放上一枝筆。他慢慢地寫下製作魚標本的細節，他的英式字體相當高雅，每個記錄之間留白，並詳細編號，以免混淆順序。但是製作這個標本，他不得不浸濕雙手，手指頭沾上了擠壓標本物時流下的油脂，所以紙張不再潔白，也不再發出沙沙響聲，接續第一行的其他行，為了避開汙漬，只得往下或往上寫去。

他以自認合理的步驟處理魚。魚滑溜溜的，他沒抓牢，一開始劃開的割線，就跟他的字體一樣歪斜。他應該要清空肚內所有東西，但沒辦法，因為裡面沒什麼需要清的。他削下一片硫磺，縱向頂著魚骨。他拿起一支小筆刷沾濕酒石酸將裡面刷一遍，接著再上一層白膠，然後封起來，他把標本倒掛，吹開兩邊的魚鰓，然後灌入硫酸液跟髮膠，這樣應該足以保持魚鱗的新鮮。接著輪到處理魚頭。他希望臉部能有點表情，比方說，當音樂家專注在艱澀的琴譜時的表情，但是能做出表情的材料不多。他伸出指腹碰觸非常柔軟的魚眼睛。他用小湯匙挖出來，但搞得一團糟，眼珠子滑到他油膩膩的手上。結果變成兩個過大的洞，無法塞進他事先準備的多角形玻璃塊。他只好多放幾顆到兩邊的洞裡，直到放了六顆才剛剛好。接著，他想要把嘴巴扭成微笑的表情；他把一條鐵絲穿進去，成功了。每完成一個步驟，他就要求自己停下來寫筆記，這樣一來雖會打斷靈感，但可確保以後做得出複製品。但是他真能記下所有做過的步驟？還有數以千計的東西沒寫上去：動作、姿勢、手的力道、酸液確切的量，在一直改變的活體劃下的每一刀跟每一褶痕的圖解，甚至是燈光，精神狀態，是否急忙，或者有無興致。他的筆記非常粗淺，非常簡要；看不出來哪一點比較重要。

他把所有能找到的跟必須鑽的孔，填滿所有裝在燒瓶裡的材料（他會依照效果決定，但覺得不全部都試的話很可惜），接著整成差不多是S型，呈現鋼琴師在樂器前的姿勢……他腦中的一個想法讓他驚覺作品有個令人相當難過的細節：魚沒有手臂，也不會有手以及手指，所以無法彈鋼琴，甚至連假裝彈奏都做不到。他不知所措，愣在那裡。他不敢相信自己居然沒想到這麼基本的事；他試著在腦海重新勾勒當初構想的畫面，卻只想起模糊而隱約的輪廓，因為當時滿腦子魚與鋼琴兩個絕對獨立的個體主要的差別。他不想給自己找麻煩，比方說接上青蛙的前肢當手。幸好鋼琴還沒做好。他得緊急補救；一股難以忍受的迫切湧上心頭。他想到改成吹奏樂器……這樣比較適合魚的角色……可是他已經插進鐵絲做出微笑效果，斷絕了修改的可能性……不過或許還不算太遲……他伸出氣得發抖的手指揉捏那抹微笑，但又急又怒的結果，弄成了個倒三角嘴型，像是異想天開的魚肉短號。他抽回手，有那麼一瞬間，他感覺這是一件意味深長的作品，甚至想像高音符冒出來，高喊開麥拉。可是他不想開麥拉，他想要休息，因為他累壞了。他想起不久前在廣場上聽到的吹號角。那聲音應該一直在他的潛意識裡迴盪：箝制他的一天。

但是一瞬間過去以後，他帶著比較冷靜的目光，發現手中黏呼呼的東西簡直醜陋恐怖。工作結束了。他把東西丟進臉盆，因為沒抹布，他拿起筆記紙擦乾雙手，接著他想紙張應該還能用，便摺好塞進口袋；他對所有的紙類有一種接近迷信的敬重。他的視線回到臉盆，看見那條扭曲、腫脹，醜陋的魚正歪歪斜斜游著，彷彿海馬，由上往下，顯然還活著。最後總是這樣。不管他對牠們做了哪些事，總是還活著。更正確說來，這是他第一次遇到這種事，但是發生一次，就足以是「總是」。

他想繼續工作，但沒辦法，因為這時他聽到用力的關門聲，並為此不知所措。他彷彿清醒過來。他彷彿突然間不再是一個人待在他的祕密工作室，但是他的工作室還是個祕密，也就是說，他彷彿從一個夢醒來，又進入另一個夢裡。他生氣但不知該如何是好，他抖抖兩條腿，瘦削的身軀跟著抖動，頭也連帶晃得難受。他失去平衡，撞上牆壁。這麼一撞後，一股衝動浮上來，讓他哼聲連連，穿過廳堂，走向大門。結果並沒有人，連小小的玄關處也沒看見。他往前走到臥室，廚房……沒有人，除非潛進屋內的人躲在某個家具或窗簾後面。但是他沒時間找藏身處，況且，這個人要是有所圖，是不可能用力關門的，門板到現在還在響著呢。屋子很小，藏不住祕密。什麼都沒有，除了急促的呼吸聲，和迴盪在牆壁之間的撞擊餘音。但是，關門聲正是不只有一種可能，還有另一種可能，也就是宵小也許在屋內，也可能出去了。而他聽到的，其實不是來自屋內的聲響。

他從前門出去，一開門，迎面而來的是震耳欲聾的吼叫聲，讓他不禁瞇起眼睛。真不可思議，他的媽媽個子這麼嬌小，而且這把年紀了，嗓門竟然可以這麼大，因為眼前並沒有其他人。她正在街道中央扯嗓大吼。午後已換上一天最後的顏色，將那抹孤單的小小身影鍍成深沉的金黃。當然，他聽不懂她喊的半個字，卻完全明白她的意思。或許瘋狂和年老的面貌不同，卻都掩藏不住內心話，而內心話是了解的開始也是結束。他的媽媽莫名發飆，對著鄰居緊閉的門窗破口大罵，其他人都聽不懂，只有她懂自己正在指稱他人居心不良，意圖不軌。她用密碼似的語言在抗議。瓦拉摩感覺有這般偏執的媽媽有些丟臉，不過他知道自己不是人類中的異數，其他人可能也有同樣遭遇。因此他冷靜下來處理。他出去到街道上，俯身拉起她的手（她只到他的腰部高度，看起來簡直是侏儒），感覺她微微抗拒，牽著她走向打開的大門。

他的媽媽雖然願意跟他進屋內，沸騰的情緒卻沒平息，反而高漲，此刻有個聽眾，更一發不可收拾。跨過門檻之前，她轉過身面向街道，丟下最後一聲威脅性的辱罵，舉起小巧如榛果緊握的拳頭，在空中揮舞。瓦拉摩帶她到一張扶手椅旁，讓她旋半個圈坐下，他坐在旁邊，打算捧起她的雙手安撫她。但是當他牽起她的左手時，發現她手裡緊抓著一張紙，他懷疑那就是她大發雷霆的導火線。不論如何，要討論也要弄清楚真正的原因，所以他單刀直入，問她發生什麼事，並伸出手指碰觸那張紙。但是她突然間眼神迷離，抬起下巴嗅了嗅。瓦拉摩也發現有一股臭味讓人難以呼吸。於是他開始解釋他剛剛在做實驗，那是他使用的化學藥劑的味道。可是他要講話不容易：臭味封住他的喉嚨，讓他的眼睛灼熱，眼淚撲簌簌流下來。而且，他想說的話被臉盆裡啪啦啦的拍水聲掩去。在這個時間點，絕對不可能正常談話，更不可能安撫他媽媽的歇斯底里。他比個「馬上回來」的手勢，衝去打開窗戶。回到扶手椅旁，他把媽媽抱起來，踩著急促的腳步往廚房方向而去，她拿著那張紙搧風，兩人到了庭院。庭院盡頭有個長鐵凳，母子倆就在那兒坐下。

半晌，他們恢復正常呼吸，綠葉沙沙作響，鳥兒鳴唱，不再聽到從屋內傳來的魚的拍打聲。瓦拉摩低下頭盯著他一雙黑鞋的鞋尖，嘆了口氣，打起精神面對眼前這個對他自信的考驗。可是，要怎麼跟一個野蠻人進行文明的對話？而這個未開化的人還是他的媽媽？跟母親有著落差的男人該怎麼做？每個母親都有非常多層的人生面貌，一直影響著她們，不只是在生兒育女前後，而是在人生的所有階段。她說的每樣東西，都要加乘人生的多層面貌，深不可測，永遠無法每一次都準確理解。在他的例子，媽媽搶了他的話，連珠炮似地轟炸，口齒不清，但有把握兒子只有一層的面貌，只能接受。這一層面貌就是他單薄的外表：骨瘦如柴，一身黑色西裝和帽子，身影在昏暗天色中勾勒出來，背後襯著巴拿馬絕美的黃昏景色。對於單身王老五來說，與人同住處處都是陷阱。

到底發生了什麼事？她收到一封匿名信。她手中那張紙，是有人從大門底下塞進來，惡意恐嚇一個可憐的寡婦，這個神祕殺手是懦夫，是種族歧視者，是豺狼虎豹。瓦拉摩瞇起眼睛，直到瞇成兩條細縫，看不到眼睛。他的帽子在朦朧光線中泛著黯淡的光芒。如果他是瓶礦泉水，而媽媽手中拿的不是一張揉皺的紙，而是玻璃杯，她可能狠狠地兩口就喝光。那張紙的模樣，讓瓦拉摩想起最近發生的事，只是個平凡無奇的插曲，可是他忘不掉。幾個禮拜以前，他的媽媽買了一張床墊給他，但是不想多付宅配的一點費用；她說晚一點去找他。他從政府部門下班後，儘管很累了，並抗議這種「不太對的省錢法」，還是得陪她去取貨；她跟兒子保證床墊很輕，他們母子可以輕鬆扛回來，話是沒錯，但是他們選的床墊店家是在科隆城的另外一頭。當他們到了店裡，銷售員跟他們要取貨單，她拿出帶在身上的單子。那男人看了正面又瞧了反面，粗魯地把單子退給她並說：「這不是取貨單。」事實上，瓦拉摩看到那張單子是隨便的一張紙，上面滿是塗鴉。他感到萬分羞愧，他媽媽卻堅持是取貨單沒錯，她只拿到這張紙，她繼續吵了好久，期間銷售員還拿出真正的取貨單給他們看，上面有商家的信頭，他說，除非他們拿出取貨單，讓他可以蓋出貨章，不然不能把床墊給他們。最後，他受不了了，終於把貨交給他們，於是他們使出全身力量扛走，路途上好幾次停下來，因為天空開始下雨。他們回到家以後，翻遍家裡，卻怎麼也沒找到那張該死的取貨單。

他並非那麼好奇，但為了討媽媽歡心，他把匿名信接過來，試著讀看看上面有些什麼。他看得很吃力，天光黯淡（幾乎是天黑了），但就看到的足以確定是封匿名信無誤：字體相當獨特，內容支離破碎難以消化和理解；有點太過獨特，彷彿字跡的主人只是想完成「匿名信」，毫無頭緒該說些什麼，信裡只是一些普通的字句，似乎是隨手寫上，只想要製造「匿名的效果」。天色已經完全暗下，字體災難似地糊成一團，儘管如此，他還是能慢慢推敲，讀出一些再平常也不過的句子，比如：「妳老公欺騙妳」，「我們要炸死妳」，「妳不會僥倖逃過一劫的」等等。這可能是給任何人的話，對象可以是所有人或者意有所指：指責某個人隱瞞過錯。他們究竟遇上了什麼事？他們孤兒寡母相依為命，每一分錢都砸在認真過活，因為她是母親而他是兒子。如果他結婚的話……他把信翻過來，而竟然是床墊的取貨單。真是詭異：他們在家裡遍尋不著這張單子，最後卻以這樣不祥的方式出現。但或許這就是解釋：因為取貨單上寫上他們的姓氏瓦拉摩以及住址。他拿近一點，想確定資料是否正確；但是什麼都看不到。他把信放在一邊的腿上，伸手抓住媽媽的臂膀，替她換個姿勢：然後他回頭看這張匿名的取貨單……好吧，這是解釋，可是要怎麼解釋得通？他放下信，讓媽媽恢復之前的姿勢，他沒注意做這些動作時，媽媽依舊絮絮不休。媽媽就在他的身邊，觸手可及，他擁有的不只是她的相伴，還有相伴的意義：對他來說，這是他曾經能考慮的另一種生活；但成人都不會這樣夢想。在一片親密的幽黑之中，觸手可及……然而，不知道彼此的心思。

她正試著辯解其實並沒有人加諸在她身上的控訴。她年事已高，腦筋不太清楚，應該是想起遙遠的故事，發生在半個世紀前，在他們熟悉的世界出現以前，幾乎可以說在巴拿馬建國之前吧。他發現這個古老的故事主題是母與子，這也是她的故事的軸心，而不論是在哪個時間點，或是換到哪個空間，她都會再重建故事的元素。她在焦躁時，會不知不覺改口說中國話（廣東話），瓦拉摩聽不懂。他大可說：「不要跟我講中國話。」但應該沒用；這就像是跟她說：「不要在黑暗中跟我說話。」他再幫她換姿勢，就像個小孩摸索著，把小熊放在床上的抱枕之間，永遠不滿意怎麼呈現想像的姿勢。然而，他也是這位遊走在宇宙深處叫娜娃的時間旅客的核心角色。他是子，故事的元素也會因為他一再改編。他媽媽以母與子為中心，搬出所有的可能來解釋匿名信。其實這是唯一的故事，沒有其他，因為一封匿名信上的所有暗示（不管是外遇、詐欺、報復，還是惡意），都是能再發展出其他故事情節的萬用成分。

她說嫉妒的鄰居在背後指指點點，肯定是指她年輕時孤苦無依來到這個地峽之國，她曾經渴望有個孩子，在路上遇到孩子都會送上微笑（這是她唯一的笑容），逗弄他們，摸摸他們，甚至抱他們一會兒，父母通常會允許她的舉動，或許是看她一身色彩鮮豔的異國風裝扮，或認為她是個善良的仙女，會賜予才能、好運或是天賦給孩子。因為語言不同，她無法戳破他們的幻想。直到有一天，有一對父母把孩子留在她的懷中，消失無蹤，當時她不知怎麼恍神了，回過神後他們已經不知去向，也不知道是不是故意的。她最大的願望實現了，其實這也是她唯一的一個願望。不論如何，從此之後她都有個孩子。然而她臉上的表情轉為驚恐。轉變只是一瞬間，卻永遠停駐在臉上。這個孩子是個男寶寶，約九個月到一歲的年紀，漂亮又健康，有點焦慮，但是愛笑……他的特質、他的舉動、酒窩、眼淚，都是他在成長前的可愛之處：這個活力充沛的漂亮娃娃會長成一個人類，而過程的所有費用都將算在她頭上。這就像世界變成一座山，她必須攀爬上去。該怎麼做？她毫無頭緒。她想過千百次把小孩丟棄在某個門廳，只是這麼做需要鐵下心，才能消弭她心中的恐懼。她得承受一開始的洩氣，完成一個艱鉅任務。而現在，那些惡毒的言語，那些匿名的言語，正責備兒子不是她親生的，控訴她搶了其他父母的孩子！

瓦拉摩把故事當作一種暗喻，用童話手法，替可憐、愚笨、無知和逃脫不了宿命的移民平淡的生活增添一點味道。可是，聽過一遍之後，會發現又是同樣的童話，使用同樣的人物。在一次次的結束和重新開始之間，故事褪去了質感。如果想用合理的情節來陳述，很快地，會再使用同樣的字句重新開始故事。如果他媽媽的母性是一個不斷重複的故事開端，守寡則看似結束其實是個前提；沒錯，她是個寡婦，但她曾經已婚。瓦拉摩的爸爸是個有錢的商人，是個忠於家庭的好父親，滿足妻子，給她安全感。作為他的兒子能在政府部門工作似乎是個奇蹟。他坐在剛入夜窸窣聲響圍繞的花園裡，從奇蹟這個想法，發現一個跟占據他媽媽腦袋的類比或差不多的童話；在巴拿馬，有個獨身男子獲得一份公職，這個人就是他。其他人應該只能幻想有一樣的工作。不過，這不是個童話，而是發生的事實。而這個事實的確能引起鄰居嫉妒，他跟他們很熟，因為他敦親睦鄰，所以他可以輕易想像，他們看到這樣類似獎金的鐵飯碗眼睛會發亮。他為了安撫媽媽，告訴她或許今晚隨時會有鄰居上門為他的惡作劇道歉，搪塞個可笑的理由，說信不是他寫的，而是有人偽造他寫的匿名信。星星還沒現身，但是看得到媽媽的兩頰和內心淚光閃爍。

其實還有一個情節可以使用，因為這個情節有個精確的點，或許能跨越虛構故事的層次，以及他的媽媽猶如「自由間接引語」的絮叨。雖然這麼簡單，她卻不懂得使用或加以著墨。類似這種事，只能等待當事人突然領悟，若是無法領悟，光使用只是徒勞，因為完全失去效果。他的媽媽是中國人，他也是中國人；之後，他的孩子也會是中國人，這是無庸置疑的。這是在巴拿馬一定要實行人口統計的重要理由。乍看或許很糟，彷彿這是大老遠移民到世界另一個角落後存在的唯一理由。對一個巴拿馬人，一個歐洲人，或者一般美國人來說，所有的中國人長得一模一樣，但特別是因為他們是中國人，而不是因為他們一模一樣。在中國，一個中國母親當然生下一個中國孩子，不會有其他疑問，除了那邊的人能分辨他們的不同和相似。踏上移民之路五十年過後，身分的篇章已不再是最糾結的一點。這不是一個當母親的想跟兒子爭論的事。深深地嘆口氣之後，他說該是準備晚餐時間，並站了起來。他走向廚房，打開電燈，回過頭朝庭院盡頭丟去一眼。燈光從敞開的長形門口傾瀉一地，勾勒出他母親的身影，她穿著大紅褲子，金色背心，踩著無精打采的細碎步伐。

接著，他在廚房的餐桌上玩著單人紙牌遊戲，他媽媽在準備晚餐。她煮了一條魚，顏色不太尋常，味道嚐起來也有點古怪。這是一道找死的菜，如果沒中毒，算是幸運了；不管如何，他們吃了之後，應該是發生什麼事，因為瓦拉摩出現幻覺還發燒。他在晚餐時，不好意思地插上收支問題。他說，因為預算調整問題，這個月機關部門延遲發放薪水，他得先拿存款救急。

就在精神狀態這麼不一樣的時刻，他大聲地把紙牌放在桌上（他用自己發明的方法，無意識地記下每一場牌，因為他知道自己偶爾會回想，要是沒記下來，沒辦法重現正確的過程），他的想法是，從頭到尾仔細重建一次非常重要。這條長線起起伏伏，概念難以掌握，意思難以捉摸，但是只要一步步慢慢來，要重現其實並不難：只需要遵循順序，絕對不會走錯，因為是照著順序一個理由再接著另一個。起點是一直在他的腦袋盤旋不去的問題，也就薪水飛了：變成兩張偽鈔。根據他以及任何一個公民對於這件事的所有認知，這是一個令人不安而且從未發生過的狀況。在巴拿馬從未發現偽鈔流通的情形：大眾輿論沒有警覺，很簡單，因為沒必要這麼做，這意味著沒有先例，法令當然也不存在。總之，巴拿馬是個新國家，經歷這類問題需要一點時間。而且要確實落實合法印鈔的法律相當困難，因為這個在初期階段的國家也不像真的。所以如果他被抓到使用偽鈔——他有把握一定會發生，一定會是首例，這樣一來勢必建立一種刑罰，一種「塑造」，把東西從無中生有，利用能夠理解的方法，搭配可信的宣傳方式。這是需要腦力跟想像力的工作，但是對他來說，這個工作的目的並未失去概念，而是相反。因為在這第一起犯罪，官員不得不建立一種刑罰，把它從想像中具體化，也就是把各種可能的組合具體化，那麼，要怎麼知道結果呢？尤其這若是第一起案例，他們一定非得草擬出某個非常原始的東西，在老百姓的腦子裡扎根，成為範例。這樣既是新的也是範例的狀況，可能會產生任何東西，恍若虐待狂最為荒謬可笑的幻想：可能正是他最祕密的恐懼，或者會讓他產生這種恐懼吧；就像置身一個初始的世界，什麼都有可能。

想到這裡，浮上他的腦海的第一個辦法是佯裝天真或無知，也就是假裝沒發現鈔票有異，當作真鈔把錢找開，就像他每個月花掉薪水一樣，如果因為要回溯錢的來源，他被抓到或遭到追蹤，可以努力扮演天真純潔的角色。沒錯，他可以跟隨本能，憑當下的直覺去做。但是他只思考幾分鐘（事實上是過了好幾個小時）就發現其中的不妥。第一個，也就是最重要的，是不管他要做或不做什麼，做得好還是差，是這麼做還是那樣做，法官根據的是事實，不是意圖。他不會採納事情發生之前的心路歷程，理由很簡單，因為那裡是虛幻的領土，和司法毫不相干，只會製造疑問。故事都是意圖編織而成。而唯一的真相是事件，事發經過要透明：事件非但不是故事，而且跟任何故事無關。因此，使出所有力氣，披上天真的外衣，只是浪費時間，因為在最重要時刻，是什麼樣意圖都沒有用，要是真的有所意圖，往往是惡意而非善意的。

即使沒有這個不妥，還是有另一個之前想到的：該怎麼做。這是難以克服的，是難以捉摸的。他的想法是佯裝自然，也就是隨機應變。而這看似是全世界最簡單，再簡單也不過的，實際卻是最難；刻意偽裝自然不但矛盾也沒用。他的這個案例已經註定，若一方面想伺機行動，一方面又要隨機應變，是非常困難的，就像同時往兩個相反的方向前進。因為，除了意圖之外，一個動作（或者一個表情、嘗試或一刻）過後，應該會接著另一個，但是可能是任何一個。隨機應變者應該要在所有的可能之間，做出超乎人類能力範圍的選擇，依照定義，選擇多到即使花掉一輩子，也不可能數得完，更不用去想像延伸出去還有哪些。而依照定義，依照隨機應變的原理，是用不到一輩子時間，甚至不用一輩子的一段時間，而是原子時，一個逝去的一秒。下決定所需要的，也就是說做選擇、形成意圖需要的，是時間，可是隨機應變的匆忙，吞噬掉所有在開始前所需要的時間。此外，外在對他來說是不利的，因為不管他發現一天時間是怎麼流逝的，他會把故事至於時間之上，然後沒有人會相信犧牲了時間。

他的處境特殊，十分尷尬。換成其他人，或許隨機應變能做任何事，真的是任何事，可是他不是其他人，他有個起點，有個打算：把偽鈔換成真鈔。他的目的不是隨機應變，想成功才要這麼做。儘管如此，他都得想辦法隨機應變，因為所有他要做的，即使是小事，都是有目的的。但是他之前的目的，一定會影響現在的這一個目的，因此，他得要隱藏而不是隨機應變，因為事出突然，隱藏也就等於隨機應變了。真是難！但乍看隨機應變彷彿不若想像困難！要從又雜又密的空無之中，生出某個不同的東西，立刻無中生有……而有不同，才能繼續前進。這個世界，真的有這麼多不同的東西，填滿整段被無止境分割的時間？當然，還是可能有些重複的東西，但是基本上是不同的。而一定會創造出一個故事。最清楚的例子是自然數；不過他無法用來當例子，因為自然數無法隨機應變，而是需要理由；沒有人可以說，當他從一數到十，或者當他念出質數，是「隨機應變」？隨機應變時，必須跳脫有理到無理，製造出意料外的東西，滿足無法被滿足的期望。誰有可能成功做到？一定不會是他。最不可能的人是他。他跟所有公僕一樣，帶著恐懼逃避困難的工作，這讓他的第二個本能是找尋輕鬆的方式，盡可能把機會讓給他人。他問自己，發生在他身上的故事是否沒有一個辦法，一種自動力，讓他知道有哪些情境，而不是得靠自己找出來。

不管如何（他不知道他如果決定去做，這句話是否會抹煞他所有的努力），每個選擇的行動，每個時刻，不管是否複雜，全部都可能有個不變而固定的特質：是先發生一個再接著下一個，先有前才有後。這樣的順序，是同樣的情況發生在當下跟出現在過去的回憶，唯一的共同點。因為另一個共同的要素，也就是主觀性，是百分百變動的：在當下是依據自己，以回顧的目光來看是依據他人。如果是法官的話，他會放棄回顧專注現在。這樣一來，當法官令人懼怕的角色變成敘述者，只有外表看似無害。

因此，我們知道，當瓦拉摩玩著單人紙牌遊戲的這一刻，盤據他心頭的茶餘飯後的思考變得如此重要。因為如此重要，就某方面來說可以解釋一切。儘管是小說的形式，這卻是一本文學叢書；這不是虛構，因為主角真實存在，而且他是一首名詩的作者，這首詩依舊是研究拉丁美洲前衛主義的重要著作。這樣的話，讀者或許會問自己怎麼可能，到這裡為止，我們透過所謂的「自由間接引語」，一路看到主角的思考，這種方式通常用在虛構小說，或者虛構化的歷史事件（不是本例）。這有個解釋：讓書裡嚴謹的歷史事件不會太強烈。如果有虛構，也是情非得已或是湊巧；在這確切的一刻（我們透過瓦拉摩「即時」的思考，有個緩衝空間），檢視到這裡所寫的，我們可以確定並沒有虛構成分。或許虛構變成取自真實事件的文獻記載等等，因為基本上輪廓並沒有改變。自由間接引語，是角色用第三人稱，讓人感覺自然，彷彿要人忘了他讀的是一個虛構故事，而事實上，根本不會知道角色在想什麼，或者他為什麼做要做的事。但是要自然，一般而言得融合第一跟第三人稱。因此，自由間接引語不是文學上可採用的利器，而是轉主觀性的工具，少了它，無法了解角色的生活。

但是我們窺伺瓦拉摩的內心並不是魔法，也不是想像或假想。而是重建他的故事。問題是我們是以回溯的方式，在一開始放進我們的結論。所有我們要使主角白天發生的故事變得真實、一路慢慢加油添醋的情境，全都濃縮成他最後寫的詩（濃縮這個詞還不夠強烈），這是唯一的文字資料。一方面因為是唯一的，一方面因為固有的特性，所有絕對是一份可信的資料。這首詩的內容濃縮了寫詩之前發生的事件，再透過反覆重讀，慢慢豐富，一直不停地增加下去。這些細節既是讓人理解的事件，也是他內心的語言，包含了回憶、一掠而過的幻想、遺忘的、不確定的，或者是潛意識乍現的想法。同樣地，也包含外在事件：之後可以繼續添加現實生活中多還要再多的小小事件，直到化為一淵次原子。因此，我們根本不用虛構，只要發揮靈感，完成接近小說的一般故事。詩不一樣，有詩，就是擁有全部，或許我們也可以寫一本電話簿厚度的書，但我們得做出嚴謹的選擇；我們有所克制，是因為原本的計畫就是創作一本極短集，因為是一個實驗（文學評論方面的實驗），而這種實驗應該要短但是有說服力；一旦暴露一開始的假設，再繼續就沒意義。而且可能讓人感到乏味。

《母與子之歌》躋身所謂「實驗文學」行列，是世紀最初幾十年的拉丁美洲前衛主義中最出色的作品。這首詩具備所有遠比寫法重要的情境特色，決定了它的歷史地位。但詩並不是因為這個特色才成為前衛文學作品，而是反過來：屬於前衛文學，是因為這樣的精短。可以說，所有只要是能重建初始真實情境的藝術，都是前衛作品。傳統藝術作品著眼在原因和影響，侷限在本身，前衛文學作品則對所有存在的狀況開放。愈是開放，愈是可能招來對重建先前事件和想法的評論。一部像瓦拉摩的詩作一樣的大師級作品，肯定會有這樣的遭遇，評論不需要慢慢釋義每句詩、每個字，追溯這首詩誕生時的真相的分子。這種「真相的分子」就是評論家所謂的「情境」，恰當融合之後，確立一個極為類似小說的推論，可能與之結合。有兩個不可避免的例外：第一個是用來重建的詩的元素無法增加：這些元素可能是一個字，一句詩，但也可能是一個音節、一個重音，或者一個字義或一個詩節，一小段，甚至是整首詩；反而比較適合重建的真相的片斷，此外，前後的片斷並沒有一對一的關係。第二個例外是，讀過詩之後重建後的真相分子，儘管清楚，儘管跟小宇宙一樣完整，卻是鬆散、毫無秩序的，因此評論家會隨意根據自己的喜好整理，結果可能變成一種非常超現實風的故事（我擔心的正是瓦拉摩的一天會這樣，以及經過這個解釋之後，會有的樣子）。這是當添加情境時發生的。無須虛構，便能得到，有點可笑或天真，總之是沒有道理的；真相的作用總會自動會消失。

最後，再看一點：我不知道是不是有道理，但據說，文學最終的成就，是用某種方法，讓內容在成形時產生共鳴。我想這很難找到能證明的例子，更難的是達到某種客觀性。但是在本例，或許讓人吃驚吧，我們骨子裡的評論精神蠢蠢欲動，因為瓦拉摩在創作前幾個小時，憂慮的東西是錢，而我們是透過自由間接引語來描述他的情緒……不可否認的，金錢與自由間接引語之間，存在一種緊密的一致性。這個原因帶領並解釋敘述的每一步，不論是在內在或在表面。在各自範圍的自由間接引語和金錢，是比其他原因重要或不重要的因素。自由間接引語的風格（這裡點出作者不一定考慮到作用的極限）通向抽象；不一定要是哲學家才懂金錢對社會的影響將社會抽象化，這並不令人驚訝，因為金錢就是抽象的，它沒有其他的功用。事實上，如果這是一本小說，致命的缺點應該是充滿整本書在腦力層面的冰冷的抽象吧，而這是因為使用自由間接引語，創造主角外在和內在的觀點，因此變成一種沒有生命的敘述。既是唯一也非常薄弱的證據是偽鈔，儘管是假的，從抽象面來看，外觀卻是等值的。相反地，我可以據理狠批這本小說，使用偽鈔這樣的題材在當代的虛構文學太過氾濫，太過容易拿來當例子。

每一種時間的使用都有情境；自由間接引語會根據這個使用調整。沒有情境，就不會有時間；沒有使用，時間就會是空的。情境是虛構的主軸，自由間接引語是隨機應變的。瓦拉摩直覺隨機犯罪基本上是不可行的；問題在於，他得奮戰的是老套和困難的辯解。「我當時不在那裡；我在其他地方。」所有他的時間軸，都是情境和自由間接引語構成、湊合在一起，直到組成那些文字。他的詩重要的場景，伯利恆的半夜，聖子和聖母都無法否認他們曾在的時間，就是出於這個要求，所有可能的不在場證據建立了座標，故事於焉誕生。

打完牌，洗好餐盤（紙牌跟餐盤有個連結的共同點），該是上咖啡館的時間，這種男人聚集的阿拉伯風場所在中美洲很常見。瓦拉摩從沒錯過。他每次上咖啡館，總像變了一個人：無憂無慮，擅於交際，多了點西方味，比較正常，不再那麼神經兮兮。不管這是不是想像，不管如何，這都是客觀的事實。他戴上帽子，舉起一根手指搓弄下巴，一副全神貫注的表情。出門前，他得做一件事，但忘了該做什麼。當他聽到輕輕的咳嗽聲時想起來。他應該先讓媽媽睡覺。這不難，因為現在老媽媽已經站著睡著了。這是無法融入當地的另一個後遺症：不肯學語言，也無法適應氣候和時差。

「拜託……拜託……」她發出不標準的音，細碎的聲音彷彿一隻在山區迷路的鳥兒的叫聲。

「母親大人，眼鏡……」

沉默籠罩。靜謐的房間讓人想繼續試做標本，可是上咖啡館的習慣更強烈。他戴好帽子，最後一次巡視屋內，檢查門窗，然後出門，外面是繁星點點的黑夜。

習慣使然，他摸透路線，這時他抬起頭望向夜空，驀地想起過馬路要小心，此刻車潮已過去一陣子。他一如所有成年人，害怕交通意外。他對車禍印象最深刻的是瞬間的短暫對比，或者說是瞬間的碎片，也就是發生車禍的時間，接下來卻需要漫長的月，甚至是年，來彌補引起的後果，若是得到解決，不會影響下半輩子。這瞬間，只要是人類一生都難以避免的，一股因為盲信的恐懼，從一個小小的黑洞滲透出來。當然，在科隆城夜間空蕩蕩的街道上，這樣萬般謹慎顯得過當。然而點綴著發亮銀河的夜空，是一幅讓人甘願冒險的景色。他驚豔被這一片星子包圍。但是每個場景往往是接著前一個場景，他的眼底還留著紙牌、餐盤的殘影，穿插在繁星之間閃爍。

在這一刻，他一如往常開始聽見「聲音」。這每天都令他發狂、焦慮、不自在，幾乎可以說是難以忍受，不過眨眼即逝：跟來的時候一樣很快地消失。聲音在他的腦海迴盪，因此，摀住耳朵或逃跑根本沒用；然而，只消一會兒，在一陣擔憂襲擊和臉部扭曲過後，就神奇地消失。他已經習慣，但就跟所有無法解釋的現象一樣，會留下一堆令人心驚膽跳的陰影。他聽到的都是些簡短的句子、解釋、方程式，不過毫無意義。每當他想起，不管是事先還是事後，他總責備自己大驚小怪：一句話，半句話，一個字，一向都是有意義的。堆砌在一起或許荒謬吧，但如果能花點時間尋找線索……當然，當下可能無法這麼做，因為太過突然和惶恐，但他可以記起來、寫下來、整理成表……他感到前所未有的震驚，畢竟這麼多年來遇到這一刻，他都是被動接收的。

他偶爾會想，不只有自己在夜晚聽到這些聲音。其他人可能跟他一樣隱瞞起來。要說出「就是我，就是我註定會遇到」很簡單；可是，每個人都可能會說：「就是」。而令人擔心的是沒人懂。他發現，一個人感覺最不舒服的，是無法被他人了解。他平常就會遇到，不論是在辦公室同事還是咖啡館的茶友之間：「聲音」可以是個例子，但不止於這種超自然現象。如果聲音真如他偶爾懷疑的，是他的幻想，或許他可以趁機學習進一步認識自己；不過他既然可能遇到機會，也可能錯失機會。

他的四周圍繞漆黑的屋子、緊閉的大門和街角，若隱若現的輪廓彷彿對他虎視眈眈。這樣的畫面彷彿一種超自然的體驗，最理所當然的反應可能是一股恐懼升起，如果只是淡淡的，那是因為咖啡館近在咫尺，而且他幾乎是快跑，很快就能到那邊。當愈靠愈近時，他開始感到其他種更加具體的恐懼：「聲音」可能正在告知其他人，比如警察，洩漏他放在口袋裡的東西。第一次聽到「聲音」以後，他就害怕其他人也聽到「聲音」、知道他的祕密，他卻不知道。還好他永遠不用擔心任何洩密的實際後果，因為他行得正做得端，過著光明正大的生活。然而，此刻儘管偽鈔不是他的錯，這件事似乎在夜晚放大，變成駭人的形狀，一大塊難以辨識。不知不覺地，他跨越了個人與公眾的界線。這個罪會把他這位孤僻和低調的國民自動變成公眾人物。淪落到這一步，所有他隱瞞的會變成一種罪，無止境擴大下去。

但是這一晚註定發生的是其他事。出現的不是警察，而是一輛車子。從街道盡頭駛來一輛大型的公務車，以中速前進，開到街角，正好在他正前方，與另一輛橫切過來的車子對撞。不可思議。這兩輛車應該是整座城市在這個時間唯一還開在路上的車，或至少是這個社區吧，卻不偏不倚撞上。「事情永遠難以預料。」一般人想到的一定是車禍。造成對撞的禍首第二輛比另外一輛小得多，而且比較脆弱（看似自己動手組裝的房車）。儘管如此，或許是因為速度，或者是姿勢，大車翻覆，四腳朝天，小輛車還能繼續開，只是發出像空罐頭的喀啦聲，不過被引擎加速的聲音掩去，一秒過後消失在往下延伸而去的街道上。這一切發生在短短幾秒內，瓦拉摩不管在哪個方向，都來不及反應。不論如何，他沒停下來，還是繼續腳步，往街角十字架下面那輛翻覆的車子而去。正當走過去時，他看見一名男子從前面車窗爬出來，站起來摸摸手和腳，確定自己毫髮無傷，接著男子抬起頭看見他，認出了他，開心地打招呼。瓦拉摩反應慢一點，慢了半晌才認出他：是政府部門的司機，也就是今天早上要他轉交給他媽媽一塊披索的人。他是黑人，露出一口閃耀的白牙，意味他正在微笑。這是他的種族給人的既有印象。但不全是。因為當他正要開口對他說話，卻想起什麼似的，露出擔憂的表情，轉過身看著剛剛爬出來的車子。車輪還在半空轉動。他彎下腰從地上的車窗看進去，看到了什麼開始有所動作。他試一下後車門，反而輕易打開了。他準備鑽進去，但先回過頭看瓦拉摩，正好這時他走到了，就央求他幫忙。裡面還有個穿黑西裝的肥胖男子，已經失去意識。他的姿勢頗耐人尋味，靠著肩膀和背部一部分支撐，彷彿後翻動作在半途停格。黑人鑽進車內，把裡面的人拉出來，將他翻身，接著他跟瓦拉摩拉著他的腿，把人拖到石礡路上。那是經濟部長。

這不是一起車禍，而是蓄意謀殺。部長昏過去了，他在街角屋子有間臨時辦公室，黑人叫醒屋內的人。大家把部長安置在沙發上，派人去找他的秘書和醫生。秘書在場並不重要，因為是由黑人蟬仔處理緊急治療（他有這個綽號是因為他除了當司機和組頭，還是個走私蟬的批發商）。他趁秘書迪底摩抵達之前，告訴瓦拉摩他的猜測：他認為是無政府主義分子策劃的蓄意謀殺，他們在一場即將結束的定速車賽路線上，製造一起國家層級的事件。因為瓦拉摩不知道那是什麼樣的路線，他便跟他解釋。

參加所謂的「定速」車賽，重要的是要以預先規劃的速度開車，不求第一個抵達，而是從起點到終點不能超過這個時速。要怎麼證明哪個做到、哪個沒做？「嗯。」他說。「非常複雜，可是絕對可能做到，沒錯，是需要縝密的準備和多方的估計。如果整條路線是兩百英里，規劃的速定應該是時速五十英里，而他們的座車是五點整出發（不是所有的車子一起出發，而是每十五分鐘一輛），所以在七點整會抵達路線的半途點（一百英里處）；在這個地點有個警衛，他會拿著表格戴著手錶，記錄車子經過。在路線上的其他許多點，全都以同樣方式計算，還有很多其他的警衛監控每一輛車子經過。比賽結束後，所有的表格會集中在一起，計算準不準時、相差幾分幾秒，最後得出贏家。」「可是這未免太簡單了？」瓦拉摩問。「如果司機有張表格，上面詳載崗哨站和時刻，不是只要在準確時間經過每個崗哨站就可以了？根本不用維持一定的速度，比如經過一個站之後，加速到底，抵達下一個站之前停下來等一會兒。」蟬仔聽到問題笑了出來，非常滿意他的疑問，接著開始替他解惑：「除了少得可憐的兩、三個站充作參考，所有其他站都是隱藏的。只有策劃的委員會知道位在哪裡。」瓦拉摩點點頭。「總之，賽事看似是非常無聊，卻是需要耐心和繃緊神經，不能有絲毫情緒。」蟬仔，和陸續抵達並加入談話的迪底摩以及醫生都同樣贊同這個結論，除了醫生有所保留：他認為情緒是轉變成另外一種，但是較勁的本能不變。他以哲學家的口吻下結論：「各種人都有。」

講到這裡，掌握內情的黑仔有話要說。但在這之前，他想知道他的長官情況如何。醫生簡單一句：「目前無可奉告。」帶過，接著他們繼續聊著。「那些比賽，」蟬仔開始說。「主要是測試汽車，在過去常見，當時汽車工業只是要測試車子的進步，卻吸引了車迷，那是不公開的活動，不是要向大眾炫耀。現在的比賽不一樣了，因為是由中央政府主辦，作為慶祝活動的一部分，歡慶連接科隆城和巴拿馬城並橫越地峽的公路啟用。」事實上（他講到這裡壓低聲音，用一種正在洩漏國家機密的語氣），他認為這是給無政府主義分子設下的陷阱。對那些人來說，舉辦車賽是一種挑釁；車賽在時間和空間的嚴格規定，必定惹惱了無政府主義分子。在這個國家，蠢蠢欲動的陰謀如同快要爆炸的熱爐，這個賽事可能是一個難以抗拒的誘餌。其實，舉辦車賽挑起了緊張的情緒，把無政府主義分子打回凡夫俗子的原形，在此之前他可是個奉公守法的好國民。的確也發生好幾個案例。假設有一位參賽者，他就是個急性子，不管什麼理由，他沒辦法遵照時間規定並錯過太多隱藏的崗哨站，最後放棄比賽，只是他不但沒回家，反而加速往前開，碰上另一輛還在比賽的車，他催動引擎、按喇叭並做出卑鄙的小動作，逼迫對方開快、違規，就是想表現男子氣概，以及滿足超車、揚起灰塵給其他人聞的衝動。即使詭計失敗，他也只需要再往前開一下（他是怎麼在其他人受限於時速表上的速度下，卻享受隨心所欲的自由！）然後對下一輛車如法炮製，也就是開在前面的那輛。如果說定速比賽是對司機的性格的一種訓練，這樣野蠻人的粗暴行徑則是「測試的一部分」。

第一段路是一段複雜的路，車子必須駛過科隆城街道，並不容易開，之後才開始指定路線。有人在這裡放棄是預料中的事。部長打算熬到深夜，等待主要崗哨站傳來電報報告，他想去兜個風，見見幾個已經上路的參加者，趕在他們離開城內之前。他補充，這也有挑釁意味，尤其是這些參賽者不能停車，而且他兜風的路線洩漏比賽經過某個路口的路線，或者說是所有路口吧。不過部長不可能走錯，他握有完整的時刻表和路線圖，腦袋也習慣最繁複的計算……

到這裡，戈魯托醫生想知道為什麼經濟部長會負責這場賽事。這似乎不在他直接的管轄範圍內，雖然說任何事情多少都跟經濟有關。黑仔朝秘書迪底摩投去一計眼神，後者發出一聲難過的嘆息，接著解釋這一晚經濟部長也是內政部長；他才在幾個小時前，也就是前內政部長令人吃驚的辭職的幾分鐘後，宣誓接任。

戈魯托醫生和瓦拉摩挑起眉毛，露出訝異表情。內政部長是個強悍的人物，他在從政生涯曾獨攬大權。他的辭職著實令人驚訝，而且沒對外公布。黑人蟬仔用一種只透露一小部分他知道的內幕的口吻，講到因為政治情況危急，部長沒得選擇；然後他接著剛才停頓的地方講下去：經濟部長先生坐在後座指示他該走哪條街，該停在哪裡，該往哪邊去，就這樣，他們看到一大群競賽者以穩定愉快的節奏開著，經過他們眼前。他發誓，部長從沒搞錯地點，在這個街角，也沒搞錯，因此，撞車是蓄意的；從肇事逃逸來看是惡意的。可是要抓到兇手很簡單。準確說來，其實不算簡單。只是計算問題；因為比賽的規劃是確定的，日期也是（這一刻，他從口袋拿出時刻表和路線圖，並攤開），他們可以知道肇事逃逸者每隔一段時間的行蹤。從沒有任何偵探小說能以最精準和對稱的方式辨識並抓到命案兇手。只需要花一點腦筋。他邀他們到餐桌坐下來研究比較舒服一點。到了那邊，他開始分發紙張；但是瓦拉摩推說沒帶眼鏡回拒（說謊，因為他沒戴眼鏡）。黑仔用不高不低的聲音批評有人缺乏愛國心，至於其他兩人則乖乖地專注在工作上。

瓦拉摩覺得黑仔口袋裡有比賽的機密文件相當可疑；此外，他瞄到上面是他的字跡（他是從他拜託轉交給他媽媽的下注紙條上認出來的）。這意味蟬仔非常有可能偷偷抄了幾份，打算賣給參賽者。他可沒放棄兼差的機會。他不想為了這個或任何理由迎合他。他覺得他剛說的有關定速車賽的內幕有點似曾相似。「聲音」也是以這種方式出現，只是他之於比賽，既是道路也是汽車。這之間可能有什麼關連，只是在這個例子，整個比賽的結果，可能像是洩漏他的祕密。據他所知，偽鈔是無政府主義者最愛用的招數。有非常多次，一些看似單獨發生的事件卻有著巧妙的關連；詐騙都是同時發生，而讓人以為是巧合。但是偽鈔，或者真鈔，都以差不多的節奏，同時在社會上流動，互相影響。如果經濟定律沒錯，劣幣比良幣流動得還快，那麼就會出現一種奇妙的平衡，定速車賽的輸家只要飆快車挑釁優秀的參賽者，就能把他們拉下來。因此他從桌邊站起來，嘟噥要去看病人的狀況，離開了飯廳。他需要分心，太多的擔憂，而腦容量有限。就某方面來說，分心輕而易舉，因為他在別人的屋子裡，一間從沒來過的屋子，裡面的一切都是陌生而新奇的。

他在一間屋子裡。但是是哪間屋子？他應該要知道是哪一間，它就在他每天必經的路上；也是他這輩子必經的路上吧，畢竟他從生下來就沒搬過家。所有的屋子從外觀跟從裡面看都不同，而他是如此匆促踏進這裡，沒注意四周景色，他的知覺沒能記下來。他得重建過程：車禍，街角……直到他發現自己在龔戈拉斯姊妹的屋子裡。這一刻，儘管他有所疑問，也得放到一邊，因為其中一位龔戈拉斯小姐穿著睡袍，正急忙走過他的面前，往廚房而去，她以為他從桌邊站起來是想要杯咖啡，便告訴他咖啡泡好後，她們會親自送上。當剩他一個人，他帶著一種全新的好奇，再一次打量四周。「龔戈拉斯姊妹的的屋子」是個非常神祕的地方，至少對他來說是如此。他從小聽社區裡的人談論這間屋子和裡面的住戶，總是語帶保留、有所暗示，最後，那些話都是來自無知或者不屑調查真相，而不是了解事實。事實上，龔戈拉斯姊妹很少露面，她們不跟任何人打交道。兩人顯然滿足於自己的小天地，在屋內十分自在，或在裡面有許多事情得忙。獨居的女人往往是被嚼舌根的焦點，特別是她們足不出戶，又不知道收入從哪兒來；如果她們沒收入，或者沒有能夠解釋的假設的話，更糟，因為這幾乎屬於超自然的情節了。難道「靠空氣維生」？這間屋子從街道上看，是一棟陰暗的建築，矗立在一片野生棕櫚樹林和雜亂的灌木叢之間。儘管正面門牆半掩在植物之後，卻看得到大門跟窗戶似乎總是深鎖，給人一種頹圮的空屋印象。龔戈拉斯姊妹住在裡面多久了？四十年？五十年？一百年？當瓦拉摩還是個孩子時，她們已經住在裡面了。一定是過了幾代，因為永遠都看得到年輕的龔戈拉斯小姐。倘若有男人拜訪，她們會把他們藏得很好，或者偷偷摸摸地接待他們。他每天晚上到咖啡館，都會從對面經過，卻從來沒注意過屋子，或許是因為習慣了所以感覺遲鈍，但也可能是因為走到這裡，「聲音」變大聲了，他的腦袋太忙，沒辦法分心看屋子。

他跟她們聊了起來，聲音順暢地飄進瓦拉摩耳裡：有些資訊是直線式井然有序的，有些是扭曲迂迴的，還呈鋸齒狀，但一樣順利聽進耳裡，讓他懷疑這麼容易右耳進，應該也很容易左耳出。兩位龔戈拉斯女士相依為命，她們六十多歲，體態豐腴，是黑人的後裔，兩人是姊妹，外表保養得宜。當她們聽到他謹慎的問題，笑著回答說，沒有，她們的媽媽或祖母從沒在這裡住過，一直是她們兩個。她們也沒有女兒。其中一個說：「我們沒結婚，因為我們擁有彼此就夠了。」另一個點點頭，於是講話的那個凝視她一會兒，然後告訴瓦拉摩：「我妹妹在一次車禍失去一條腿。」或許這是解釋她們為什麼終身不嫁，或者她們為什麼過著與世隔絕的生活，或者為什麼引起這麼多曖昧不明的謠言。「總之，我們不是獨居在這裡。」瘸腿的那位指出。她們兩個吹噓自己有非常多忠誠的老朋友，會來看她們：「昨晚剛好有個聚會，我們聊天、聽音樂到天亮……！」事實上，到處都看得到延續了一整夜的派對留下的痕跡：菸蒂滿出來的菸灰缸，骯髒的高腳杯和水杯，殘留吃剩的三明治的盤子。「妳們自己打理整棟屋子嗎？」她們有個女傭，其實已經親如家人，把她當作女兒，她叫卡門．露娜，「您一定聽過卡莉絲這個綽號，知道她是誰。」「沒聽過。」瓦拉摩壓根兒沒印象。她們倆露出詫異的表情，對他說等她回來一定認得出她是誰。「可憐的孩子，我們把她從床上挖起來，幫我們去找所有相關人士。」其中一位龔戈拉斯女士說，視線轉向飯廳。另一個依然不死心，眼睛定定地看著瓦拉摩說：「您跟她小時候是玩在一起的。」「我不記得了。您們是不是把我跟另一個人搞混了？」「拜託！絕對不是！」姊妹倆齊聲說。「您是那位和藹可親的中國老太太的兒子。我們認識令尊杜年．瓦拉摩和您的阿姨伊羅蘭。」她們繼續講下去，說完故事：「我們以為您跟卡門還是有往來，因為她現在跟您的朋友蟬仔交往。」提到這一點，瓦拉摩倒是有了一點印象，或許跟她們知道的有所不同。蟬仔不是他的「朋友」，儘管他們通常會在政府部門門口聊上幾句，而他已經不止一次提到某個女人，說她是他此生最後一個女人，並講到這個名字：卡莉絲。瓦拉摩從沒認真去想他到底想說什麼。「此生最後一個女人」意思似乎不那麼友善，但也可能是指「最後的真愛」；而因為某種方式，卡莉絲這個名字讓人想到這個意思。

兩位女士對他的注目，以及這場對話，開始讓人看出她們跟黑仔可能的友好關係。她們表達完她們關心當養女看待的女傭的幸福與未來之後，直接切入重點。「蟬仔的工作穩定嗎？是否受到最近政治動盪的波及？」瓦拉摩說他沒聽說什麼動盪，但不論如何，他不認為任何這方面的改變會影響她男朋友的工作：「政治改革時，遭到汰換的往往是高層官員，不會是司機。」兩姊妹說她們也這麼想，但是她們的擔心另有原因，於是在解釋的時候措詞選字謹慎。科隆城不是國家首都，很難理解為什麼政府部門會設在這裡。「難道全都是省或市等級的政府部門嗎？」「不是，都是國家等級的政府部門。」瓦拉摩毫不猶豫地回答。她們點點頭。她們也一直這樣認為，一直認為當然是這樣：這些政府部門就是巴拿馬的國家政府部門。但是，放眼世界，有哪個政府的部門是設在首都外的？而且不是在隔壁城市，若是相鄰，或許隨著都市發展，最後會連結在一起，變成單一的都會。科隆城位在相反方向的海岸，整條地狹將它跟首都切開來。他們聊著，情緒或高昂或平靜，顯然是對這個問題有一番仔細的思考。瓦拉摩並不是因為吸毒恍神；他只是從沒想過這件事有什麼特別。然而他懂這個疑問。他再一次證實，一直視作理所當然的事，可以是多麼難以解釋。那兩位女士一看到他的茫然，以及他被勾起的興趣，便繼續談她們的想像和假設：二十年前，也就是獨立前，甚至在還是哥倫比亞的一省的時代，科隆城稱得上是首都。不管如何，當科隆城的首都地位遭到替代時，要把當時的政府各部門機構一起遷走是一件麻煩又擾人的大事；但是，政府機關單獨位在他處當然更麻煩，因此，得要有一個搬遷到該在的駐地的計畫。不過這個計畫拖了漫長的二十年，倒也沒什麼好驚訝，整個國家原本就缺乏效率。但是遲早非遷移不可；事實上，對任何一個政治人物來說，這個拖延的議題，往往能替他們在公眾輿論面前輕鬆加分，相信他將會積極而守信。至於這幾天即將結束的賽程的開幕，是合乎邏輯能夠預見的一步。她們滿懷期盼，再一次停頓下來看著他。瓦拉摩不曉得該說什麼好：他覺得這個問題很遙遠，又彷彿如此貼近：跟他從未思考過的東西一樣遙遠，卻又跟一個人打開報紙、發現上面的消息會影響自己之類的事一樣貼近。因為要是搬遷，他也不得不同時搬家，否則只能辭職。離開科隆城，揮別他從沒離開過一天的土生土長城市，是絕對不在考慮內，不論是為了他自己還是為了他的媽媽。而倘若失業，意味他死期不遠。不管如何，他得老實承認他不知道，但是會幫忙查清楚。她們點點頭，說會跟他保持聯繫：「一定會，我們是鄰居呀。」她們關注這件事，是出於利他的，是母性的：她們希望確定她們所庇護的女孩未來的夫婿，有個穩定的收入來源。她們不擔心他是不是黑人。她們也不會想知道（這個對看遍世事的女人來說不可思議）蟬仔經營著生意興隆的地下買賣。

此刻氣氛轉趨比較輕鬆，瓦拉摩在繼續的對話中，發現她們是講求實際的女人，非常有做生意的眼光。這是他無意間發現的。外面傳來吵雜聲，龔戈拉斯姊妹開始有所動作：一個帶頭，另一個接著（禮貌起見，她們輪流離開以免留他一個人），她們回到房間，再次出現時已經化好妝、梳好髮型，戴上珠寶。「結果，」她們說，「還是來了一個意料外的聚會。」接著她們帶著上流社會那種對人的信任，露出微笑：「臨時的派對最好玩。」徹夜狂歡對她們來說彷彿是世界上再自然也不過的事。她們唯一惋惜的是朋友們會驚訝地看到「亂成一團」。瓦拉摩照例安慰她們，但是再一次看向四周，他注意到真的是亂七八糟。他搞不清楚到底是什麼給了他亂糟糟的印象……突然間，對，他懂了：是高爾夫球桿，到處都有，放在昂貴的皮製袋子裡，靠著牆壁或者傢俱，或者零散擺放。事實上，桌子下也有一個，瓦拉摩閒著沒事，便拿起來瞧瞧（他從沒握過球桿）。她們嘆口氣：「等親愛的卡門回來，我們會要她打掃一下。」他亮出球桿：「您們……打球嗎？」結果她們從沒打過高爾夫球，也沒半點興趣。她們甚至不知道怎麼打，儘管這麼多年來跟這種運動的愛好者打交道，卻始終是門外漢。她們銷售球桿。她們顯然決定信任他，告訴他整個故事，或者說她們會告訴所有上門來拜訪的客人吧。或者她們想表明自己是誠實的女人，靠這門生意餬口，而不是像訛傳那樣（不過，她們承認一部分的誹謗可能是因為其中一個引人聯想的不雅球桿品牌：推桿〔putter〕）。許多年以前，運河的工程師和外國團隊，包括法國人、英國人以及美國人，這三個國籍的人都迷高爾夫球，他們開始練球之後，許多勢利眼的當地官員跟著趕流行，對球桿的需求因此增加。當然，球桿不是在國內生產，所以得進口。城內任何一間舶來品商行都有能力進口，要不是因為政府一如往常出現缺錢窘況，強制課徵過高的關稅，因此也幾乎讓走私再度猖獗。龔戈拉斯姊妹就是從這裡挖到機會，事實上，在這個國家不會有人拒絕這種賺取微薄收入的「機會」，儘管看到機會並加以利用的人不多。她們姊妹是在因緣巧合下逮住機會，因為有人發現走私的最安全辦法，是假裝拜訪停泊在科隆城碼頭的一艘船，不久過後再拄著一根「手杖」下來，而那就是高爾夫球桿。因為海關人員跟港口巡邏員都沒看過球桿，也沒聽過高爾夫球，他們便當作那是造型比較奇特的手杖，不再多做想像。裝義肢的那位龔戈拉斯女士從中操作，利用身體殘缺演技逼真，最後甚至成為專家，壟斷了這一行。這是姊妹中的姊姊趁妹妹進去打扮時，向瓦拉摩解釋的；她還補充，附加的好處是，因為得分工合作，妹妹不得不自己爬上船，再把球桿從船上帶下來，這些年來或許有上百或上千次，她因此找到人生的意義，以及即使截肢卻依然自信的方法，還因為這個耗費體力的工作，保持體態、靈活和年輕。她們並不抱怨這門生意的另外一面，因為必須跟買家打交道，她們敞開大門歡迎外國紳士，以及地方人士上門，得以跟城內的菁英往來。瓦拉摩心想，這也是她們為什麼擔心政府部門遷移的可能性。

不，她們不能相信科隆城失去它的政治、文化和社會地位。她們久居此地，見證運河開始興建，巴拿馬變成主權國家，以及世紀變遷……城市的變遷與興盛。她們不曾想過科隆城不再是首都，這座城市就是她們的首都。然而，以客觀面來看，它並不是首都。可是她們是以還沒國家獨立前的觀點來看，那時科隆城確實曾是中心，沒人能反駁這一點。科隆城是大西洋、歐洲和地狹的入口；不過，運河帶來的其中一個長期影響，可能就是這一次的轉變，因此，或許時間到了吧，像是從西方變成東方，歐洲變成亞洲；總之她們已經接受。這個國家已經成了自己在鏡子裡倒影。聽到這些話，瓦拉摩心想（沒說出來），這是走私販慣有的思維，對這一行的人來說，國家的事與切身息息相關。他這樣想，是因為此時此刻，腦中再一次浮現自己正陷於有異曲同工之妙的困境：印鈔是國家特權，但是偽鈔暴露國家能力有漏洞。不過面對龔戈拉斯姊妹的從容自若，他心中的憂慮稍稍減緩。她們怕失去的是生意，是客戶，但她們似乎不在意那是不合法的生意。莫非有人在她們背後撐腰？或者不管哪一種違法勾當，都不該去擔心？不管如何，在現代資本主義社會，每個人只著眼自身利益，這般汲汲營營，自然而然出現違法。因此，整個社會瀰漫一種犯罪的氛圍。法律只是一種校準器罷了。不過自身利益意味金錢，要讓金錢對全體國民有利、符合所有因慾望和幻想（和真相）而起的行為，勢必要一定程度的視而不見。瓦拉摩的焦慮不安正是從這裡而來：口袋裡的偽鈔是無法改變的事實；但並非無法找開，無法忽視，無法接受。

這時，警政署長跟他的助理抵達，打斷他們的談話。龔戈拉斯姊妹像是母雞慌張成一團，她們前往大門口，拉高音量殷勤地講些庸俗的話。派對熱鬧極了。「是警政署長！」瓦拉摩在內心支吾。「今天我到底是到了什麼地方？是虎口嗎？」兩位走私販老婆婆很開心，她們送上美酒和點心款待，彷彿家裡並沒有躺著一個不省人事的部長。剛抵達的訪客提醒她們內政部長是他的頂頭上司。「那來看看他呀！」龔戈拉斯姊妹咯咯叫：「我們依照醫生的指示，把他安置在這裡的傳播室休息！但是我們得告訴您他還在昏迷，真是可憐。」她們帶著他離開前廳，前往一小扇側門，瓦拉摩鬆了一口氣，原本他正在內心擬一番小小的自我介紹，以防他們來到他的身邊（跟我一點關係也沒有。我只是湊巧目睹車禍發生，幫忙搬運大人）。他目送他們消失後，便躲到此刻他認為比較安全的場所：廚房。一路上，他一直想著綽號卡莉絲的卡門，她一進門就馬上依照龔戈拉斯姊妹的命令，急忙到廚房多煮一點咖啡。瓦拉摩決定躲到廚房，有一部分原因是想跟她說話。但是他對屋子不熟，不得不繞了走廊一圈，當他抵達時，她已經到飯廳去了。於是他留下來等她。她是個年輕女孩，不可能是他童年的朋友。或許是她的母親曾經跟他一起玩耍吧，龔戈拉斯姊妹搞混世代了。他不記得有這樣的玩伴，但是有可能。這是個合乎邏輯的解釋，不過，這位「此生最後的女人」當然是最年輕的，這也合乎邏輯。

他沒時間多想，因為講話聲靠近。他仔細一聽：那是龔戈拉斯姊妹跟警政署長，他們在走廊上，正走過來了：「是醫生接上去的！以防他跟外界隔絕。」姊妹倆其中一位熱切地解釋，與此同時，官員語帶悲觀地抗議：「反而適得其反吧。」他們在談論部長。「沒有人不能取代！」接著是一陣非常滿意的笑聲，陰謀氣味非常濃厚。「這裡是虎口。」瓦拉摩心中警鈴大作，再一次這麼說。幸運的是，講話聲遠離了，往飯廳而去，那兒正傳來相互打招呼聲和大笑聲。這是他溜走的機會，他不再猶豫，試著別絆到高爾夫球桿，往大門邁開腳步。但是當他走過客廳時，他瞄了四周一圈，尋找卡莉絲的蹤影。他就在通往門口的最後一段路猶豫起來。不知道為什麼，他想跟女孩說話，一想到錯失機會便覺得難過。這是個難得的機會。或者說，從定義上來看應該是千載難逢的機會。他非常清楚。一旦錯失機會，就不能再尋回。而他確定，錯失跟這個「此生最後的女人」說話的機會，他會傷心。儘管所謂的此生最後的女人是她男朋友黑仔強加在她身上的玩笑。決定之後，腦袋也清楚了。他瞄向四周，視線停在幾分鐘前訪客進去的那一小扇側門。他感到一股好奇想看看他們怎麼安置部長，此外，這是個一石二鳥的好機會：短時間不會有人進去，裡面會是打發時間的安全地點，卡莉絲會再過來。於是他不再多想便進去。

裡頭空間狹小，儘管如此，要看清楚裡面，還是要等瞳孔適應，因為唯一的光源來自幾顆按鈕和四方形的紅色玻璃。他聽到龔戈拉斯姊妹說這兒是「傳播室」……事實上，占據一半空間的是個像電報機的物體，有喇叭，到處冒出來的電線，可以轉動的滾筒，隔音牆，壓力計……半昏暗之中，有個會動的東西特別引他注意。那應該是鐘錶的內部機械，是上發條的，即使沒人操作，依然在走動。房間裡，部長就躺在一張床墊上，頭部戴著一個皮革跟金屬製的大型耳罩，由一條電線連到電報機。瓦拉摩呆站了幾分鐘，望著那具怪異的設備。在一片靜謐中，他開始聽到除了呼吸聲外，還有熟悉的低語聲，儘管幾乎是難以察覺。他試著找尋聲音來源，他發現，是從部長的耳罩傳來的。他在他身邊跪了下來，扳開一邊耳罩，拿到耳邊……當他聽到是他熟悉的「聲音」時，嚇得楞住了。他感覺天旋地轉。他癱坐在地上。慢慢地，他從震驚中恢復，串接可能的解釋。龔戈拉斯姊妹是用這部機器跟載運走私貨的船隻聯繫（高爾夫球桿）。這不是他起先猜測的電報機，而是更先進的電子用品，能跟電話一樣傳輸聲音。他們應該還加裝了一組有膠卷的留聲機設備，讓機器二十四小時開著。若是碰上停電——這非常可能發生在電力不穩的科隆城——傳送的內就容會洩漏，或在四周也就是屋子附近出現回音。這就是他這幾年來夜裡前往咖啡館途中一直聽到的「聲音」。他一點也不詫異全是些顯然無意義的句子，那一定是密碼。這就是全部的真相。此刻，醫生用機器來維持部長的生命，透過對著失去意識的病患講話改善病情，這是一帖眾所皆知的方法，可以刺激昏睡的意識反應。只不過這能改善嗎？或者適得其反？這種治療有效果，是因為講話的聲音是家人，語氣充滿溫柔和熟悉感，喚起病人的回憶、感情，以及活下去的理由。

這時卡莉絲進來，她撞上了他（這裡空間狹窄），發出一聲悶叫。幸運的是，她絲毫不慌亂：「我進來換膠卷。」她解釋。他則支支吾吾說明自己為什麼出現在這裡，坦承純粹是好奇。年輕女孩友善回應；有時危機反而能化解對方的害羞或是不信任。拿出機器的膠卷再換上新的之後，她在昏暗中對他露出可愛的微笑，瓦拉摩感到一股勇氣湧現，他告訴她，他從很久以前就聽過這些傳播，覺得很神祕。「這不奇怪。」她說。「對不懂密碼的人來說，聽起來應該就像一堆蠢話。」她從架子上拿下一本筆記，隨意翻了一下；朦朧中，只見上面布滿密密麻麻大而笨拙的印刷字母。「解答在這兒。」接著，令瓦拉摩相當詫異的是，她說其實他是一顆觸動夜間傳播的棋子。因為家裡的兩位女主人跟她都過於忙著招待賓客，每天晚上的傳播又需要在同一個時間開始，她們因此把他當作「引信」，因為她們發現他會準時經過，前往咖啡館。當他的身體脂肪進入街道上事先劃定的磁場，就會讓機器自動啟動。「這解開了許多謎團。」瓦拉摩說，停頓一下他繼續補充。「要不是今天因為巧合進來這間屋子，有很多事可能還是未解。」「瓦拉摩先生，我不認為這是巧合。」「什麼意思？」「那個不忠的黑人可能策劃了這一切。」「我以為他是您的男朋友。」「我開始懷疑蟬仔從沒喜歡我。他只是利用我，找到一個可以接觸這套通信系統的途徑，現在他想用來達成他的企圖。」「什麼企圖？」「我不太清楚，但是我怕他想主導一場革命，帶領黑種人奪權。」因為空間侷促，他們靠得很近說話，幾乎是貼在一起，瓦拉摩相當愉快，甚至不覺得聽到的東西有什麼離譜。所有正在發生的事都以人為要角，「此生最後的女人」所說任何關於這方面的東西，都自然而然地有種意義，他彷彿吸塵器吸進內容的意義消化成自己的東西。但他想不出該回答什麼。這是他的老問題：不知該怎麼跟女人說話。她倒是替他化解了麻煩：「我們得阻止他。我們能做的是把密碼掉包，讓他沒辦法跟從海地來的船隻聯繫。拿走這個。」她說並把筆記簿遞給他。「改寫吧。之後我們再一起完成。我有很多點子。現在我得走了，否則他們會發現我不在。你晚一點過來，從後院進門。」她打開門，他們倆一起出去。瓦拉摩把筆記簿塞進口袋。她對他指指大門，接著往飯廳而去，他便從那邊出去，悄悄地，沒發出一丁點聲音。

一分鐘過後，他走在熟悉的街道上，正如每一天晚上那樣。「聲音」慢慢地遠去。他想起新朋友交付給他的任務，嘴角再一次上揚：攪亂密碼，混合代號，讓它們無法辨識。但是這個工作得等等。在他面前，街道盡頭的咖啡館彷彿紅寶石，燈火通明。他才要進去，所有人已要離開，有些人跟他打招呼。都怪車禍，害他晚到。他從聽到的零星幾句話，明白這一晚的聚會話題是定速車賽，看來，有些車迷回到起點觀賞最後幾輛車出發。看這話題，加上滿天飛的政治謠言，這晚的茶會應當氣氛相當熱烈；他怕此刻時間太晚，咖啡館就要打烊，但是視線掃過玻璃窗一圈，他看到有些桌子還是坐滿的。既然他認識的人都走光了，他便決定一個人坐一桌，檢視密碼。不過計畫落空，因為他前腳一踩進去，就有個穿著鮮豔刺眼顏色的人朝他撲過來，嘴裡嚷嚷著：「把我借給您的錢還來！不要假裝沒聽見！」又是那個瘋子。他下午已經在廣場上鬧過他一回。此刻他情緒激動。他一臉茫然指著桌子：「你得買單！」話一出口，惹來館內常客哄堂大笑，這場鬧劇吸引了所有人的目光。這幅畫面應當非常可笑：瘋子的突如其來，以及瓦拉摩的不知所措。有人說：「兩百塊披索嗎？老兄，我們可沒喝這麼多！十塊就夠了！」笑聲更響亮了，而瓦拉摩趁著瘋子閃神，正想開溜，結果老闆搶先一步，他把瘋子推出咖啡館。「你已經鬧過了！」瓦拉摩找張桌子坐下來；他的桌位隔壁坐著三個常客，全對著他露出微笑。其中一個對他說：「您在他眼裡一定是有錢人長相，因為他沒跟我們要這麼多。」另一個反駁：「不對。是因為加上利息。我今天下午看過他已經在廣場上跟他要過一次錢。」瓦拉摩心想，他們可看得真清楚。不過他們人倒是和善。在他想出用什麼親切的話來回答之前，第一個開口的人邀他過去坐：「您在政府部門工作，對吧？那邊對現在的局勢有什麼看法？」他跟他們坐在一起，但是他沒什麼天大的事可以告訴他們，除了全能的內政部長辭職吧，不過大家都已經知道這件事。

這三位紳士消息特別靈通，他們是同事，偶爾是合夥人，是擁有共同回憶的朋友。瓦拉摩經常在咖啡館看到他們，有時會跟他們聊上幾句，但這是他第一次跟他們坐在一起。他從沒靠近他們，他想他們聊的可能是共同的工作，也就是書籍編輯，而他一點也不懂這個話題。但他們顯然覺得有趣。他們正代表了隨著這個國家誕生的一門新興生意，經過了成長茁壯，變成國家外匯的主要貢獻者：盜版書。這一行不合法，但還過得去，最後成為傳奇，而科隆城正是大本營。多虧這一行，巴拿馬出版的書輸出到整個大陸，沒錯，全是些商業化文學，但是受歡迎，符合了娛樂兼避稅的需求，儘管如此，畢竟還是書本，因此相當有價值。對，這些書非常粗糙，用最廉價的紙張印刷，厚紙封面是顏色過分鮮豔又粗俗的圖案，通常不耐使用。他們的利潤來自怎麼遊走於各種智慧財產法的邊緣，目前還沒有任何地方的法規足夠確實，更不用說國外，因為立法根本趕不上市場的成長。這一行在使用同一種語言的每個區域的發展快慢不同，是隨著拉丁美洲不同國家社會化的步調，而讀寫能力的提升是世界的趨勢。巴拿馬因為地理位置，是個理想的發散地，往來兩邊海岸的運輸工具，更是助長一臂之力。工業法的寬鬆火上添油，畢竟這是一個正在上軌道的新國家，加上管轄範圍混亂而不連貫。同時又基於國家的國際性特質的決定性因素，經常跟文化中心歐洲和美洲往來頻繁，以及國內人口的組成：運河完工之後，一堆「無所事事的勞動人口」留了下來，這些英國和法國人適應了熱帶氣候，拒絕回國，選擇當譯者或淪落為無家可歸的酒鬼，有一部分人選擇第一個。慢慢地，這支土法煉鋼的譯者大軍經過物競天擇，變得專精且職業化，並組成快速而有效率的工會。他們的酬勞很低（盜版編輯除了紙張外，只願意支付這樣的報酬讓機器繼續運作），如果譯文大體上用字粗俗且缺乏格調，他們會潤稿直到通順，這樣子就夠了。跟瓦拉摩偶然同桌的這三名男子是全巴拿馬最活躍，運氣也最好的盜版書編輯。他們還稱不上商業鋸子，還不到那個程度，但是就跟所有的盜版企業家一樣，這三個吃圖書行業飯的人，確實有財力也有物力。儘管他們是競爭對手，卻締結牢固的友誼，因為他們商業的版圖太過廣闊，不必擠在一小塊地方競爭。他們掌握全世界的文學事業，可以自由選擇這一片取之不盡用之不竭的寶藏。

瓦拉摩不經意提及政府部門可能搬遷到首都巴拿馬市，並問是否會影響他們。他想趁機確定龔戈拉斯姊妹恐懼的是否屬實。他們用各種觀點來辯論這個問題，彷彿天生就是有這種本領：對他們影響有限，況且他們的印刷行接公家委託；當然，外貿部辦公室太遠或許不便，因為他們得到那兒張羅事情，但近一點還是遠一點，對於賄賂或支付佣金來說並不麻煩。總之，他們三個講到這裡，就不屑地把話題擱到一旁，這是他們所遇到最微不足道的一個問題。巴拿馬是個中心點，是個近乎抽象的點，四周圍繞一個非常寬廣的圓圈，需求就從這裡往四面八方擴散。他們真正的問題是如何從抽象找出具體。而這種具體的東西難以拿捏，好比喜好、幻想，或大眾的反覆無常。因此他們不得不一直探索新事物，追求變化。他們也不斷地改變自己，甚至連改變都不再有固定模式，總是跳脫原本的框架。魯本．達里歐（Rubén Darío）的作品與特性，具高度原創性，打開了一個市場，自那時起帶動仿效風潮，無以計數的追隨者從報紙汲取養分，並且與大眾讀者完美同調。但是這樣因應需求而生的例子已不復見……完全不復見。每一本書裡頭都有一顆能長出其他書的種子，每一個大眾選擇的方向，都有分岔出去的不同方向。弔詭的是，在這種娛樂和消費性的文學也看得到前衛主義、實驗主義，而大眾對這些的反應，彷彿蝴蝶展翅時與空氣的互動。

他們說，這意味著大眾需要的可能已是其他東西。或許這種「慢慢轉動的輕柔空氣」已經過時。事實上，跟這幾年麻木的現象一致，需要新的糧食來餵養新一代讀者。其中一人說：「或許是現實主義上場的時刻了吧。」其他兩人卻反駁到底：現實主義永遠沒機會。到了這裡，他們再一次意見相同，也就是這要看現實主義怎麼定義。這樣一來，現實主義就隨時都可能上場。瓦拉摩想要知道他們出版的是否全部都是譯書。「絕對不是。我們埋頭在西班牙和美洲各家出版社的目錄裡。」瓦拉摩提出疑問只是想參與他們的對話，不過他們以為他真的感興趣：「您寫作嗎？」他開心地笑著搖搖頭。他從沒有過這個念頭。「但是我們歡迎本地的創作，尤其是像您這樣聰明又有文化內涵的人。您不想試試看？」他回說這是個誘人的主意。然而他從沒嘗試過，連寫作這一行的入門知識是什麼都不知道……「這沒什麼關係！」他們大聲說。相反地，在廉價的土地上，比方說美洲，作者在這一行錘鍊之前，就已經產出嘔心瀝血的作品，每十個有九個，他們的初試啼聲之作是最上乘佳作，大致上也是唯一的一本。既然不知道該接什麼話，瓦拉摩基於禮貌，便隨口胡謅一個說法：「我從很久以前就想利用當業餘標本製作家的知識和經驗寫一本書。我甚至想好書名：《怎麼製作小動物標本》。」早知道這番話會引起他們莫大興趣，或許他就不說了。這三個編輯說他們願意出版這本書。「什麼時候可以交原稿？」「有插畫嗎？」「我已經備好紙張可以印一大刷。」「我會做成精裝本。」雖然這只是空想，他卻不得不先說醜話：他說他其實只是個功夫差強人意的業餘標本師。「沒關係！」重要的是這個工作給人的想像；在資本主義的競賽場上，工作是賭注導向，需求已不再是考量；因此，所謂的未來在於是否掌握以結果為準的指示。他們繼續這個話題一會兒，但瓦拉摩開始分心，最後打斷他們：「我有個想法：如果把書名改成《如何製作變種的小動物標本》，可能更有吸引力。」三個編輯目瞪口呆。他們心想：這真是我們的菜。於是他們當作書寫完了，並決定版本。瓦拉摩受到他們的熱烈感染，覺得寫書並不難，突然間，他驚喜發現寫書能解決他的經濟困窘。

但是想到這裡，他的腦子浮現這幾個編輯的特性。於是他盡可能小心翼翼，問起酬勞一事：他知道他們不支付智慧財產權費用……其實他們從沒付過半毛，但是對於他，他們打算在交稿之後一次買斷。他們也是這麼跟譯者合作，只是跟他們是以頁數計算（事實上是以字數），至於他，他們可以給他一筆固定的稿酬，不管內容多少，只要超過他們「做一本書」所需的六十四頁。他們會付給他的稿酬是看「書名」，也就是點子。瓦拉摩從他們的一搭一唱，猜想他們不論如何都會採用剛剛提到的書名，而他勢必都得寫完書。他問到底是多少。編輯們交換目光，最後其中一個開口：「我們可能會付您……兩百塊披索，我們會合作，同時製作三個版本，在不同的美洲國家發行。」兩百塊披索！這次輪瓦拉摩目瞪口呆。當他終於能開口，便支支吾吾：「我沒想到這是門這麼好的生意。我以為一本書頂多賣十分錢……」他們對他的反應相當開心，因為他們通常得到的是抗議，於是幾個編輯便跟他解釋賣書這門生意在數字上的祕密，其中的不可思議之處，以及經常有的高低變化。他們還說，他們向他提的是一個特別交易，旨在激起一股新的使命感，希望這個開始，能讓他們的合作成果豐碩。儘管瓦拉摩認命接招他們一一使出的戲法，但是他沒感染興奮，反而回到現實；儘管兩百塊披索是一大筆錢（他比誰都還清楚），其實正確的總數，也得要加上其他數字，首先是他要花幾天或是幾個月完成作品。當他說他對作家這一行一無所知，並不是說謊。此刻，以實際的狀況考量，他想著寫完一本書最少要花費數年時光。他沮喪不已，便說：「怕是要花很多時間，我發現每天下午下班後只有一點時間能提筆……」他們硬生生打斷他的話：「您說這什麼話？什麼話呀？」他們跟他解釋寫作非常簡單，可以很快完成。「您今晚有事？沒事？如果不分心，寫滿一張稿紙不超過三、四分鐘。不到四或五個小時，就能寫好一本像樣的小書。明天是國定假日，您可以睡到下午。然後就能有兩百塊披索落袋！」瓦拉摩的沮喪很快地煙消雲散，就跟出現時一樣迅速。這麼簡單？「我寫過一些筆記……」「那麼已經完成一半了呀！或者超過一半。把筆記一個接著一個謄寫，加上評論整理在一起。試著不要修改太多，以免拖延進度，這是這一行最優良的傳統。」瓦拉摩在椅子上不安蠕動，他們卻以為他是躍躍欲試。「您可以離開了。我們明天中午約在這裡見面。不用擔心拼字，那是排版工的工作。」

起身之前，他為了減緩焦慮，便說他不確定是否這晚就能動筆；或許他該睡一下，從嶄新的第二天開始工作，因為現在他不太舒服。「都是藉口。拖延是文學的致命傷。打鐵就要趁熱。」「因為吃了晚餐不太舒服。」「喔？吃了些什麼？該不會是吃了什麼難吃的盒裝食物？」「不是，我吃了家母煮的魚。」他沒告訴他們那正是他想要製成標本的「小動物」。「老兄！怎麼可能會不舒服？魚肉是健康的食物！」他們反駁他的藉口，告訴他許多年前一次大規模爆發的中毒事件：運河完工之前，有一股覬覦利益的勢力，策劃一樁毒害全國百姓的陰謀，至少是鎖定都市範圍吧，趁混亂之際，以攝政政體奪得大權。後來在計畫當時，有個陌生的投資客收購所有遭下毒的盒裝食物，東西在他手裡，下毒事件因而隨之落幕。他們只是粗略描述，但瓦拉摩在聽完故事前，便明白這可不是故事，而是傳奇，因為全國有過半的人相信它的真實性。既然講到這裡，他們又順便替他在展開作家生涯前上一堂預備課，告訴他成就這個傳奇並適用在所有傳奇的元素。如果他真的想寫作，其他的知識都沒用。首先，要採用真實的題材：確實有幾股勢力把目光聚在巴拿馬；一大群單身漢遠赴運河工作，處理三餐真的是個問題；當時開始生產即食的罐裝食物；最後，也真的盛傳這類食品可能無法保存太久。也就是說，虛構故事要以事實創作。至於傳奇的情節，想引起興趣的話，要盡可能在大眾之間或是個人的內心，撒下恐懼的種子：這個傳奇的成功要旨在連結一樁國際政治陰謀，和一種跟家庭息息相關的事，比方食物。不但要延續一開始的鋪陳，事件本身要是具持續性的。只是一間罐裝食品公司的失敗，或是國內突然間出現女人用新鮮食材現烹煮三餐都不夠，持續性跟人口組成、女人出現相比，重要性就像往上縮減的金字塔的頂端……講到這裡，話題更難以繼續，尤其是這三個七嘴八舌的男人同時搶話，指尖還一邊在桌上畫圖解……因此若是金字塔頂端，或者說這個最終，是一個女人，跟她在一起的只有一個男人，而這個男的就是之前的投資客，以及「投資」這個詞的重新定義（因為傳奇是文字重組而成的），金字塔就是上下顛倒……瓦拉摩完全深陷五里迷霧，只是掛著傻笑猛點頭，但是他心裡頭正想著，這個從他們口中聽到的故事，都是在他青春時期發生的，然而他其實已經不年輕：他跟他們是同個世代，他看起來比較年輕，可能是因為他生活規律，沒有成家，他的種族，或許還包括他的謙卑吧（這是因為他的無知，還稱不上美德）。

他離開以後，決心馬上動筆，不要再多想（彷彿已經想完所有該想的事），只是他無法預見自己在家裡，坐在書桌前下筆。他帶著一種預支的愉悅，享受自己告訴編輯們的半個謊言：事實上他寫的不只是可以準備寫書的筆記，而是有一堆感覺書已經寫好的筆記；他只需要謄寫，稍微統整，變成一本書。收割的時間到了，他總是保留所有收到的文件，這是他沒用的壞習慣。要是如預期中需要再多下點功夫，比如使用同樣的語調統一雜亂的資料，或是拿出集結成書的動力，他都沒問題，因為他打從一開始就採用傳播以及「聲音」連續不斷的風格，那些聲音經過卡莉絲的解釋已經失去令人恐懼的色彩，變成他靈感的泉源，沒有形體的繆思女神，以及單純的夜間廣播。一想到那個女孩，他便想起跟她約在黎明見面。還有幾個小時，時間剛剛好，此外，把這幾個小時拿來寫作非常理想，因為他若是睡著，一定會失約，睡到中午才醒來。躍躍欲試文學創作讓他睡意頓消。他一定能準時赴約，而且讓她訝異地發現他成功攪混所有密碼，結果超過她的預期。一石二鳥總是有可能的。或者三鳥吧。因為他現在就是無心插柳，卻成功把兩百塊偽鈔換成真鈔。

可是當他瞄一眼時鐘，他發現還要好久才午夜十二點，他怕時間剩下太多。他可以散個步，不必按照原本打算直接回家。他覺得這樣不錯，有助釐清思緒和收集靈感，或者分散靈感反而可以更有成果吧。不管如何，他若是不想經過龔戈拉斯姊妹家前面，跟她們出其不意相遇，就得繞一圈。因此，他在第一個街口轉彎，往市中心而去，讓雙腳帶領自己前進，腦子沉浸在愉快的白日夢裡。同樣這一晚（雖然此刻，他感覺似乎過了好幾年），也談到科隆城不再是科隆城的可能性或危險，城市失去原有樣貌，以及他害怕變成孤單一人，離開自己一輩子居住的世界。此刻，看著眼前四周綿延而去的夜間的科隆城，彷彿一個黑色跟灰色色調的模型，他的恐懼淹沒在遠處的夜空，永遠消逝。只要他不走，這座城市就不會離去。沒有人能帶走它。再過幾分鐘，當他下筆時，每一句話都會化作對科隆城的永恆的祈求。遠處的一個街口，出現一輛汽車，劃破完美的寂靜，車子緩慢行駛，速度穩定，彷彿一顆弧線形劃過的星子，或是時鐘指針。一定是還繼續進行的定速車賽。再過去一點，他還看見另一輛車往反方向開去。固定的車速，交織的行駛路線，也構成城市的永續性。政治能破壞這樣的幾何平衡？突然間，當他正全神貫注在思緒中，他走到廣場空地，眼前出現一大片空蕩蕩的景色，高掛夜空的月兒，靜止不動的棕櫚樹，黑暗的政府部門大樓，還有一輛好似發條玩具車的汽車，在靜謐中駛過。他不敢相信這幅進入睡夢的畫面會永遠消失。這就是作家的特長，他心想，並帶著回顧時的一番惆悵。

可是，講到寫作，他應該要開始動筆了。他從這裡直接踏上回家之路。不過既然來到這裡，他便繞行廣場一圈。他認不太出缺少人潮的廣場。月光投射的影子，讓廣場更有熱帶和蠻荒的樣貌。他鑽進小巷，想著靈感的魔力。不只有他一個在廣場上步行；沒錯，他是唯一的人類，而且也是唯一腳踩在地面上的人。有一群黑身白頭的鳥兒飛過半空，避開棕櫚樹樹幹。牠們沒發出半絲聲響，也因此替牠們飛翔的模樣添上一種視覺上的神祕色調；因為牠們的振翅聲被穿越城市的汽車震耳欲聾的隆隆聲吞噬；但是似乎不太可能，因為從遠處不時傳來的引擎聲，已經跟靜謐融合在一塊。有時，鳥兒從瓦拉摩頭頂飛過去，讓他停下腳步，回頭凝視牠們。牠們聚集在一起飛，不過不是擁擠的隊形，過了幾分鐘，他看見幾隻鳥落單，或者說分成兩、三隻一組，遊戲似的不是飛得很低以鋸齒路線前進，就是高高在樹冠之上。又過了一會兒，他注意到另外一件事。起先他以為這樣飛行的路線只是隨意的隊形，沒有中央，沒有周圍，也沒有形狀，但他開始看出牠們一直往同一個點聚集，在那個點短暫停留，接著一個陡降，加快速度，繼續飛行路線。他往那裡走去，看看有什麼。當他走到半途，他瞧見聚集點是一條小徑旁的一棵灌木叢；可是當他抵達時，剛好跟另外一群鳥兒隊形同時到，他的出現應該嚇到了牠們，一陣騷動過後牠們離去。這棵灌木叢沒什麼特別；他不懂為什麼會吸引鳥兒聚集。他走到小徑另外一頭，坐在一張長凳上，盡可能保持安靜。他的計畫奏效，因為下一群鳥兒又飛撲過來，這時他明白牠們在做什麼：牠們在空中飛舞，並沒有停在上面，就像蜂鳥（儘管牠們跟蜂鳥差得遠，反而比較像是山雞）搖晃白色的頭，朝樹叢快速啄去，一隻只啄一口，牠們啄的是插在枝椏上的一個大紅點。那是他這天下午扔在那裡的甜點。他對鳥兒竟然這麼謹慎處理甜點感到吃驚。用力一啄就能啣走枝椏上的甜點一口，但顯然地牠們一隻只啄一口，考慮到其他同伴；這是非常奇怪的行為，只能解釋這是這一類物種的本能，而湊巧發現這個甜點，還不致於改變牠們的本能，造成一種永久性擴散的影響。這是從所有行為之中產生的特異行為（那個軟綿綿的棉花糖此刻坑坑疤疤，更像是一朵花，胭脂紅發出油亮光芒）。瓦拉摩感覺「身為作家」，這是一個既有趣也充滿詩意的經歷。現在所有東西在「身為作家」的他眼裡都是素材。不論是毒藥或是靈藥，麻藥還是春藥，在一天將盡時他還不知道自己是作家的作家散步，被迫成為偽鈔犯時留下的指紋，鳥兒在空無一人時飛撲過來嚐甜點，再往月兒高飛而去。教堂的時鐘敲響十二下。瓦拉摩打道回家。

接下來的故事大家都熟知；至少跟他的詩一樣廣為人知，這首詩並沒有成為學生必須背誦學習的作品，也不是花神節女吟誦家的首選；但是再版到處氾濫，只要想讀都能讀到。瓦拉摩的冒險之旅到此結束。他坐下來開始寫作。沒錯，「寫作」這個詞在使用時有許多變化。在這個例子，作者只是謄寫那天下午從政府部門下班後，所有塞進口袋裡的紙張；他把所有的字串堆在一起，沒有標點符號，也沒有分界線，唯一的秩序只有一直接續下去，不規則的一行又一行（跟那種經過古老文明洗禮淬鍊的作品完全不相干）。他的作品秩序只是一種巧合。他運用密碼筆記本的基本架構寫稿，慢慢地改寫密碼並加上逐字謄寫的其他筆記。他本著新手的順服，採納對他有益的兩點矛盾建議：聽從卡莉絲改寫密碼，直到無法解碼，和編輯指示的使用現有的材料。

最後，他的名詩誕生了；但這不完全是一個結果，而是超越結果的結果。一股自動力或無可避免的相互作用，原因和影響交換前後位置，重塑同樣的故事。他一開始的興致非但沒有降低，反而在繞了一圈之後加深了。此外，這是不變的道理。如果一部作品因創新吸引目光，打開從未有人探索的道路，其價值不是從作品本身探討，而是從靈感誕生並化為行動的歷史時刻。這種新的原因倒過來是從創新而生。如果我們在這種歷史時刻有了全新體驗，想要解釋作品創作的初衷，也就是解釋這種創新，就不再只是解釋：這是一種新的事實，也是不變的事實。不相信的人，只需要張開眼睛親眼瞧瞧。

（一九九九年十二月十五日）

木馬文學 116

鬼魂們——當代波赫士：西塞・埃拉傑作選

Los Fantasmas, Un episodio en la vida del pintor viajero, Varamo

作者　西塞・埃拉（César Aira）
譯者　葉淑吟
主編　張立雯
行銷企劃　廖祿存
電腦排版　極翔企業有限公司

社長　郭重興
發行人兼出版總監　曾大福
出版　木馬文化事業股份有限公司
發行　遠足文化事業股份有限公司
地址　231新北市新店區民權路108之4號8樓
電話　02-2218-1417　傳真　02-8667-1891
email: service@bookrep.com.tw
郵撥帳號　19588272　木馬文化事業股份有限公司
客服專線　0800221029
法律顧問　華洋國際專利商標事務所　蘇文生 律師
印刷　成陽印刷股份有限公司
初版　2017年6月
定價　新台幣300元

ISBN 978-986-359-409-3

國家圖書館出版品預行編目(CIP)資料

鬼魂們：當代波赫士：西塞・埃拉傑作選 / 西塞.埃拉（César Aira）著；葉淑吟譯. -- 初版. -- 新北市：木馬文化出版：遠足文化發行, 2017.06
面；　公分. --（木馬文學；116）
譯自：Los fantasmas, un episodio en la vida del pintor viajero, varamo
ISBN 978-986-359-409-3（平裝）

885.7257　　106008290